LA MOITIÉ DU BONHEUR

deuxième époque

DU MÊME AUTEUR

B comme Barabbas, Gallimard, 1967.
L'Irrévolution, Gallimard, Prix Médicis, 1971.
La Dentellière, Gallimard, Prix Goncourt, 1974.
Si on partait, Gallimard, 1978.
Tendres Cousines, Gallimard, 1979.
L'Eau du miroir, Mercure de France, 1979.
Terre des ombres, Gallimard, 1981.
Jeanne du bon plaisir, Denoël, 1984.
Plutôt deux fois qu'une, Mercure de France, 1985.
Trois petits meurtres... et puis s'en va, Ramsay, 1985.
Monsieur vous oubliez votre cadavre, Ramsay, 1986.
L'Assassin est une légende, Ramsay, 1987.
Les Petites Égarées, Denoël-Ramsay, 1988.
Elena, Pré-aux-clercs, 1989.
Dîner d'adieu, Laffont, 1991.
Dialogues du désir, Laffont, 1992.
L'Incertaine, Fayard, 1993.

Pascal Lainé

La semaine anglaise

Fayard

CHAPITRE PREMIER

1

Madeleine voulait offrir son propre chrysanthème. Elle aurait aimé le choisir elle-même. Elle venait d'en voir de très beaux, à grosses fleurs orangées, qui ne coûtaient que six francs le pot. Mais Rose avait décidé qu'on se mettrait à deux pour acheter une jardinière, plus avantageuse à son avis, puisqu'on y trouvait trois pieds de chrysanthèmes pour le prix de deux. La marchande, bien sûr, soutenait Rose, assurant que ses jardinières étaient une affaire et que, sur toute la longueur de la rue, les demoiselles ne trouveraient pas d'aussi belles fleurs pour ce prix. D'ailleurs il ne lui en resterait bientôt plus, ainsi que chacun pouvait le constater : depuis le matin, ses chrysanthèmes s'enlevaient comme des petits pains.

— Mais si on prend la jardinière, insistait Madeleine, toutes les fleurs seront de la même couleur, tandis que si chacune achète son pot, on pourra mettre du mauve, ou bien du jaune, à côté des boules orangées : ce sera bien plus joli.

— Si maman avait pu choisir, répliquait la grande, elle aurait préféré la jardinière.

Madeleine n'était pas de cet avis. Leur mère aurait sûrement opté pour les deux pots. Quand on offre des fleurs, on ne regarde pas à la dépense.

Ce fut pourtant Rose qui l'emporta. Elle s'arrangeait toujours pour avoir le dernier mot, c'était ainsi depuis dix-huit ans, elle n'en faisait qu'à sa tête : la petite pouvait bien bouder ensuite, la grande se bornait à sourire, car elle savait que Madeleine se fatiguerait la première.

Le vent soufflait très fort, ce jour-là. Les nuages roulaient en débandade et semblaient rebondir parmi les toits. On mit du papier autour de la jardinière pour protéger les fleurs. Madeleine regrettait ses chrysanthèmes orange. Elle continuait de penser que la couturière aurait préféré recevoir un bouquet différent, même plus modeste, de chacune de ses filles. Encore un coup, c'était la grande qui avait choisi, qui avait payé, et qui portait maintenant les fleurs, comme pour laisser entendre que c'était elle, et elle seule, qui les offrait. Madeleine pinçait les lèvres et traînait les pieds dans les feuilles mortes. Elle avait décidé de ne plus parler à sa sœur jusqu'à la consommation des siècles, ou en tout cas jusqu'au soir.

Elles eurent un peu de mal à trouver leur mère. Rose marchait la première, entraînant la petite et certifiant qu'elle se rappelait l'endroit. Madeleine ne disait rien, puisqu'elle s'était promis de ne plus ouvrir la bouche, mais elle savait bien que la couturière ne se trouvait pas dans cette allée bordée de platanes. Le vent soufflait de plus en plus fort, amenant de brusques ondées. Les parapluies se retournaient sous les rafales, et l'on voyait les gens s'évertuer et faire des bonds, assaillis par ces vilaines chauves-souris. Rose commençait à peiner sous le poids de la jardinière. Madeleine aurait pu l'aider, mais elle préférait la laisser se débrouiller toute seule : si chacune avait porté son pot, il n'y aurait pas eu de problème.

Arrivée au bout de l'allée aux platanes, Rose dut bien convenir qu'elle s'était trompée. Elle posa les chrysanthèmes sur un banc, frotta ses avant-bras ankylosés et considéra la petite, l'air embêté :

— On s'est trompées, fit-elle.

— *Tu* t'es trompée, rectifia Madeleine, insistant avec délices sur le *tu*, ce qui valait bien qu'elle rompît son vœu de silence.

— Bon ! tu as raison. Je me suis perdue, admit la grande.

C'était une bonne fille, au fond, impulsive certes, parfois tyrannique, mais capable aussi de reconnaître ses torts. Madeleine lui sourit avec tendresse : elle aimait sa sœur. Elle n'avait qu'elle au monde, et elle ne pouvait pas lui en vouloir bien longtemps.

Rose reprit la jardinière, mais Madeleine la lui ôta des mains.

— Laisse, dit-elle. C'est mon tour, maintenant.

Elle ne put pourtant s'empêcher d'ajouter, après ce premier mouvement de gentillesse : « Tout de même, tu aurais mieux fait de me laisser acheter des pots. »

Elles trouvèrent enfin la bonne allée, ayant reconnu le saule qui en marquait l'entrée. Leur maman se trouvait là depuis le mois de juillet, à quelques mètres seulement de sa vieille copine, Mme Marthe, qui reposait dans le même carré. C'était une chance, pour les deux amies, que d'être enterrées si près l'une de l'autre : elles se tenaient compagnie, en quelque sorte.

— Nous n'avons pas acheté de fleurs pour Mme Marthe, s'avisa Madeleine, ce n'est pas gentil.

La brave femme s'était occupée des deux petites, autrefois. Elle les avait bien aidées, elles et leur mère, dans les moments difficiles.

— Nous aurions dû lui apporter des fleurs, insista Madeleine. Et son idée fixe la reprit : Tu vois ? Si nous avions acheté deux pots au lieu de cette jardinière, nous aurions pu lui en laisser un.

Rose hocha la tête. Elle avait un peu honte, elle aussi, de ne pas avoir pensé à la vieille amie qui leur avait légué une jolie broche et son parapluie à poignée d'ivoire. Puis elle songea :

— Sa cousine de Chatou a sûrement fleuri sa tombe.

Mais quand elles passèrent devant la sépulture, elles virent qu'il n'y avait rien, pas le moindre bouquet auprès du portrait en médaillon que la cousine de Chatou, précisément, avait fait fixer sur la dalle de granit... et Mme Marthe considérait les deux jeunes filles avec tristesse.

— La pauvre vieille a dû mourir aussi, conclut Madeleine. Autrement, il y aurait des fleurs.

— Oui, elle a dû mourir aussi, répéta en écho la grande.

La tombe de la couturière n'était pas encore bien arrangée. Les petites avaient préféré attendre d'avoir de quoi payer du vrai marbre. Pour le moment, l'endroit n'était marqué que par un monticule de terre surmonté d'une simple croix de bois blanche. C'était Madeleine qui avait voulu cette croix, car la couturière avait eu plus ou moins l'habitude, jadis, de se rendre à la messe. Et, pour une fois, Rose avait cédé, malgré les mauvais souvenirs qu'elle avait gardés de ses années d'école chez les religieuses et la détestation qu'elle en avait conçue pour tout ce qui portait une soutane ou une cornette.

Les jeunes filles installèrent la jardinière, puis Madeleine s'agenouilla pour prier. Mais, comme la grande ne supportait pas ses « bondieuseries », la petite se mit en devoir, du même coup, d'arracher les herbes folles qui recouvraient le tumulus. Alors Rose s'agenouilla aussi pour aider Madeleine.

Pendant que les deux sœurs s'évertuaient ainsi pour le salut de leur maman, une rafale renversa la jardinière. Rose aida Madeleine à remettre en place la petite caisse de bois et à l'enfoncer un peu dans la terre meuble pour qu'elle restât d'aplomb.

— Si ce vent persiste, les fleurs ne tiendront pas longtemps, fit Madeleine avec mélancolie.

Elle regarda les autres tombes autour d'elles. La tempête avait déjà exercé ses ravages parmi les bouquets déposés le matin même. Une feuille de journal traversa le carré en voletant et alla se ficher contre le buste en bronze d'un défunt, comme un mouchoir que le vent aurait collé à son nez. Le regard un instant distrait de Madeleine s'arrêta de nouveau sur les chrysanthèmes que les rafales agitaient et ployaient.

— Il faudra revenir bientôt, et nettoyer encore, murmura la jeune fille en frottant l'une contre l'autre ses paumes toutes vertes où des brins d'herbe restaient collés.

— Il faudrait surtout poser une dalle, soupira la grande. Si le marbre est trop cher, on pourrait mettre du granit.

— Peut-être, admit Madeleine. Cela fait vraiment pauvre, cette croix de bois.

— Mais c'est que nous sommes pauvres, ricana la grande.

Puis elles se relevèrent, comprenant qu'il ne servait à rien d'arracher les mauvaises herbes, puisque tout cela aurait repoussé dans quelques jours. Rose sortit son mouchoir pour essuyer ses bas maculés de terre humide. Madeleine détacha de leurs tiges les chrysanthèmes cassés par le vent, et dénoua la ficelle qui avait servi à tenir la jardinière, afin de les lier en bouquet.

Cette offrande fut placée sur la tombe de Mme Marthe : ce n'était pas grand-chose, bien sûr, et de nouveau Madeleine se prit à regretter les jolis pots dont Rose n'avait pas voulu. Mais à quoi aurait-il servi d'en parler encore à cette tête de mule ?

— Au moins, murmura-t-elle, Mme Marthe verra qu'on ne l'a pas oubliée.

Les fleurs qu'elle venait de coincer sous le portrait en médaillon de la grande amie frémissaient sous les rafales et semblaient ainsi s'animer. On aurait dit que la défunte voulait montrer qu'elle appréciait la pieuse intention de la petite. Celle-ci demeura quelques secondes à regarder, contente, son bouquet improvisé. Puis une rafale plus forte que les autres le détacha de la sépulture et l'emporta vers les arbustes enchevêtrés qui marquaient la limite du carré. La jeune fille poussa un petit « ah » de déception. Rose haussa les épaules et dit :

— Allons, viens ! Par ce temps de chien, le tramway va être bondé.

— Tu vois, me répétait maman avec une mauvaise fois singulière, en ce temps-là déjà, ta tante voulait imposer sa loi : jamais un mot plus haut que l'autre, ça non, mais, mine de rien, avec son air de douceur, elle nous obligeait toujours à faire ce qu'elle avait décidé.

J'objectai que, cette fois-là du moins, il n'en avait pas été ainsi. Maman n'avait-elle pas acheté la jardinière ? Mais l'argument s'égarait dans les espaces infinis de son inattention, et elle reprenait :

— Je finis toujours par me mettre en colère, avec Madeleine. Il n'y a pas moyen de faire autrement. Tu croirais qu'elle a cédé, mais, en réalité, elle boude. En ce temps-là, déjà, elle pouvait passer des heures entières sans m'adresser la parole. J'attendais, puis je perdais patience, et finalement je me mettais en colère, cela me soulageait. Alors elle pleurait. Mais ce n'était pas fini. Rien n'est jamais fini avec elle. Cette histoire de chrysanthèmes, par exemple, un an après, deux ans après, elle m'en rebattait encore les oreilles !

J'aurais pu lui remontrer que, quarante ans plus tard, c'était elle et non Madeleine qui m'en parlait, mais je ne songeais nullement à me moquer de leur querelle : ce drôle d'amour qui les opposait sans trêve, cette passion mutuelle qui les mettait en rage l'une contre l'autre formaient le lien qui les unissait face au monde, et qui les avait aidées à vivre. Il n'y avait rien à faire, elles ne pouvaient jamais être du même avis sur ce qui leur arrivait : et, bien sûr, il leur arrivait les mêmes choses, puisqu'elles vivaient ensemble, incapables de se séparer ou d'y songer seulement. Alors elles oubliaient leurs malheurs bien réels pour ne s'occuper que de leur dispute : et elles ne se rappelaient même plus très bien que leur mère venait de mourir, car il n'était question entre elles que de l'affaire des chrysanthèmes. On leur avait souvent conseillé de s'éloigner un peu l'une de l'autre, « puisqu'elles s'entendaient si mal ensemble ». Et elles ne disaient pas non, elles profitaient au contraire de cette nouvelle occasion de clamer leurs griefs. La petite se promettait de quitter la grande, et la grande se jurait d'oublier la petite. Mais, le lendemain, elles s'inventaient une nouvelle controverse. Alors les difficultés de la vie, les coups du sort, les injustices avaient pour chacune, tôt ou tard, le visage familier de sa sœur, et les pires catastrophes se ramenaient presque toujours à une bonne dispute. Je me demandais parfois laquelle des deux mourrait la première, pour agacer l'autre. Mais je m'en voulais aussitôt de cette pensée.

2

Ma mère cédait tout d'abord à son impulsion. C'était une femme de caractère : elle agissait. Il lui arrivait toutes sortes d'aventures pas bien agréables, mais elle ne regrettait jamais ce qu'elle avait fait : elle était contente d'avoir suivi son idée.

Je n'ose penser à ce qui serait arrivé si ses fantaisies avaient été malhonnêtes. Elle ne voulait pas entendre parler de règlements ou d'interdictions. Par chance, elle n'avait pas de méchanceté. Plus elle vieillissait, moins elle s'intéressait aux gens. En tout cas, elle ne leur voulait pas de mal. A la fin, on aurait dit qu'elle ne voyait plus rien ni personne : elle avançait droit devant elle, avec cette sûreté propre aux somnambules qui marchent sans hésiter ni trébucher au bord des plus dangereux précipices.

Elle ne s'était pas toujours montrée aussi indifférente aux autres humains. Pendant des lustres, elle avait lutté pour se procurer une situation, un peu d'argent et de confort. Elle y avait réussi plus ou moins. C'est plus tard, dans son âge mûr, qu'elle a peu à peu choisi de ne plus tenir compte de la réalité. Dans mon enfance, déjà, elle ne vivait plus tout à fait dans le monde de ses semblables. Elle n'était pas folle : elle suivait simplement sa route. Les voitures n'avaient qu'à se garer, et il n'y aurait pas de blessé.

Elle m'emportait dans son errance, sous couleur de promenade, car je faisais partie de son rêve : autant dire que j'ai vu du pays, moi qui ne dormais pas !

Nous passions l'été en Normandie, au bord de la mer, mais nous parcourions surtout les petites routes de campagne, pour visiter les villages et les églises, car maman s'ennuyait sur la plage. Quand il faisait beau, nous allions à pied. Quand il pleuvait, nous prenions l'autocar, mais nous partions quand même, car il restait toujours quelque site à découvrir, avec son manoir et son jardin ombragé de chênes bien vénérables.

Maman ne se gênait pas pour s'introduire dans le parc. Elle ne tardait pas à trouver l'endroit où le mur d'enceinte s'éboulait et pouvait s'escalader sans peine. Elle n'hésitait pas davantage à se glisser dans la maison lorsque le bâtiment lui semblait en valoir la peine. Si la porte lui résistait, elle s'attaquait sans scrupule aux fenêtres. Je m'étonne encore qu'on puisse cambrioler les gens si facilement, en plein après-midi, sans se cacher le moins du monde. Nous n'emportions rien, bien sûr. Maman n'était pas une voleuse : elle faisait bel et bien du somnambulisme.

On s'est quand même fait pincer plus d'une fois : je pensais crever de honte. J'aurais pu mourir aussi d'une décharge de chevrotine, mais les gens ne tiraient pas tout de suite, voyant cette dame à cheveux gris et collier de perles en train d'enjamber posément la fenêtre. Ils étaient épatés, surtout. Alors maman expliquait aux légitimes propriétaires du lieu qu'elle savait apprécier mieux que personne la beauté d'un site ou d'une maison, qu'elle en connaissait l'histoire aussi bien que les plus éminents spécialistes, et qu'ainsi elle avait les meilleures raisons et comme l'autorisation implicite de visiter l'endroit.

Elle lisait et relisait assidûment les œuvres de Jean-Jacques Rousseau, qui était son « maître à penser » et gouvernait sa conduite, ou plutôt son rêve du monde : elle s'appliquait à suivre les préceptes moraux du vicaire savoyard, qu'elle avait compris à sa manière, croyant qu'il ne s'agissait en dernier ressort que de s'arranger avec sa conscience. Le reste, lois, clôtures, grillages, passages cloutés et autres obstacles dont s'accidentaient nos chères promenades quotidiennes, elle avait choisi de n'en jamais tenir compte : elle appelait cela le « qu'en-dira-t-on », et elle se moquait bien de l'opinion des autres.

Elle n'avait pas toujours eu cet orgueil, ou peut-être cette candeur. Elle n'avait pas toujours maquillé ainsi le monde. Quand elle me parlait de son enfance, elle l'inventait pour une grande part, comme le reste, mais la maladie et le suicide de ma grand-mère ne pouvaient être sortis de son imagination. Toute la force de maman, son extraordinaire capacité à nier l'évidence, l'énormité comique de sa mauvaise foi (qui touchait dès lors à l'innocence) manifestaient sans doute le besoin de réparer les souffrances et les deuils de sa jeunesse. Elle entrait sans vergogne, et presque par effraction, dans des maisons qui n'étaient pas la sienne, elle affectait de même de se sentir « partout chez elle », mais, à cinquante ans passés, dans son bel appartement de Neuilly, elle attendait comme depuis toujours l'événement, la ruine imprévisible, qui allait la chasser une fois de plus et la jeter sur les grands chemins de la malchance.

Voilà presque un siècle que tout a commencé : la tour Eiffel avait alors l'âge des enfants qui jouaient aux barres sur le Champ-de-Mars. Mon grand-père l'ingénieur, qui venait de travailler à la construction du prestigieux édifice, rencontrait presque chaque matin dans l'escalier de son immeuble une jeune inconnue au regard doux et modeste. Tout a commencé dans l'autre siècle, et rien n'est encore terminé. M. l'ingénieur et son épouse n'ont bien vite su que faire l'un de l'autre. Ils dormaient dans le même lit, leurs corps se touchaient, mêlant leurs fatigues et quelquefois leurs désirs, mais monsieur l'ingénieur n'a jamais très bien compris qui était son épouse. Il n'avait d'ailleurs pas la curiosité de la connaître et la jeune femme, de même, n'a jamais été admise à rencontrer vraiment l'homme qui se trouvait à côté d'elle.

L'ingénieur et sa trop jeune épouse sont morts depuis bien longtemps. Ils se sont déchirés sans avoir rien souhaité de ce qui leur arrivait, sans avoir pu seulement se parler. Ils ont donné naissance à deux petites filles : à leur tour, elles ont fait partie de cette vie qui sera passée bien trop vite devant eux, et comme sans eux. Cinquante ans plus tard, ma mère n'avait toujours pas réglé ses comptes avec ce qu'elle appelait « la société » : M. l'ingénieur s'était remarié, il avait eu un autre enfant, il s'était choisi une autre vie, il n'avait rien laissé à ses filles, ni héritage, ni le moindre signe qu'on les eût un jour aimées.

Nous possédions cependant quelques portraits de lui ainsi que de ma grand-mère, et puis il nous restait la tour Eiffel, que j'apercevais de la fenêtre de ma chambre : il n'est pas indifférent, aujourd'hui encore, que notre unique bien de famille soit aussi le monument le plus célèbre du monde. Des millions de visiteurs, chaque année, ne viennent-ils pas emprunter les ascenseurs de grand-père et se promener sur nos plates-formes ?

Puisque les gens se baguenaudent ainsi sur nos propriétés, a dû se dire plusieurs fois ma mère, pourquoi n'irions-nous pas un peu chez eux, nous aussi ? Jusqu'à son dernier jour, elle s'est sentie dépossédée. Elle n'en disait rien, bien sûr, elle avait trop d'orgueil pour cela, mais elle devait être ulcérée, quand elle m'emmenait sur notre tour, d'avoir à payer le prix du billet. Chaque jour qui passait, depuis les premières années de son enfance, augmentait par le cumul des intérêts le montant faramineux du dédommagement que lui devait le genre humain.

Cette querelle sans fin devait lui avoir trempé le caractère. Elle savait bien qu'on n'allait pas lui rendre justice, elle ne se faisait pas d'illusion, elle n'attendait rien de ses semblables. Mais ils ne l'empêcheraient pas d'avoir raison, et elle se passait de leur approbation.

Madeleine, sa cadette, était d'un tempérament tout différent : elle n'entrait point chez les gens qu'elle ne connaissait pas, elle croyait en Dieu et respectait les pelouses interdites.

Elle respectait aussi la grande colère de sa sœur, elle la comprenait, mais elle ne s'en mêlait pas : ce n'était pas une révoltée.

Il lui semblait que le billet pour accéder à la tour Eiffel était en effet bien cher, que tous les billets qui se vendent pour aller ici ou là de par le monde sont hors de prix, mais elle trouvait normal de payer. Elle regrettait seulement d'avoir des moyens si modestes, puisqu'elle ne vivait que des « largesses » de sa sœur aînée. Elle se le reprochait.

Rose, ma mère, disait à Madeleine qu'on ne gagne rien à s'accommoder d'un sort injuste, et Madeleine répliquait à Rose que le bonheur est plutôt de savoir se plier à son destin. Elles m'ont élevé ensemble : elles auront été pour moi les deux moitiés de la même personne. Comment faisaient-elles pour me dire chacune le contraire de ce que m'enseignait l'autre, et me convaincre en même temps que celle-ci, « malgré tous ses torts », était sûrement la meilleure des deux ?

Tout a commencé il y aura bientôt cent ans : mon grand-père l'ingénieur travaillait à construire un monde meilleur pour tous, qui serait en fer comme la tour Eiffel. Ma grand-mère s'était résignée à chercher le bonheur très loin de lui, dans des romans de quatre sous. Ils sont morts, l'un et l'autre, en espérant que leur existence allait commencer bientôt, ou bien ne l'espérant plus. Ma mère aussi me parlait de la vie qui allait venir un jour. Ce serait dans un autre temps, je verrais peut-être cela. Il faudrait que j'en profite, alors, pour tous ceux qui n'auraient pas eu la chance de durer jusque-là.

Madeleine faisait semblant d'être plus raisonnable. Elle me disait que la sagesse est d'apprendre à aimer ce qu'on possède. Elle aurait voulu m'enseigner à ne plus rêver comme l'avaient fait pour leur malheur mon grand-père, ma grand-mère, et comme le faisait aujourd'hui maman. Elle espérait que j'allais créer enfin cette famille que monsieur l'ingénieur et la jeune femme au regard timide n'avaient pas su fonder jadis.

Ce que me souhaitait ainsi Madeleine, ç'aurait été la vie des autres, une existence « sans histoires ». Mais elle se doutait que ce rêve n'était pas à notre portée : « Nous ne ferons jamais rien comme tout le monde, reconnaissait-elle avec tristesse — Oui, nous ne sommes pas comme les autres », reprenait fièrement Rose, et toutes deux me considéraient alors, l'une avec orgueil, l'autre avec inquiétude, moi leur enfant unique, leur revanche, que nul homme n'aurait le droit de leur disputer : n'avais-je pas déjà deux mères ? Il n'était aucun besoin pour moi d'un père qui eût fait régner à la maison sa loi étrangère.

3

Cet immeuble-ci n'était ni plus beau, ni plus élevé, ni plus ancien que les bâtiments mitoyens, dont on avait même du mal à le distinguer. Maman venait pourtant de pousser la lourde porte cochère, m'entraînant sous le porche, et maintenant se tenait en arrêt devant l'alignement des boîtes à lettres, murmurant pour elle-même, dans une sorte de ravissement, les noms des locataires.

C'était un immeuble ancien, dans le faubourg Saint-Antoine. Les pierres y dégageaient une odeur de salpêtre malgré une couche récente de peinture blanche. Maman se tourna vers moi et me dit :

— Nous avons vécu ici, Madeleine et moi, il y a trente ans.

J'élevai un regard bien nostalgique et tout pénétré de respect vers le plafond à caissons d'où pendait une grosse lanterne de ferronnerie. Madeleine et Rose avaient habité ces lieux dans les temps immémoriaux d'avant ma naissance : ce devait être parmi des créatures étranges et colossales, semblables à celles que je voyais dans mon livre d'histoire naturelle.

— Ils ont tout refait à neuf, constata maman d'un ton de tristesse et de réprobation.

« Ils », c'étaient les banals mammifères qui avaient succédé dans l'immeuble aux animaux géants d'autrefois : « N'allons-nous pas disparaître à notre tour, fragiles humains, de la surface de “ce monde d’indifférence et d’oubli” ? » Je m’efforçais de partager la mélancolie de ma mère.

Mais la tristesse, chez elle, ne durait jamais bien longtemps : elle venait de s’engager dans l’escalier. Elle en gravissait déjà les premiers degrés, et moi je la suivais.

Elle s’immobilisa au bout de quelques marches, la main posée sur la rampe de fer qui branlait avec un grincement désagréable.

— Elle était déjà descellée de mon temps, observa-t-elle d’un air de jubilation.

Elle reprit son ascension, s’aidant toujours de la rampe qu’elle faisait désormais grincer à dessein pour se confirmer que les lieux n’avaient aucun secret pour elle malgré la réfection récente des murs, et qu’elle leur ferait avouer tout ce qu’elle voudrait. Elle s’arrêta un peu plus haut et me fit remarquer comme les vieilles marches de bois étaient creusées en leur milieu :

— Madeleine, dit-elle, s’est cassé la hanche dans cet escalier, peu avant la Grande Dépression. C’est depuis cet accident qu’elle boite quand il fait humide.

Cette « Grande Dépression » évoquait dans sa bouche quelque phénomène géologique dont des traces, précisément, se seraient conservées dans l’inclinaison particulière des marches de cet escalier aussi bien que dans l’ossature de ma tante, un peu comme on retrouve les mêmes traits morphologiques dans des espèces animales dispersées aujourd’hui de part et d’autre de l’océan alors qu’elles voisinaient jadis sur le même continent. Or c’était bien cela que voulait me faire entendre ma mère : même restauré, avec sa peinture et ses portes palières flambant neuf, l’immeuble faisait toujours partie de ses propriétés, mais dans ce sens particulier où l’on parle des « propriétés » d’un élément chimique, par exemple, ou d’un organisme. Une sorte de sympathie souterraine, de caractère géologique, reliait ce lieu à sa vie présente : « C’est encore ta mauvaise chute qui te fait souffrir », observait-elle doctement lorsque ma tante se plaignait de sa hanche. Et à la douleur de cette « mauvaise chute » que réveillaient les temps d'orage ou de pluie devaient correspondre de discrets suintements sur les murs de cet immeuble, au 13, passage de la Main-d'Or, à l'autre bout de Paris. Suintements attestés, malgré les couches de peinture successives, par l'odeur qui régnait dans l'escalier.

— C'est au cinquième, tout en haut, me dit maman tout en reprenant son ascension. Elle s'était exprimée au présent, non à l'imparfait.

L'afflux des souvenirs, la reviviscence des impressions anciennes l'avaient plongée dans une sorte d'extase : l'odeur de moisi qui m'avait pris à la gorge dès le porche de l'immeuble était pour elle un doux parfum d'éternité.

Nous nous arrêtâmes un moment sur le palier du troisième. Il y avait là une banquette recouverte d'un vilain velours cramoisi sur laquelle l'ancienne locataire tint à s'asseoir, non qu'elle se sentît le moins du monde essoufflée, mais parce que cette banquette « se trouvait déjà là » trente ans plus tôt. Je m'assis à mon tour. Maman demeura silencieuse pendant un moment. Elle n'avait plus besoin de parler. Son plaisir l'occupait tout entière : cette banquette, avec son velours rouge et son odeur de poussière, semblait l'avoir attendue trente ans durant pour lui rendre la possession des jours passés, au moins l'espace d'une minute. C'était comme si, se retournant par hasard sur le chemin déjà long de sa vie, elle avait aperçu, perdu dans la foule indistincte des impressions passagères, l'humble et fidèle serviteur qui l'eût suivie depuis toutes ces années sans jamais se laisser voir ni rien demander, mais ramassant sur son passage les parfums et les saveurs de sa jeunesse pour les lui remettre au bout de la route, afin peut-être qu'elle les emportât dans l'autre monde.

Maman se leva comme à regret, secouant la rêverie où elle s'était égarée. Le moment n'était pas encore venu : elle n'avait que cinquante ans et n'était pas prête à s'abandonner à l'espèce de vertige qui l'avait saisie, à ce drôle de désir, peut-être, que plus rien de nouveau ne lui arrivât et que son existence, en somme, s'arrêtât là, un peu comme on s'abandonne au sommeil après une journée « bien remplie ».

Nous arrivâmes au cinquième étage. Le palier se prolongeait par un corridor où maman s'engagea d'un pas de nouveau alerte. Il fallut gravir encore quelques marches, à mi-longueur du couloir qui se rétrécissait ensuite en boyau. Un vasistas, au plafond, dispensait comme une ampoule trop forte une lumière dorée de fin du jour qui faisait seulement ressortir l'exiguïté du lieu. Il n'y avait plus devant nous qu'une petite porte de cagibi, peinte en vert, où maman frappa deux coups brefs, presque impératifs, tout en prenant soin de me prévenir :

— Tu vois, ce n'était pas le luxe.

Un vieux monsieur tout ébouriffé, en robe de chambre de grosse laine, une cigarette collée à la lèvre inférieure, apparut derrière le battant. Maman lui expliqua en quelques mots qu'il était le dernier obstacle, somme toute négligeable, entre elle-même et ses souvenirs. Le vieux monsieur dut saisir l'importance de la requête, et s'effaça pour nous laisser entrer. Il s'excusa de sa tenue et du désordre de l'appartement, exposant qu'il était veuf depuis trois ans et croyant devoir avouer avec humilité qu'il n'avait pas eu la prémonition de notre visite. Il referma doucement la porte derrière nous, écrasa sa cigarette dans une soucoupe déjà pleine de mégots, et déplaça pour dissimuler ce minable cendrier l'un des livres qui encombraient son bureau. Maman n'émit pas de remarque sur le désordre, mais le bonhomme dut déceler l'air de réprobation qui assombrissait son regard :

— Je suis professeur de grec, fit-il d'un ton quelque peu embarrassé, un peu comme il aurait dit : je suis aveugle de naissance. Et il ajouta : Je m'essaie à une traduction nouvelle de Thucydide.

Maman ne parut guère sensible à la courtoisie de notre hôte, ni à cette exquise modestie qui recommandait au vieil helléniste de « s'essayer » seulement à traduire l'*Histoire de la guerre du Péloponnèse*. Elle considérait l'éboulis de livres sur le bureau.

Elle devait hésiter entre l'admiration pour toute cette culture si simplement jetée là, et l'irritation que lui causait tout de même un tel désordre. Notre hôte roulait entre le pouce et l'index, avec nervosité, une petite boule de laine détachée d'une des basques de sa vilaine robe de chambre. Il avait le regard gêné, malgré son âge respectable, d'un écolier pris en faute : son appartement ressemblait à un cahier de brouillon. Ayant fini d'examiner les ratures qui faisaient ainsi le décor du lieu, maman leva les yeux et, montrant du doigt les larges solives qui soutenaient le plafond :

— Vous avez dégagé les poutres, remarqua-t-elle sèchement.

Elle avait le même ton, quelquefois, avec la femme de ménage. Maman n'était pas une personne bien patiente. Le vieux monsieur sentit le reproche. Mieux encore : il le comprit, en homme qui a le respect des choses d'autrefois. On n'aurait pas dû toucher à ce plafond, sans doute.

— Oh, ce n'est pas moi ! J'ai trouvé les lieux en l'état, assura-t-il avec l'accent de la sincérité.

Il ne paraissait nullement s'irriter, ni même s'étonner outre mesure de l'irruption chez lui de cette dame qu'il ne connaissait pas et de son petit garçon. Il ne devait pas avoir assimilé tout à fait les usages des barbares parmi lesquels il vivait. Peut-être ces gens avaient-ils le droit de pénétrer en effet dans son appartement et de critiquer le plafond.

Maman finit par sourire à notre hôte et considéra d'un air d'indulgence les bouquins amoncelés sur la table :

— Vous êtes un sage, dit-elle.

Et elle s'autorisa de cette sagesse pour pousser doucement le professeur hors de son chemin, comme elle l'eût fait d'un battant de porte, afin de gagner la pièce voisine. Le vieux monsieur avait sûrement l'habitude d'être un peu bousculé, car on voyait trop que c'était « un sage ». Il ne protesta donc pas. Il invita même le petit de la barbare à suivre sa procréatrice s'il le désirait. C'était un homme vaincu d'avance.

J'allai rejoindre maman, moins par désir de l'accompagner dans sa visite que pour échapper à la honte où me mettait la gentillesse vertigineuse de notre victime. Il y avait davantage de livres encore dans cette pièce-ci que dans l'autre, rangés sur des rayonnages ou bien empilés à même le sol, que hérissaient ainsi d'étranges stalagmites. Il y en avait même sous le lit de cuivre, et l'ensemble évoquait un navire prisonnier de la banquise. Maman regardait tout cela, l'air consterné. Ici ou là, le temps efface les traces de notre existence pour écrire d'autres histoires sur la même page, et partout nous lisons le récit de notre disparition. L'innocent professeur n'avait pas songé à dégager les poutres du plafond, encore moins à changer le papier mural, mais il avait fait bien pire, bouleversant le relief même de l'endroit par les sédimentations successives des milliers de livres qu'il y avait accumulés.

Voilà quelques minutes, maman avait reconnu la banquette de velours, l'odeur de poussière, le grincement de la rampe d'escalier : ces génies bienveillants semblaient avoir attendu son retour et allaient lui remettre les clés de son passé, comme un vieux majordome au voyageur qui revient après une longue absence. Pendant un instant, maman avait pu croire qu'elle retrouverait son appartement en ordre, que le temps, au fond, ne nous dérobe chaque minute de notre vie que pour nous les rendre toutes, un jour, dans notre âge mûr peut-être, en un vaste et magnifique tableau où notre existence nous apparaîtrait tout entière, enfin pourvue de son sens. Mais il n'en était rien : l'odeur de poussière, le grincement de la rampe n'avaient subsisté que pour leur propre compte, c'est-à-dire pour rien. Le hasard, simplement, les avait laissés là. D'autres hasards, d'autres événements sans lien avec l'existence de ma mère avaient bouleversé l'aspect de son ancien appartement. Tout cela s'était fait dans un monde où elle n'avait déjà plus sa place. En vain nous voudrions que les choses se souviennent de nous comme nous nous souvenons d'elles.

Maman errait à présent d'une pièce à l'autre, sans plus rien reconnaître, presque hagarde, comme si elle avait réchappé d'un séisme ou d'une éruption volcanique. Là où s'était trouvée sa maison, il n'y avait plus que des débris, et les livres du nouveau locataire avaient submergé tout cela comme une coulée de lave.

Le professeur offrit de nous faire réchauffer du café, mais le petit préférerait peut-être boire du chocolat ? Il devait en rester une demi-plaque sous l'évier, le seul endroit où il ne se trouvât point de livres. Maman posa les yeux sur notre hôte avec un air de surprise : elle venait enfin de remarquer vraiment sa présence. Elle s'était réveillée, en quelque sorte, et semblait se demander où elle se trouvait. Elle refusa d'un ton plein d'embarras le café, le chocolat, et tout ce que voudrait lui offrir ce monsieur qu'elle ne connaissait pas. Je regardai maman avec curiosité : je ne l'avais jamais vue ainsi, intimidée. N'avait-elle pas coutume d'entrer sans façons dans les maisons étrangères ? N'avait-elle pas la faculté de se sentir partout chez elle ?

Il en alla autrement cette fois-ci : certes, notre hôte était bien aimable, il nous offrait à boire, il avait débarrassé deux chaises des livres qui s'y trouvaient empilés, mais c'étaient les lieux eux-mêmes qui se défendaient contre l'intruse. Le temps y avait suivi son cours sans elle, il y avait accueilli d'autres vies, et voilà qu'un vieux monsieur nous offrait du chocolat et du café : il ne se souciait pas de notre intrusion, il nous oublierait sitôt que nous serions partis, et cet appartement se scellerait derrière nous, gardant à jamais ce que ma mère y avait laissé jadis, ou plutôt l'abolissant à la manière dont une eau dormante se referme sur ce qu'elle vient d'engloutir.

Le jour finissait de tomber quand nous nous retrouvâmes sur le trottoir, maman et moi. Il y avait un manège de chevaux de bois au débouché du faubourg, sur la place de la Bastille. Une demi-douzaine d'enfants tournaient dans la bulle de lumière que faisaient les ampoules colorées. Des voitures attendaient au feu rouge, à quelques mètres d'eux. Un autobus donna un coup d'avertisseur. Nous traversâmes la rue pour gagner l'entrée du métro, et je regardai les petits enfants qui ne voyaient ni n'entendaient rien, perdus chacun dans la course folle où les menaient censément leur monture : je sentais à présent que le manège ne les entraînait que dans son pauvre cercle mécanique, sur le trottoir, et qu'aucun de leurs rêves ne les y ferait jamais échapper, mais que, lorsqu'ils en sortiraient, ce serait pour disparaître dans la nuit qui venait et laisser la place à d'autres enfants qui chevaucheraient à leur tour, avec le même bonheur et les mêmes illusions, les cochons roses et les éléphants bleus tournoyant dans la bulle de lumière électrique.

Arrivée près des marches du métro, maman se ravisa et préféra se mettre en quête d'un taxi. Il s'en trouvait un au bord du trottoir, mais la physionomie du chauffeur lui déplut sans doute, car elle voyait un peu partout des satyres ou des « tuberculeux », et nous allâmes à pied vers l'Hôtel de Ville. Nous marchâmes ensuite sans plus chercher vraiment de taxi, et je m'essoufflai derrière maman qui allait à grands pas. Elle marchait toujours ainsi quand elle était émue, qu'une pensée la troublait, ou qu'elle se mettait en colère. Mais elle se calma peu à peu. Quand nous eûmes dépassé le Châtelet, elle me fit admirer les bâtiments de la Conciergerie, et plus loin le Pont-Neuf que dessinaient en silhouette les dernières lueurs du couchant. Elle me raconta une fois de plus l'histoire de ces bustes de Napoléon qu'on aurait jadis dissimulés dans la statue équestre d'Henri IV. Elle avait envie de bavarder : c'était signe qu'elle allait mieux, que sa déception et sa tristesse étaient en train de la quitter. Je savais qu'elle allait bientôt me parler à nouveau de ses années de jeunesse avec Madeleine. Juché à jamais sur sa monture de bronze, le bon roi Henri semblait nous considérer d'un œil malicieux et complice, nous qui le savions secrètement bonapartiste, ou républicain peut-être. Quant à maman, elle venait de remonter sur son propre cheval de bois, et elle s'était remise à tourner.

4

Comme les années précédentes, le sergent Dubuc était arrivé dès l'aube. Il était venu à pied par la rue de Rivoli, martelant le trottoir au pas cadencé. Il ne portait pas de manteau, malgré le brouillard glacial de cette nuit de novembre, mais les décorations qui lui barraient la poitrine lui tenaient chaud.

La manche droite de son veston était épinglée, vide, au rabat de la poche. Il était fier de cette manche vide, sa plus belle décoration : quand on voyait cela, on savait que le sergent Dubuc était un héros.

Pour l'heure, bien sûr, les rues étaient désertes et les réverbères n'éclairaient que la brume, mais le sergent n'avait besoin de personne pour défiler, et sous ses godillots cloutés l'asphalte jetait des étincelles comme un briquet. Il était parti un matin d'août quatorze et n'était jamais tout à fait revenu. Ses pensées étaient restées à Verdun, avec son bras. Désormais il ne parlait plus qu'à ses camarades enterrés là-bas, car il trouvait que c'étaient eux les vrais vivants, pas ceux de l'arrière, pas ces planqués qui avaient un jour mis fin à la guerre, comme si ç'avait été leur affaire.

Il avait été marié, jadis, mais il se rappelait mal ce monde d'autrefois, où les gens comme lui élevaient leurs enfants, et n'avaient pas à survivre sous les obus allemands. Maintenant, il habitait une petite chambre, au 13, passage de la Main-d'Or. Il recevait chaque mois sa pension pour le bras qu'il avait donné à la patrie. Il haïssait les autres locataires, qui faisaient semblant de ne pas le voir et ne voulaient pas savoir ce qu'il avait fait pour la France.

Il venait de passer le rond-point des Champs-Élysées. On apercevait maintenant l'Arc de Triomphe dont la masse noire commençait à émerger de la brume. Les camions d'un convoi militaire vinrent se ranger le long du trottoir. Un officier donna l'ordre aux hommes de troupe de quitter les véhicules pour se mettre en rang sur la chaussée. Le sergent Dubuc se pétrifia au garde-à-vous et salua les camions, du bras gauche. Puis il reprit son chemin. Les soldats du convoi n'avaient pas fait attention à lui. Ils n'avaient pas vu les décorations épinglées sur sa poitrine, ni la manche vide, le long du torse, tel un drapeau en berne. C'étaient des appelés. Les jeunes gars étaient encore tout ensommeillés, à cette heure matinale, et ils avaient du mal à former les rangs. Ce n'était pas de vrais soldats, songea le sergent : ils n'avaient pas vu le feu.

Tandis que le ciel commençait à blanchir, les régiments à cheval et les fantassins s'apprêtaient pour le défilé. Le cœur gonflé d'émotion, le sergent Dubuc écoutait le cliquetis de la troupe et considérait, dressée face à lui dans la brume, la silhouette solennelle de l'Arc de Triomphe : c'était sa guerre et comme sa propre vie qu'on avait enterrées là, parmi les restes du « soldat inconnu ». Alors chaque année, au jour anniversaire de la Victoire, il venait avant l'aube, seul, se recueillir sur cette sépulture anonyme qui était un peu la sienne. Et il repartait avant que les ministres, les maréchaux, les puissants, les galonnés, les personnages à haut-de-forme et discours n'envahissent l'enceinte sacrée. Il rentrait chez lui comme il était venu, au pas cadencé : ses décorations épinglées sur la poitrine, la manche droite épinglée de même au veston, il se sentait obscur et glorieux à la fois.

Sur le chemin du retour, il rencontra d'autres anciens, de la Marne, de Verdun ou de la Somme, qui venaient voir eux aussi où l'on avait enterré leur guerre. Ils allaient par petits groupes. Plusieurs avaient sorti leur uniforme de la naphtaline, pour la circonstance. Presque tous portaient des décorations sur leur vareuse ou leur veston. Ils marchaient en silence, recueillis, sans un regard pour la troupe qui piétinait en rangs par quatre au bord de la chaussée. Le jour qui finissait de se lever sur les Champs-Élysées, et noyait dans sa lumière blanche la petite flamme tremblotant au faîte des réverbères, n'était pas le même pour ces hommes qui avaient combattu dans les tranchées et pour les gosses engoncés dans leurs uniformes neufs dont la seule gloire, tout à l'heure, serait de marcher au son de la fanfare. C'étaient deux mondes qui se croisaient sans se voir.

Une pluie fine et glacée commençait à tomber sur les anciens et la bleusaille, sans distinction de grade ni de mérite. Du côté de la troupe, on battait la semelle et l'on rentrait la tête dans les épaules, comme les braves d'autrefois sous les schrapnels. C'étaient les mêmes gestes, les mêmes banales postures de la vie, sous la bruine froide de novembre ou sous le feu de l'apocalypse. Et parmi les anciens, déjà, quelques parapluies venaient de s'ouvrir. Les croix de guerre, les insignes, les médailles avaient disparu sous les manteaux et les capotes que l'on finissait de boutonner à la hâte. C'étaient les gestes de la vie, cela aussi. Les gestes de l'oubli. Mais le sergent Dubuc, lui, se souviendrait jusqu'à son dernier jour. Il n'avait ni manteau ni parapluie, et il offrait comme jadis sa poitrine aux rafales.

Tout le monde le connaissait dans l'immeuble, même s'il ne saluait personne, grommelant de mystérieuses imprécations quand il venait à croiser un voisin. Il y avait bien des gens pour dire qu'on le trouvait un peu trop souvent dans l'escalier, à croire qu'il s'y embusquait pour effrayer les dames en surgissant soudain de la pénombre, mais la plupart des locataires ne lui prêtaient pas la moindre attention : c'est qu'on en voyait un peu partout, de ces pauvres types égarés dans un monde qui n'était plus le leur. Les galopins gesticulaient et grimaçaient dans son dos. Ils détalaient s'il faisait mine de se retourner, mais ils n'avaient pas vraiment peur de lui. Plus personne, au juste, n'avait peur du héros de Verdun, même si chacun devinait en lui toute la colère de l'ogre mangé par les petits enfants. Mais si on ne l'aimait guère, si l'on affectait même de mépriser ce type qui n'était plus bon à rien avec toutes ses décorations, ce n'était pas seulement à cause de cette haine qu'on sentait dans son regard. C'était parce qu'il marchait au pas cadencé, qu'il portait toujours ses médailles sur lui, et qu'il se montrait si fier de sa manche vide : c'était parce qu'il ressemblait trop à cette guerre qu'on voulait oublier.

Avec son air bravache et toutes les médailles qui cliquetaient sur sa poitrine, il était plutôt pitoyable, mais on sentait aussi qu'il venait d'ailleurs : ses petits yeux gris, grouillant au fond de leurs orbites, vous fixaient de très loin, on ne savait d'où.

Quand elle voulait se remémorer cette époque, c'est presque toujours au sergent Dubuc que maman songeait d'abord : c'était plus fort qu'elle, il lui apparaissait en premier, fantôme conduisant la procession de ses souvenirs. Elle rencontra toutes sortes de gens qui comptèrent bien plus que lui dans son existence ultérieure, mais elle ne parvint jamais à l'oublier, à chasser de sa mémoire l'image de cette éternelle colère qui errait dans l'escalier de l'immeuble, par les rues du quartier et qui est demeurée malgré elle comme un emblème de ses années de jeunesse avec Madeleine, au 13, passage de la Main-d'Or.

5

En septembre 1922, juste après la disparition de leur mère, elles avaient emménagé dans les deux chambres communicantes qui étaient au bout du palier du dernier étage. Le tenancier en demandait quarante francs par semaine, parce qu'il y faisait plus clair qu'ailleurs et qu'on y entendait moins les autres locataires. Avec cela, il y avait l'électricité, le gaz, et l'eau courante dans le couloir. La literie semblait propre et le plancher du palier était lavé au grésil tous les lundis.

Rose se disait satisfaite de son nouveau logis. Elle affectait même de ne plus remarquer les petites taches de sang sur le papier mural, tout autour du lit. Il y avait bien eu autrefois quelques punaises, reconnaissait le tenancier, mais, depuis qu'on employait le soufre et le grésil, on n'en voyait pour ainsi dire plus, même en plein été. Madeleine, par contre, regrettait le bel appartement de la couturière. Elle n'aimait pas ce sommier de fer qui la réveillait par ses grincements. Elle entendait aussi la pluie tambouriner sur le toit de zinc, juste au-dessus d'elle. L'averse durait parfois jusqu'au matin : alors elle restait assise dans son lit, et pendant des heures, elle écoutait. Ou bien elle allait rejoindre sa sœur dans la chambre voisine et lui demandait la permission de se coucher près d'elle. (« Mais de quoi donc as-tu peur ? marmonnait Rose du fond de l'épais brouillard du sommeil. — J'ai peur de la pluie, faisait Madeleine d'une voix haletante. On dirait que cela cogne à la porte pour entrer chez nous. — Qu'est-ce que tu inventes là ? » reprenait Rose dans un soupir. Madeleine ne trouvait rien à répondre. Alors elle se pelotonnait sous les couvertures, en essayant de croire que le vent qui soufflait dehors ne l'emporterait pas.)

Elles n'avaient rien gardé de chez la couturière, ni les meubles ni même le linge ou la vaisselle. Il n'y aurait pas eu d'endroit où caser tout cela. Elles avaient vendu la machine à coudre, la table ronde, les chaises, les lits, le tapis. Un brocanteur leur avait offert de prendre le lot pour mille francs. Elles avaient accepté sans marchander, car elles n'en espéraient pas tant.

Les deux sœurs n'avaient apporté que leurs robes et leurs livres. Elles avaient conservé aussi les albums de photographies, mais elles n'ouvraient plus jamais les beaux volumes de maroquin à fermoir d'argent : elles ne voulaient plus songer au temps où leur mère avait été une belle dame vêtue de dentelle et de soie, où M. l'ingénieur, leur père, fixait l'objectif photographique d'un œil si clair qu'on voyait presque s'y dessiner les projets magnifiques et généreux qu'il formait alors pour l'espèce humaine.

Dans les lointaines années de son mariage, la couturière avait naïvement rassemblé sa propre famille et celle de M. l'ingénieur dans l'un de ces albums : il y avait là des oncles et des cousins que personne ne se souvenait même d'avoir rencontrés, et des aïeux disparus depuis si longtemps qu'on ne savait plus très bien si cette vieille au visage strié de rides était la grand-tante ou l'arrière-grand-mère de M. l'ingénieur, rêvant à jamais de postérité bourgeoise, le regard compassé, fièrement inexpressif, et le buste empesé, après toute une vie de travail et d'épargne, par la conscience de sa vertu.

Toutes ces images, justement, ces visages gourmés, ces dignes et sévères procréatrices en robe noire et bonnet de dentelle, ces chefs de famille à binocles et favoris, ces sourires affectés, ces airs de sagesse et de bonté, le temps du « ne bougez plus », ces mentons rasés de près, ces mains modestement croisées sur le gilet pour cacher les replis du ventre, toute cette comédie, cette honnêteté du dimanche faisaient à présent horreur aux deux jeunes filles. Voilà plus d'un demi-siècle que ces gens dont elles portaient le nom s'étaient fait photographier pour les générations futures, l'âme sanglée dans leur robe ou leur redingote, sous le boutonnage de la vraie morale. Et tout cela, cette conspiration de l'avarice, des ambitions peureuses et d'une orgueilleuse médiocrité, formait sur les feuillets de l'album une espèce de jury dont Rose et Madeleine eussent dès leur enfance subi le verdict sans appel : tous ces braves gens, morts et vivants confondus, n'avaient-ils pas condamné jadis la maman des deux petites, infidèle à son légitime époux leur fils, petit-fils et neveu ? Ne l'avaient-ils pas rejetée de leur lignée, et, avec elle, ses deux enfants ? Ne l'avaient-ils pas poussée, à la fin, à se faire justice en se donnant la mort ?

Aujourd'hui encore, les filles de M. l'ingénieur avaient à subir l'espèce de châtiment. La couturière n'était plus là pour besogner à sa machine, leur façonner de jolies robes et leur permettre de vivre dans un appartement propre et clair. Rose et Madeleine commençaient à mesurer vraiment tout ce que cette femme silencieuse et comme transparente avait fait pour elles. Elles se rappelaient le cliquetis obsédant de la machine pendant des journées entières, et le va-et-vient monotone du balancier sous le chausson de la couturière. La malheureuse n'était plus alors qu'une espèce d'automate, et la vie s'était si bien retirée d'elle, toutes ces heures durant, qu'on en oubliait même de lui parler, le soir.

Les petites se rappelaient aussi les piles de robes à monter ou de manteaux à doubler sur la table, sur les chaises, sur le plancher même. Ç'avait été le prix des trois fenêtres qu'on ouvrait le matin sur une rue large et tranquille, le prix des oiseaux qu'on entendait se chamailler dans les arbres du square tout proche. Les jeunes filles ne s'étaient pas rendu compte que c'était leur mère, cette pauvre femme qu'on regardait à peine, qui faisait chaque matin lever le soleil pour ses deux gamines.

Mais, aujourd'hui, dans leurs chambres minuscules où les lits de fer semblaient usés par toutes les fatigues qu'on avait versées là comme une eau grise, nuit après nuit, la petite ouvrière et la comptable s'avisaient qu'elles venaient de perdre leur ange gardien, ce fantôme à sa machine dont l'air de tristesse les avait si souvent irritées, mais dont le courage, pendant des années, dont la seule raison de ne pas mourir encore avaient été de leur offrir un peu de confort et de jolis corsages de broderie, puisqu'elles se trouvaient là et qu'il fallait bien alors s'occuper d'elles.

C'est quand les gens nous ont quittés que nous songeons enfin à les regarder vraiment : l'amour que nous leur portions autrefois n'aura été que le pressentiment de notre remords.

Au fil des mois, Rose et Madeleine s'accoutumèrent à leur nouveau logis, à l'odeur du grésil, aux petites taches brunes sur les murs, aux grincements du sommier de fer. Depuis vingt ans, elles s'étaient habituées à toutes sortes de choses. Elles vivaient en évitant de penser à la vie, et ainsi elles ne faisaient pas autrement que leurs voisins.

Quand elles s'endormaient, chacune de son côté de la cloison, chacune dans la petite cabine où la déposait doucement son désir de grands départs sur des mers chaudes et calmes, leur modeste mansarde se détachait de ses amarres parmi les toits sous la lune, et les emportait très loin du triste rivage où la couturière avait dû les abandonner.

Mais dès six heures, le matin, la sonnerie stridente du réveil perçait soudain le silence et en arrachait le rêve comme on vide un animal de ses viscères. Madeleine remuait un peu dans son lit, sans ouvrir les yeux. Elle ne voulait pas savoir si c'était l'hiver ou l'été, s'il faisait déjà jour ou si notre bout de planète continuait à sommeiller sous les réverbères. Pendant une minute encore, elle imaginait que les trottoirs étaient recouverts de neige et que la ville engourdie flottait sur un grand lac de silence.

Rose faisait déjà chauffer l'eau de sa toilette et retapait son lit quand la petite rejetait son drap sur le côté dans un geste de répudiation douloureuse, et demandait d'une voix mal résignée : « Pourquoi n'est-on pas dimanche ? »

Madeleine n'était pourtant pas paresseuse. Elle aimait son travail. Elle aimait bien l'atelier de M. Rivière, où elle était devenue seconde main. Ce qu'elle détestait, c'était de se réveiller. Pendant un moment, il lui fallait bien se soucier du jour et de l'heure car M. Rivière ne tolérait pas qu'on arrivât en retard. Devant sa machine, ensuite, la petite couseuse pourrait bien se remettre à rêver : ses mains travaillaient toutes seules et M. Rivière n'avait rien à redire à cela. Tout ce que demandait Madeleine, son bonheur, c'était qu'on la laissât s'évader : elle pensait au roman qu'elle avait commencé de lire la veille au soir. Elle se demandait comment les deux amants qu'un mauvais destin venait de séparer connaîtraient le bonheur au dernier chapitre de l'histoire, ou par quel enchaînement de circonstances extraordinaires la malheureuse enfant volée jadis par les romanichels retrouverait enfin son père, qui était prince en Moldavie. Et tandis que l'empiècement de taffetas serpentait sous l'aiguille de la machine, Madeleine s'enfuyait du cirque où ses ravisseurs lui faisaient exécuter chaque soir un numéro de trapèze follement périlleux. Elle dérobait l'un des chevaux de la caravane, car elle était également écuyère, et traversait l'Europe d'une seule traite, insoucieuse des dangers, des intempéries, de la fatigue, pour retrouver sa Moldavie natale et ses jolis atours de princesse.

Rose considérait sa sœur, et cette propension qu'elle avait à se livrer à ses chimères, avec un mélange d'indulgence et d'irritation : Madeleine avait toujours été portée au rêve. Elle avait échappé ainsi à bien des chagrins. Mais elle ne saurait jamais se défendre seule, et pendant qu'elle écrivait des romans dans sa tête, elle ne se rendait pas compte que ce M. Rivière, son patron, l'exploitait à trente sous de l'heure. La grande avait ainsi le sentiment de penser pour deux, et même de travailler pour deux, oubliant les soixante-dix francs que la petite rapportait chaque semaine.

Rose se défendait d'avoir de l'imagination : elle savait depuis longtemps qu'il n'y avait pas le moindre prince moldave dans sa famille, et quand elle introduisait son carton dans la machine à pointer, le matin, aux établissements Druillet, elle comprenait que la vie des gens n'est qu'une froide comptabilité où la seule règle est de donner le moins possible pour le peu qu'on recevra jamais de ses semblables : une minute de retard à l'arrivée, et c'était une demi-heure de salaire que M. René, l'un des trois frères Druillet, vous retenait à la fin de la quinzaine. Alors Rose, pour faire bonne mesure, reprenait en douce les demi-heures qu'on lui avait volées. Elle fermait symboliquement son livre de comptes, croisait les bras et surveillait la grande aiguille de la pendule, face à elle, jusqu'à ce que le délai voulu fût passé. La vieille Mme Étienne, qui travaillait à côté d'elle, lui disait qu'un jour M. René la surprendrait à faire ainsi la grève toute seule, et qu'il la mettrait à la porte.

— C'est un voleur, et je le traînerai aux prud'hommes, fanfaronnait alors la jeune fille.

Mme Étienne n'osait rien répliquer face à tant de détermination, et se bornait à considérer la petite comptable d'un regard où la curiosité naïve le disputait à l'effroi, un peu comme elle aurait observé un avaleur de sabre, ou un fakir, sur le boulevard, se transperçant les joues avec ses longues aiguilles.

Rose et Mme Étienne travaillaient dans une sorte de cagibi vitré, accroché en mezzanine au-dessus de l'atelier principal. Les frères Druillet fabriquaient des carrosseries pour les voitures de luxe, et Rose, à qui l'on retenait vingt sous pour une minute de retard, voyait s'assembler sous ses yeux des Hotchkiss, des Delage, des Hispano-Suiza, dont la plus modeste valait dix ans de son salaire. Alors elle pensait à Madeleine et à cette douceur de caractère qui finirait par la perdre, la malheureuse, si elle ne se corrigeait pas. Elle lui en voulait d'aimer les romans, les chansons, de sauter parfois un repas pour se payer le cinéma ou le bal avec les autres filles de l'atelier. Elle aurait voulu lui expliquer ce qu'étaient vraiment ces millionnaires, ces jeunes blancs-becs dont ses romans à l'eau de rose prétendaient décrire l'existence et les amours sublimes. Dans sa petite cabine de verre, la nouvelle comptable apprenait la vie entre deux additions : certes, on ne voyait jamais les millionnaires en personne, mais la jeune fille apercevait du moins leurs chauffeurs, en tunique et en casquette, venus s'assurer que les initiales de leur maître seraient dûment peintes en lettres d'or sur les portières de la limousine. Il en venait un peu tous les jours, car c'étaient eux qui réceptionnaient la nouvelle voiture du patron, ou qui l'amenaient pour une réparation. Rose interrompait son travail pour les observer. Mme Étienne aimait aussi les regarder, ces drôles d'oiseaux qui se promenaient à ne rien faire parmi les ouvriers de l'atelier, les mains dans les poches ou la cigarette aux lèvres, se pavanant dans leurs uniformes d'opérette avec autant de fierté que s'ils avaient été maréchaux de France. La vieille dame avait beau convenir avec Rose que ces gars-là n'étaient sûrement que des « pas grand-chose », elle se laissait tout de même épater par les gants blancs, les bottines vernies, la casquette d'officier de marine, et surtout les deux rangées de boutons dorés sur la tunique. Elle avait le respect de l'uniforme, et même la modeste vareuse d'un télégraphiste comportait un petit quelque chose d'officiel à ses yeux, qui donnait de la prestance à son titulaire.

Rose, par contre, ne voyait dans cette pacotille prétentieuse que des marques certaines de la sottise humaine, et le mépris de la jeune fille s'étendait des chauffeurs, dans leur habit de servitude, aux maîtres eux-mêmes, capables d'avilir ainsi le malheureux peuple à leurs gages.

Outre la comptable et la facturière, deux autres femmes étaient employées aux établissements Druillet : l'une tapait à la machine le courrier pour la clientèle ou les fournisseurs, l'autre était la secrétaire personnelle de M. Charles, le plus âgé des trois patrons. Ces dames aussi travaillaient dans de minuscules cabines de métal et de verre, suspendues à côté de celle de Mme Étienne. Les ouvriers appelaient cet endroit « le perchoir », ou encore « le poulailler ». Il n'y avait pour ainsi dire que des hommes chez Druillet : une soixantaine de chaudronniers, tourneurs, ajusteurs, menuisiers, selliers, tous gens de métier. Le travail commençait à sept heures et se terminait souvent très tard, car les clients du carrossier n'étaient pas gens à patienter jusqu'au lendemain. Les heures supplémentaires étaient payées au même tarif que les autres, mais nul n'aurait songé à s'en plaindre, car on n'était pas plus maltraité qu'ailleurs, et surtout on avait peur de M. René qui ne vous parlait qu'en hurlant et qui avait la réputation de ménager davantage les machines que ses ouvriers.

A midi, Rose et sa collègue sortaient chacune de son sac à main les œufs durs, la tomate et le sandwich du déjeuner. On pique-niquait dans le cagibi de verre. La facturière n'omettait jamais d'apporter un mouchoir propre qu'elle étalait en guise de nappe sur un coin de son bureau. Rose suivit bientôt son exemple et apprit à ne pas répandre de miettes sur son livre de comptes. La dactylo et la secrétaire venaient souvent se joindre à ces agapes. Il y avait un robinet en bas de l'escalier, où Rose, qui était la plus jeune, allait remplir la petite cruche de porcelaine, propriété personnelle de Mme Étienne, servant aux libations des quatre dames de la mezzanine. Les ouvriers ne manquaient pas de lorgner la jolie porteuse d'eau qui feignait de ne pas remarquer les regards posés sur elle. Mme Étienne l'avait mise en garde : ces hommes étaient sûrement de braves gens, mais enfin, on ne travaillait pas au même étage qu'eux, et la bienséance voulait qu'on fît semblant de ne pas les voir. Quand il faisait beau, pourtant, c'était toujours la vieille qui invitait les trois autres à prendre le café chez l'Auvergnat, à deux pas de l'atelier, sur le même trottoir. Il s'y trouvait toujours quelques gars de chez Druillet. Les dames allaient s'asseoir au fond de la salle. Une demi-cloison les dissimulait à la vue des ouvriers accoudés au comptoir. Mais, insensiblement, Mme Étienne et ses collègues se mettaient à parler plus fort. Les types de l'atelier, de même, se laissaient aller à de bruyants éclats de rire, s'apostrophant et plaisantant d'une extrémité à l'autre du zinc.

Quand venait l'heure de reprendre le travail, il restait toujours deux ou trois gars accrochés à leur verre de blanc et à leur partie de dés. Passant devant le comptoir, Mme Étienne ne manquait pas de rappeler d'un ton enjoué : « Allons, messieurs, il est temps ! » Alors les types la saluaient gentiment, effleurant de l'index le bord de leur casquette. La facturière répondait avec simplicité à ces marques d'amitié. Elle gardait toujours une certaine réserve, car elle avait de l'éducation, mais elle goûtait ces instants de familiarité : c'était sa seule vie amoureuse, depuis trente-cinq ans qu'elle était veuve. Quand elle prendrait sa retraite, dans dix-huit mois, elle regretterait tous ces braves petits gars. Les plus anciens, elle les avait vus entrer comme apprentis à la fin de l'autre siècle : on assemblait alors des victorias et des landaus. On fabriquait les roues à la main. Elles étaient en bois et il fallait les cercler de fer. C'était une manœuvre très délicate, qui mobilisait le contremaître et deux compagnons. Elle aurait pu en raconter, la vieille Mme Étienne, si on le lui avait demandé ! Elle se rappelait tous ceux qui étaient partis en quatorze et qu'on n'avait jamais revus. C'étaient un peu ses enfants, à cette femme qui était devenue veuve sans avoir eu le temps de tenir dans ses bras le moindre nourrisson, et ils resteraient toujours jeunes dans sa mémoire. Mais, dans dix-huit mois, la facturière quitterait sa place et il n'y aurait bientôt plus personne, chez Druillet, pour se souvenir d'eux. Quelques années encore, et ce serait à son tour d'être oubliée. Maintenant qu'elle était vieille, Mme Étienne commençait à deviner de quelle manière les gens meurent vraiment : c'est quand il n'y a plus personne, nulle part, pour parler encore d'eux, et elle savait que cela lui arriverait à son tour car on ne peut rien contre. Tout de même, elle essayait de s'attacher la petite comptable, de lui raconter un peu de son passé, les roues qu'on ferrait, les voitures à chevaux, le pain à deux sous, et les robes à crinoline qu'elle se souvenait d'avoir vues dans son enfance. Peut-être que la petite Rose se rappellerait les histoires de Mme Étienne, et sa cruche de porcelaine, et le mouchoir qu'elle étalait sur son bureau. Peut-être y songerait-elle encore bien des années après, jusque vers la fin de ce siècle ?

6

On avait placé Madeleine et Henriette à la même table. Elles montaient les robes que M. Rivière avait coupées et que les premières mains, ensuite, avaient installées d'un côté. Henriette n'était encore que petite main, car elle faisait mal les bordures et les passepoils. Elle était gentille, serviable, mais un peu trop souvent à regarder par la fenêtre en songeant au temps qu'il allait faire dimanche. Quand elle ratait un biais ou qu'elle avait mal bordé sa couture, elle étouffait un rire et montrait à Madeleine le tissu qui s'en allait de travers, comme s'il s'était agi d'une espièglerie. Madeleine reprenait sans rien dire le gâchis de sa copine, et arrangeait cela en un tournemain. Comme il voyait qu'Henriette ne savait pas se débrouiller sans l'autre, M. Rivière avait mis les deux gamines une fois pour toutes à la même table. Tout l'atelier les appelait « les inséparables » : on les avait embauchées le même jour, un peu avant la fin de la guerre. Elles venaient de la même école. C'étaient alors des fillettes. Elles étaient même petites pour leurs quatorze ans. Madeleine avait appris très vite le métier, elle avait de l'application et pouvait rester des heures sur la même besogne. Henriette, par contre, ne tenait pas en place. Il fallait voir son air de bonheur et l'entendre dévaler les escaliers quand M. Rivière l'envoyait chercher du café. On l'aimait pour sa gaieté, même le patron qui disait pourtant qu'elle n'était pas bonne à grand-chose, car on la considérait comme une enfant. De fait, elle n'avait pas beaucoup grandi depuis son arrivée à l'atelier, et Madeleine, petite et menue elle aussi, la dépassait d'une bonne demi-tête.

Henriette avait onze frères et sœurs. Comme elle était la dernière de cette espèce de portée, elle s'était élevée toute seule. Le jour de ses seize ans, elle se confectionna une robe de satin rose, agrémentée d'une jolie garniture de fleurs : elle ne s'était trompée pour une fois ni dans ses biais, ni dans ses fronces, et elle accompagna les grandes de l'atelier au Royal-Variétés où l'on dansait après la deuxième partie du spectacle.

Elle en revint flanquée d'un apprenti maçon à chapeau mou et guêtres blanches, à peu près deux fois plus haut qu'elle. Le samedi d'après, elle se mit du rouge à lèvres, se poudra les joues, et elle accompagna les autres filles au Bousca-Bal. On la vit danser la valse avec un apprenti charpentier, deux javas avec un mécanicien, et des tangos avec un employé du Printemps. Les copines, Raymonde, Louise et Renée, qui valsaient ensemble et restaient assises pendant les tangos, passèrent le plus clair de la soirée à se demander ce que des messieurs d'au moins vingt ans pouvaient bien trouver à cette gamine qui mettait du coton dans son corsage. La semaine suivante, elles s'arrangèrent pour ne pas emmener Henriette. Celle-ci demanda le samedi matin à Madeleine de l'accompagner, car elle n'osait pas encore aller au bal toute seule. Madeleine aurait préféré le cinéma : on jouait *Le Crime du bouif* au Citeaux-Ciné, et il y aurait des trapézistes à l'entracte. Mais, depuis deux semaines, Henriette ne songeait plus qu'à tournoyer entre les bras de ses compagnons d'un soir, d'une heure, d'une minute. Et Madeleine eut beau se défendre, représentant qu'elle n'était jamais allée au bal, qu'elle ne savait pas danser, qu'elle avait même un peu peur des garçons, qu'elle aurait sûrement l'air d'une gourde, Henriette ne voulut rien entendre : il n'y avait plus dans sa tête que de la musique d'accordéon.

Les deux gamines se retrouvèrent à neuf heures devant la

sortie du métro. Madeleine n'avait pas pensé à se maquiller. Jusqu'au dernier moment elle s'était demandé si elle accompagnerait vraiment sa copine, ou si elle n'allait pas plutôt prendre conseil de Rose. Mais elle conseillerait sans doute à la petite de rester à la maison. Finalement, Madeleine avait pris son manteau sans rien dire, et elle avait filé pendant que Rose essuyait la vaisselle du dîner.

Henriette sortit de son sac le poudrier et le bâton de rouge à lèvres achetés le samedi précédent et, à la lumière d'un réverbère, elle fit à sa camarade le visage pimpant et curieusement figé d'une poupée de Celluloïd.

On décida qu'on n'irait pas au Bousca car on ne voulait pas risquer de rencontrer les filles de l'atelier. Les deux amies arpentèrent lentement la rue de Lappe. Il y avait un bal pour ainsi dire derrière chaque porte et l'on entendait de la musique de tous les côtés à la fois. Ces valses, ces one-steps, ces boléros mélangeaient leurs accords et leurs rythmes en une étourdissante cacophonie. Henriette aurait voulu entrer partout en même temps, être sûre de ne rien manquer, ni à droite, ni à gauche. Ses yeux pétillaient sous la lumière vive et bariolée des enseignes électriques étincelant de toutes parts comme les joyaux d'une caverne d'Ali-Baba. Son regard n'était pas joyeux, mais grave, recueilli. Elle n'était plus d'humeur espiègle, la petite Henriette, car la danse, elle l'avait appris voilà quinze jours, était la grande affaire de l'existence. Elle voulait bien monter des robes toute sa vie à vingt sous de l'heure, pourvu qu'on la laissât aller au bal le samedi soir.

Mais, pour le moment, elle n'en pouvait plus d'hésiter : toutes ces musiques, entrelacées dans une troublante confusion dominée çà et là par les accents délicieusement pathétiques du tango, faisaient un débordement de fête et de bonheur qui s'écoulait dans la rue par les portes entrouvertes, par les fenêtres, par les soupiraux. Chacune de ces valses, chacun de ces paso doble était comme un paquebot appareillant pour des Cythère un peu canailles, ou vers les pampas imaginaires d'une Argentine qui sentait le patchouli. A force de ne pas savoir lequel de ces navires l'emmènerait le plus loin, lequel atteindrait peut-être le tropique de l'amour, la petite Henriette éprouvait des impatiences dans les jambes, et serrait à lui faire mal l'avant-bras de Madeleine : il fallut bien choisir, à la fin ! On avait quitté la rue de Lappe, mais la fête s'étendait aux ruelles avoisinantes. Et soudain, d'un geste que l'émotion, l'effroi peut-être, rendait presque brutal, la jeune fille poussa une porte décorée d'étoiles et de palmiers au clair de lune, à l'enseigne du Petit-Balcon.

La salle grouillait déjà d'une cohue bruyante et fiévreuse qui s'agitait sur place au son de la java. Madeleine fut quelques secondes sans pouvoir rien distinguer. Des ampoules rouges, et d'autres blanches, suspendues en guirlande au plafond, s'allumaient en alternance et donnaient un aspect fantastique aux tournoiements de la foule. Henriette tirait Madeleine par la main : elle craignait d'être séparée de sa copine et de dégringoler toute seule dans le chaudron où bouillonnait la cohue en liesse, mais elle désirait pourtant s'y fondre, et perdre jusqu'au sentiment de sa personne dans les rougeoiements volcaniques de la fête. Les deux gamines furent soudain aspirées par un reflux de la bousculade, puis rejetées par la vague suivante sur une banquette, à l'opposé de l'entrée. D'autres filles s'échouèrent bientôt à côté d'elles, rescapées de la même tourmente et rêvant sans doute d'y retourner, de s'y noyer pour de bon. Les trois musiciens du bal, un accordéon, une guitare et un banjo, étaient juchés sur une haute estrade. Malgré le projecteur qui les illuminait comme une attraction de cirque, ils ne participaient en rien à la fièvre ambiante. Ils semblaient s'ennuyer plutôt. Le « dancing », c'était leur atelier. L'accordéoniste fermait à présent les yeux et mimait laborieusement l'extase dans les passages les plus langoureux de son tango, mais sa physionomie restait celle d'un honnête travailleur, au fond, et démentait les accents sensuels de sa musique. Les deux autres grattaient leur instrument d'un geste régulier et machinal, comme s'il se fût agi d'une pauvre bête dévorée par la gale. On aurait dit de ces automates qu'on voit en Allemagne ou dans les Flandres au beffroi des maisons communales, et qui sortent du cadran de l'horloge, au premier tintement du carillon, pour exécuter avec raideur la pantomime un peu macabre du temps qui s'enfuit.

Mais si les filles de la banquette se souciaient bien de la vie qui passe, c'était d'une autre manière, et chacune attendait avec une impatiente gaieté le destin en casquette qui viendrait l'étreindre tout à l'heure.

Henriette n'avait plus peur du tout. Ses yeux fouillaient la piste de danse où les palpitations de la lumière évoquaient déjà la délicieuse violence des plaisirs à venir. Son regard, comme celui des autres filles, était agrandi par le maquillage, par l'énervement, et figé dans une expression de stupeur qui la faisait ressembler à un oiseau nocturne. Le beau gars qui viendrait l'inviter tout à l'heure, le foulard autour du cou et la casquette crânement inclinée sur l'oreille, soupçonnait-il qu'il ne serait, pour ces yeux-là, tout bien pesé, qu'un mulot ou une musaraigne ?

Madeleine aussi sentait son cœur battre de plus en plus fort au rythme du one-step ou de la java marqué par des dizaines de souliers martelant tous ensemble le plancher. Elle n'avait pas envie de danser ni de rencontrer un garçon. Elle se tenait sur le bord de sa banquette, un peu nerveuse. Elle sentait ses mains moites coller à la moleskine. Elle attendait qu'on vînt inviter Henriette. Elle voulait la regarder danser, et voir ce qui arriverait. Elle avait l'habitude, à l'atelier, de surveiller sa copine, et elle tâchait de réparer ses bêtises : dans quel guêpier Henriette allait-elle se fourrer ce soir, avec ses lèvres peintes et ses épaules nues ?

Un grand type à chaussures pointues, le veston ouvert sur une chemise sans col, s'approcha de la gamine et lui chuchota quelque chose à l'oreille : elle se mit à rire. On aurait dit qu'ils se connaissaient d'une autre fois, qu'ils avaient déjà dansé ensemble, peut-être échangé des mots tendres ou lestes, mais

Henriette avait prévenu sa camarade : les garçons l'invitaient à danser car elle avait « l'œil magique ».

Madeleine la regarda se lever, donner la main au jeune gars et s'engloutir dans la tempête, collée à cette manière de sauveteur. Il y eut deux tangos, un Boston, plusieurs valses, et pendant tout ce temps Henriette ne reparut point. Sa copine attendait. Elle se trouvait maintenant toute seule : les autres filles s'étaient levées dès le second tango pour danser ensemble. La gamine avait tâché de les suivre des yeux, mais, très vite, elles avaient disparu à leur tour. On ne pouvait rien distinguer dans la masse qui trépidait parmi les éclairs alternativement rouges et blancs des ampoules, et qui se convulsait ainsi comme sous l'effet d'un puissant courant électrique. Au bout de quelques minutes, un garçon s'approcha de Madeleine pour l'inviter à danser. Elle refusa dans un souffle, et ses mains agrippèrent le rebord de la banquette comme si l'inconnu surgi de l'espèce de néant qui s'agitait devant elle avait pu l'entraîner contre sa volonté. Mais le garçon s'éloigna aussi vite qu'il était apparu, pressé sans doute de tenter sa chance ailleurs, et se résorba dans la pénombre indécise, laissant Madeleine un peu déçue, peut-être, d'avoir échappé si facilement à de mystérieuses, de troublantes menaces.

Henriette ne regagna que bien plus tard le bout de terre ferme où était réfugiée son amie. Elle était tout ébouriffée. Ses yeux pétillaient d'excitation et semblaient donner de la lumière, comme les ampoules clignotant au plafond. Elle avait la respiration encore si haletante qu'elle ne put parler d'abord que d'une voix entrecoupée. Madeleine apprit cependant que le grand type aux chaussures pointues était crieur de journaux, rien de bien intéressant en somme, mais qu'Henriette avait dansé avec lui parce qu'il était venu avec une espèce de rousse et qu'on ne pouvait tout de même pas le laisser avec sa godiche.

Madeleine approuvait de la tête. Elle n'en voulait pas à sa copine de l'avoir abandonnée pendant deux heures. Elle comprenait qu'elle avait été très occupée avec le vendeur de journaux et sa rousse. Elle ne se représentait pas bien pourquoi Henriette s'en était prise à cette fille. Il se passait dans ce lieu des choses qu'elle n'était pas tout à fait capable de concevoir. Mais il n'importait pas de savoir si c'était bien ou mal, puisque c'était nécessaire, sans aucun doute.

7

Peu avant sept heures, M. René poussait sur son rail la grande porte de fer des ateliers Druillet. Il demeurait ensuite sur le seuil et surveillait l'entrée du personnel. On l'appelait « le rongeur », car on lui trouvait l'air d'un rat dans sa blouse grise, trop grande pour lui, et parce qu'il cherchait toujours à rogner quelques sous sur la paye des ouvriers. Ceux qui passaient juste devant lui le saluaient machinalement, d'un doigt sur la casquette. Il répondait d'un grognement, ou ne répondait pas du tout. Il ne s'intéressait au juste qu'à la grande horloge qui se trouvait au fond de l'atelier et, à sept heures précises, il faisait refermer la porte roulante de sorte que les retardataires eussent à passer désormais par l'entrée des bureaux, où le bonhomme se rendait en toute hâte pour noter leur nom. M. René avait bien fait installer naguère une horloge pointeuse, mais ce procédé de contrôle le privait du plaisir, le lundi matin surtout, d'épingler les petits malins qui essayaient de lui voler quelques minutes.

Quand Rose arrivait à l'atelier, ayant couru comme chaque matin de crainte que la porte roulante ne se refermât sous son nez, la grande nef de métal et de verre bruissait déjà du piétinement des ouvriers gagnant leur poste. M. René mettait alors en route le moteur qui distribuait l'énergie aux machines : les longues courroies tendues jusqu'aux poulies fixées au plafond commençaient à frémir. L'atelier s'emplissait peu à peu d'un ronronnement uniforme et très doux où se mêlaient, comme les divers jeux d'un orgue, le sifflement aérien des poulies, le bourdonnement de l'arbre de transmission et le frôlement des courroies vulcanisées. La jeune fille fermait les yeux, et il lui semblait qu'un vent tiède agitait des frondaisons autour d'elle, comme dans les instants qui précèdent un orage. Mais soudain, le cri stridulé de la fraiseuse déchirait l'espace de son éclair rouge. Puis c'était le cognement profond de l'emboutisseuse qui lançait contre la verrière les notes d'ombre de son glas. Alors la nouvelle employée gravissait à la hâte l'escalier de fer, et refermait sur elle la porte de son bureau pour échapper aux martèlements, aux cliquetis, aux hululements des machines mises en branle les unes après les autres. De derrière la vitre, elle voyait passer le pont roulant qui portait aux différents postes de travail les lourdes pièces de carrosserie. Son regard embrassait le vaste vaisseau de verre, de béton et d'acier. Les rougeoiements intermittents de la forge, au fond de l'atelier, évoquaient ce premier moment de la Création, dit-on, où la lumière se serait séparée des ténèbres.

Mais Mme Étienne avait fini de disposer ses affaires sur son bureau, le porte-plume et l'encrier à droite, la règle et la gomme à gauche, le cahier de factures au milieu et, comme chaque matin sans doute depuis trente-cinq ans, elle proférait dans un soupir (de contentement ou de mélancolie, on n'aurait su dire au juste) : « Encore une journée qui commence ! »

Les frères de M. René quittaient rarement leurs grands bureaux du rez-de-chaussée. Rose ne les avait aperçus que trois ou quatre fois depuis son embauche. Ils se ressemblaient énormément et ils allaient presque toujours par deux, habillés de la même façon, le ventre barré de la même chaîne de montre, comme pour confirmer cette ressemblance. M. René, plus petit, mal fagoté, n'était que « M. René » aux yeux des ouvriers, ou tout bonnement « le rongeur », tandis que les deux autres, vêtus de confortable flanelle et de leur propre embonpoint, ceci formant avec cela comme une double épaisseur de prospérité, semblaient une allégorie de la richesse honnête, paisible, et du bonheur d'exercer les légitimes privilèges patronaux. Cette allure d'autorité naturelle et débonnaire leur venait précisément d'être légèrement pléthoriques, avec leur ventre bien rond, leur visage un peu gras, leurs mains potelées, et surtout d'être pour ainsi dire jumeaux, chacun redoublant et corroborant l'air de santé, d'assurance, de richesse tranquille de son frère.

M. René, lui, n'avait ni l'embonpoint ni la mine florissante des autres Druillet. Il ne leur ressemblait en rien : petit, maigrichon, le teint jaune, flottant dans sa blouse trop grande et comme oppressé par le poids de son chapeau cabossé. Il allait et venait dans une perpétuelle inquiétude, parcourant les travées entre les établis, surveillant tout, houspillant les ouvriers, furetant, cherchant ici la malfaçon d'une pièce, décelant ailleurs le mauvais réglage d'une machine, constatant plus loin un ralentissement de la chaîne, détectant là une irrégularité dans le travail du tour. Il n'était jamais en repos. Il savait qu'à peine leur aurait-il tourné le dos, ses ouvriers allaient se dépêcher de lui casser ses machines, son atelier. On lui avait encore gâché trois lames de scie, l'autre jour. Il avait eu beau licencier sur-le-champ le coupable, il n'en avait pas dormi de toute la semaine. Ses frères se baguenaudaient de leur appartement à leur bureau comme pour passer le temps. Peut-être se croyaient-ils assurés de demeurer riches et respectés jusqu'au jour du Jugement, étant devenus jadis patrons par la grâce de Dieu. Mais lui, René, savait qu'il fallait trimer et se défendre pied à pied contre tout ce qui menaçait le patrimoine. Quand il était d'humeur communicative, ce qui d'ailleurs lui arrivait rarement, il tenait à ses employés de beaux discours sur la vie de leur entreprise, sur le bien commun, sur la prospérité des uns et des autres, mais cette prospérité-là, il se la figurait en vérité comme un morceau de sa propre chair qu'une meute furieuse de dogues et de roquets en salopette eût tâché de lui arracher par lambeaux.

Pas plus que les autres employés, Rose n'éprouvait la

moindre inclination pour cet homme : il vous dévisageait d'ordinaire avec une telle méfiance, l'air de vous soupçonner de Dieu sait quel méfait, il semblait attendre de ses semblables une telle hostilité, de telles bassesses, qu'on en avait plutôt honte pour lui. Depuis sa mezzanine, Rose le regardait arpenter l'atelier en tous sens, s'arrêtant parfois près d'un ouvrier et glapissant un ordre ou plus souvent une insulte, avant de reprendre son chemin, les poings serrés dans les poches de sa blouse, en quête d'un nouvel adversaire. Tant qu'elle le voyait en bas, la jeune fille n'avait rien à craindre dans sa petite cage de verre. Mais si, par hasard, le vilain animal efflanqué venait à disparaître, mieux valait se tenir sur ses gardes, car on savait qu'il pouvait surgir à tout moment et vous assaillir par-derrière.

La vieille facturière, qui depuis près de quarante ans assistait chaque jour au manège de M. René, et qui avait sans doute fini par s'y habituer, avait beau dire à Rose de reprendre ses additions et de ne plus penser aux manigances du bonhomme, la petite comptable passait de longs moments à suivre ses allées et venues. Elle était comme fascinée. Peut-être éprouvait-elle à son tour, par l'effet d'une sympathie bizarre, l'espèce d'inquiétude, le malaise que ce minable personnage devait ressentir à se savoir (au moins confusément) si mal assorti à l'importance de l'atelier qu'il dirigeait, à l'énormité des machines qu'il possédait, à toute cette puissance qui faisait vibrer par ses grondements la verrière, les murs, et même le sol bétonné du bâtiment.

Il flottait au large dans cet espace comme dans sa blouse jusqu'aux talons. Il en paraissait d'autant plus chétif. Alors il lui fallait montrer qui était le maître, puisque cela se voyait si peu. Il s'en prenait à tous ceux qu'il employait, qu'il « faisait vivre », selon son expression, s'attaquant par prédilection à ceux qui avaient l'air le plus costaud et qui, d'une simple bourrade, auraient pu l'envoyer valdinguer sous une machine, mais qui ôtaient leur casquette quand il s'approchait d'eux, se bornant à l'écouter quand il les injuriait.

Nul n'avait encore assassiné M. René. Nul n'avait tenté de le coincer sous l'emboutisseuse ou de l'embrocher au bout d'une perceuse. Personne n'y avait même songé. On n'était pas des assassins, chez Druillet. Si Rose, pourtant, avait vu de derrière la vitre de son bureau l'un ou l'autre des gaillards de la tôlerie saisir soudain le petit homme sous les aisselles et le jeter tout vif parmi les flammes de la forge, ou bien le découper au chalumeau, elle n'en aurait guère conçu d'horreur, ni même beaucoup d'étonnement.

Mais les deux autres frères Druillet non plus, avec leur air bonasse et prospère, leurs rondeurs bourgeoises, l'honnête plus-value de leur double menton, n'étaient pas tout à fait à l'échelle de la formidable puissance mécanique d'où ils tiraient en douce leur embonpoint, ni de la belle machinerie humaine dont ils n'eussent pas hésité, au moindre à-coup, à la moindre défaillance, à jeter quelque engrenage.

Mme Étienne devait être la seule, chez Druillet, à qui M. René ne s'attaquât jamais : elle était plus âgée que lui. Elle était surtout plus grande et plus grosse, les joues bien rondes sous son chignon tout blanc, l'air plutôt d'une nounou, et M. René pouvait bien s'agiter devant elle, trépigner, jeter des insultes à droite et à gauche, il ne serait jamais qu'un morveux en regard de cette dame qui avait derrière elle tant d'années de labeur impeccable et mal payé, sans jamais un mot plus haut que l'autre, ni un seul jour d'absence, ni la moindre minute de retard.

Rose bénéficiait de la protection, en quelque sorte, de la facturière : c'étaient les secrétaires d'à côté qui essuyaient d'ordinaire les colères de l'énergumène. Comme les deux bureaux étaient séparés par une vitre, Rose le voyait se démener dans la cage de verre comme un frelon dans un pot de confiture. Les deux pauvres filles enfermées avec lui étaient bien trop terrorisées, sans doute, pour songer à lui ouvrir la porte et le laisser filer. On n'entendait pas ce qu'il disait à travers l'épaisseur du verre, on voyait seulement les mouvements de ses lèvres, comme au cinéma.

Mme Étienne regardait cela, puis regardait Rose et haussait les épaules, l'air de dire qu'on n'y pouvait rien, que le monde était ainsi fait. Elle se sentait un peu gênée, peut-être, de n'avoir rien tenté de plus, elle qui était plus vieille que tout le monde et qui aurait dû savoir quoi faire. Alors elle fouillait dans son sac, un peu pour se donner une contenance, un peu pour y prendre la boîte de bonbons au miel qui s'y trouvait, et elle proposait un bonbon à la petite comptable, à la manière dont un vieux briscard offre une lampée d'eau-de-vie à une recrue à l'instant de la bataille.

8

Rose s'était mise en retard, ce matin-là. Elle déboula sur le quai du métro comme les portières automatiques du train commençaient à se refermer. Dans l'élan qu'elle prit pour sauter dans la voiture, le talon d'un de ses souliers cassa, et elle s'étala parmi les jambes de pantalon, les bottines, les parapluies, les cannes. La rame s'ébranla, emportant la jeune fille ainsi environnée d'un troupeau de pieds qui lui flairaient le visage avec une indiscrète curiosité. Encore étourdie par sa chute, elle s'avisa qu'une de ses chaussures — des escarpins presque neufs — était restée sur le quai. Mais, presque aussitôt, elle se sentit saisie par les bras et soulevée, légère, molle, inconsistante comme une poupée de chiffon, et elle se retrouva face à un grand et fort bonhomme à chapeau mou et longue moustache, qui lui souriait.

Elle le reconnut moins aux traits de son visage qu'à la façon dont il venait de la relever, et elle songea qu'elle devait être moins lourde que le gros marteau qu'il maniait neuf heures par jour, à la forge des établissements Druillet.

Elle balbutia un remerciement embarrassé, tandis que son sauveteur s'agenouillait pour ramasser le sac qui s'était ouvert en tombant et dont le contenu, peigne, œufs durs, poudrier, tomates, rouge à lèvres, sandwich, s'était répandu sur le plancher de la voiture.

Avant que Rose eût songé à se joindre à cette cueillette, le forgeron fut à nouveau debout, dominant la petite comptable de la tête et des épaules, et la considérant avec un sourire d'amusement :

— Est-ce que nous continuons notre chemin, demanda-t-il, ou bien retournons-nous chercher votre chaussure ?

La jeune fille se sentait comme nue, ainsi privée d'un de ses souliers. Mais elle avait peur, aussi, d'arriver en retard chez Druillet et d'avoir à passer par le bureau de M. René. Elle qui savait toujours ce qu'elle voulait, qui tranchait d'habitude pour Madeleine, n'arrivait pas à concevoir, cette fois, ce qu'il valait mieux faire. Ce fut le forgeron qui décida : on alla chercher la chaussure, et on arriva chez Druillet bras dessus, bras dessous.

M. René attendait devant la porte de son bureau. Voyant s'approcher le drôle de couple, cette fille bancale accrochée au bras du fumiste qu'on attendait depuis une demi-heure à la forge (et qui semblait plutôt rentrer de promenade, pas pressé, l'air content de lui), le petit bonhomme sortit sa montre et la tendit brusquement à son ouvrier, non pour la lui offrir, car elle était solidement attachée à sa chaîne, mais pour lui faire savoir qu'il manquerait cinq francs à sa prochaine paye. Le forgeron se contenta de hausser les épaules et se pencha vers la petite comptable pour lui murmurer : « Un jour, on lui fera bouffer son oignon, et aussi la grosse horloge, à celui-là ! »

Rose pour la première fois, ne craignait plus M. René. Elle avait envie de rire, plutôt : elle se trouvait l'air comique, avec ce pied qui n'était pas de niveau avec l'autre. Elle se sentait bien, au bras du forgeron. Elle se rappelait maintenant son nom, qu'elle écrivait chaque quinzaine sur la fiche de paye : c'était « Auguste Thomas », un beau nom, lourd, carré, qui ressemblait à l'homme qui le portait.

M. René lui-même ne devait pas se sentir bien à l'aise face à ce grand type qui marchait d'un pas régulier, tranquille, et semblait ne se déplacer que pour atteindre un but fixé de toute éternité, car il attendit que le forgeron et la gamine l'eussent dépassé pour se mettre à glapir que « les choses ne se passeraient pas comme ça », qu'il prendrait des mesures « radicales » si de telles « fantaisies » venaient à se renouveler.

Auguste Thomas accompagna Rose jusqu'au pied de l'escalier avant de gagner posément le vestiaire pour y troquer son chapeau et sa veste contre la combinaison de toile bleue que les étincelles de la forge avaient constellée de mouchetures brunes. La jeune fille le regarda s'éloigner de son pas de conquérant paisible. Elle songea qu'elle aurait bientôt à lui compter sa quinzaine, et qu'il y manquerait cent sous à cause d'elle. Elle se demanda si elle ne devait pas lui donner ces cinq francs de sa propre poche. Mais le forgeron les refuserait sûrement, et elle craignait de froisser sa fierté.

Elle devait avoir l'air bien préoccupé, car Mme Étienne l'entoura de prévenances pendant toute la matinée, lui prêtant même sa bouteille d'encre, elle qui ne se dessaisissait de ses plumes, règles ou gommes qu'avec la plus grande réticence. M. René vint à deux reprises observer la petite comptable à travers la porte vitrée. Il n'entra point : peut-être voulait-il s'assurer que la gamine était toujours là, qu'elle ne s'était pas échappée. Peut-être espérait-il lui faire peur. Mais Rose avait d'autres soucis en tête. Elle s'inquiétait du tort qu'elle venait de causer à M. Thomas. En fait, elle pensait à lui, tout bonnement, et sans déplaisir. Peut-être lui offrirait-elle un briquet : elle l'avait vu allumer une cigarette en sortant du métro. Il n'y avait pas de raison pour qu'il refusât cette manière de dédommagement. Sa fierté n'en serait pas blessée.

La jeune fille ne voyait guère les ouvriers de chez Druillet que le samedi, à l'heure de la paye. Elle leur comptait à chacun les billets et les pièces, glissait cela dans une enveloppe, et leur faisait signer ensuite le registre. Cela se passait dans le bureau de M. René, et les gars sortaient ce jour-là par la petite porte de la direction. Le patron surveillait l'opération, puisqu'il surveillait tout. Les ajusteurs, les tourneurs, les chaudronniers venaient de reprendre au vestiaire leur costume neuf, au pantalon fraîchement repassé. Ils portaient une cravate et leur chemise était propre. Rose ne les rencontrait ainsi que rasés de près, souriants, endimanchés. Ils prenaient l'enveloppe et la fourraient dans leur poche sans l'ouvrir. Ils avaient l'air gêné de toucher leur paye. Peut-être auraient-ils voulu feindre ce jour-là, dans leur beau costume, d'avoir travaillé seulement pour la gloire. M. René assistait à la paye, debout derrière la jeune fille, et hochait gravement la tête chaque fois qu'un billet ou une pièce quittait la main de la comptable. Lui aussi avait sûrement du mal à reconnaître le travail de ses ouvriers dans tout cet argent qui filait.

Auguste Thomas, par contre, ne montrait ni embarras, ni impatience, ni émotion d'aucune sorte à recevoir sa quinzaine. Cela disparaissait dans sa poche comme sous l'effet de la pesanteur. Tous les gestes de cet homme, aussi bien, avaient la simplicité, l'infaillibilité d'un phénomène de la nature. Auguste Thomas prenait son dû. Il marchait, il maniait le marteau, ou tout bonnement il se raclait la gorge avec la même assurance. Rose lui trouvait un air de noblesse. C'était elle qui éprouvait de l'embarras à lui compter ses heures de la même manière qu'aux autres, et sous le regard de M. René. Aussi lui adressait-elle un bref sourire, à l'instant de lui remettre la paye, et elle disait : « Voici votre enveloppe, monsieur Thomas », comme si ce commentaire bien inutile avait pu créer entre le forgeron et la petite comptable une espèce de complicité, une sympathie secrète par laquelle on se serait assuré, d'un côté comme de l'autre, qu'on était « au-dessus de ça ».

Rose pensait qu'elle pouvait bien sourire et s'adresser comme en aparté au forgeron, ou lui tendre amicalement la main quand elle le voyait chez le bougnat, ou bavarder un peu avec lui quand elle le rencontrait dans le métro, car cet homme avait l'âge d'être son père. Il ne pouvait se méprendre sur la nature des sentiments de la jeune fille.

Il parlait peu, du reste. Encore moins prenait-il les mines avantageuses dont les jeunes gars de l'atelier s'ornaient naïvement le visage, le samedi, devant la jolie comptable. Il ne rêvait pas de l'emmener au bal. Et même au temps de sa jeunesse, il n'aurait sans doute jamais consenti à se serrer les pieds dans des souliers vernis pour séduire les filles, ni à leur débiter ensuite des serments de guinguette pour les emmener dans son lit. Cet homme respirait la franchise, l'honnêteté. Son visage marqué par les années de travail avait même un certain air de sévérité. Il ne portait pas la barbe, mais une moustache longue et drue qui le faisait ressembler, songeait la jeune fille, à un guerrier gaulois.

Plusieurs semaines s'étaient écoulées depuis qu'elle avait parlé avec lui pour la première fois. Elle avait fait réparer son talon en rentrant du travail, car elle ne possédait que deux paires de chaussures, et, le même soir, elle avait acheté un briquet à essence pour M. Thomas.

Depuis lors, chaque fois qu'il venait prendre sa paye, le forgeron allumait ostensiblement une cigarette devant la jeune fille. C'était sa réponse au « voici votre enveloppe, monsieur Thomas ». C'était sa façon de remercier Rose, non tant pour le briquet que pour sa délicatesse. Et, pendant une seconde, au nez et à la barbe de M. René, une sorte d'intrigue se nouait entre l'ouvrier et la comptable. Mais leur commun secret n'était fait que de silence, d'estime partagée, de la pensée que leur sympathie tenait surtout à la délicatesse de leurs sentiments mutuels. Raffinement pour le moins bizarre en ce lieu, proprement déplacé, comme l'eût été un diamant à la main de la jeune fille, ou un habit de soirée sur les trop larges épaules du forgeron. Et pourtant, celui-ci voyait distinctement le joyau au doigt de la comptable, et Rose, de même, trouvait que M. Thomas avait fière allure dans sa simple veste de velours côtelé.

9

L'atelier de Madeleine travaillait à façon pour les boutiques du faubourg Saint-Honoré, mais M. Rivière avait en outre une petite clientèle privée : bon an mal an, deux ou trois douzaines d'élégantes fréquentaient l'atelier en grand mystère, choisissant leur modèle et revenant avec ponctualité pour les essayages. M. Rivière faisait croire à chacune qu'elle était la seule au grand jamais autorisée à se faufiler parmi les machines et les coupons en désordre, la seule admise par faveur toute spéciale à respirer la même poussière que les ouvrières. Alors ces personnes sortaient leur mouchoir de dentelle et toussaient de bonne grâce. Elles se cognaient au coin des tables sans émettre la moindre plainte. Il n'était pas jusqu'aux épingles égarées sur le bâti de la robe dont la piqûre ne les mît de bonne humeur. M. Rivière craignait seulement que deux de ces clientes à tous égards « uniques » ne vinssent à se rencontrer chez lui. Mais le brave homme savait mener son monde, et la reine Marie elle-même, suivie de toute la cour d'Angleterre, n'eût été admise que sur rendez-vous.

L'une ou l'autre de ces dames n'était pas plus tôt entrée que l'atelier s'arrêtait de travailler comme si la Vierge en majesté était apparue aux vingt ouvrières en même temps : Raymonde mettait en panne la machine à broder dont le ronflement eût dérangé. La grande Renée se levait brusquement pour aller faire chauffer l'eau du thé que le patron voudrait peut-être offrir à sa pratique. Louise pouffait de rire comme toutes les fois qu'elle était surprise. Yolande allait chercher « une chaise pour Madame », mais M. Rivière s'arrangeait pour expédier au plus vite l'essayage : la jupe aurait des volants à la manière de Rochas et une large ceinture sur les hanches telle que Jeanne Lanvin allait les imposer cette année. On mettrait un peu de Schiaparelli dans le bustier, et les manches n'auraient pas l'air de manches, ainsi que le voulait Molyneux. Tout cela devait être décidé en dix minutes, pas plus, pendant lesquelles M. Rivière et sa cliente virevoltaient ensemble, entraînés dans une sorte de valse parmi les tables, les machines, les mannequins, les rouleaux d'étoffes. Les ouvrières aimaient bien voir leur patron faire ses tours de magie : satins, velours, jerseys jaillissaient d'entre ses mains et tourbillonnaient pendant quelques secondes autour de la dame, avant de disparaître comme les foulards d'un illusionniste. On aurait dit qu'il allait escamoter sa partenaire aussi, mais il se bornait pour le moment à lui donner toutes sortes d'apparences bizarres, en la drapant, la dénudant, l'enveloppant, la plissant pour tout défaire l'instant d'après, et recommencer en plus court peut-être, en moins ample aussi, la taille restant bien sûr à peine marquée.

Ainsi transformée à vue, la patiente perdait vite son apparence première entre les mains du patron, et jusqu'à toute consistance. Il la rendait pour ainsi dire volatile. Mais peut-être ne faisait-il ainsi que réaliser une propension naturelle de sa victime complaisante et ravie. Toutes ces élégantes n'avaient-elles pas tendance, dès la première minute de leur visite, à se répandre comme une vapeur dans l'atelier qu'elles envahissaient de leurs aimables caprices, de leurs décisions subites, suivies d'incertitudes non moins soudaines ? Cela se passait très vite car M. Rivière, une fois de plus, trouvait sans hésiter « le style de Madame », et ce qui « personnalisait » le mieux sa silhouette. Alors le magicien rangeait en un tournemain ses accessoires dans son chapeau. Le tissu, le modèle étaient bientôt choisis, et la cliente, quelque peu chancelante à la fin, se voyait reconduite à la porte de l'atelier et disparaissait cette fois pour de bon, ce qui constituait le dernier tour de M. Rivière, et à coup sûr le plus difficile. Il ne restait de l'aimable personne que son parfum, subtil ou entêtant selon le jour, une vague senteur orientale, une odeur d'encens peut-être, tandis qu'Henriette ou Germaine, silencieuses et vives comme des accessoiristes derrière le rideau de scène, venaient reprendre sur la table de coupe, et rangeaient parmi les étagères, les rouleaux d'étoffes dont M. Rivière s'était servi pour son numéro.

Il conservait cette clientèle surtout pour son plaisir. C'était un vaniteux. Il cédait à la jubilation d'être adulé de ces femmes qu'il avait si bien l'art et la manière de maltraiter.

Il travaillait seul à ses modèles, ou ne se faisait aider que par ses meilleures ouvrières, et quand il avait arrangé la robe sur le mannequin pour y placer le dernier point, la dernière fronce, rectifiant du revers de la main le drapé de la jupe à la manière dont un peintre corrige tel détail de son tableau d'une ultime touche de couleur avant d'y apposer sa signature, il s'adressait d'un air ravi à la dame de toile bourrée de crin, s'exclamant : « Nous voilà prêts pour Longchamp, ma chère ! » Puis il déposait son œuvre dans un carton, veillant à ne pas gâter le bouffant d'une manche, à ne pas plisser malencontreusement le corsage, et il remettait l'inestimable colis à Madeleine, qui avait seule sa confiance pour emporter cette manière de saint sacrement parmi les périls de la capitale.

Quelques-unes de ces robes devaient être encore plus précieuses que les autres aux yeux de M. Rivière, ou bien certaines clientes jouissaient-elles auprès de lui d'une considération particulière, car Madeleine se voyait parfois flanquée d'Henriette, devenue en quelque sorte son adjointe pour cette délicate mission.

C'était un peu les vacances, ces livraisons. Henriette se recoiffait et se poudrait avant de partir. Elle se regardait dans le petit miroir du poudrier. D'un doigt mouillé de salive, elle rectifiait la courbe de ses sourcils. Le monde allait être si beau, passé la porte de l'atelier : bien plus beau que le matin même, elle en était sûre. Sa main tremblait un peu, et le bâton de rouge dépassait l'ourlet de ses lèvres. Il fallait tout recommencer. M. Rivière se mettait à la houspiller, mais la gamine ne pensait qu'aux deux heures qui allaient venir, aux regards qui se poseraient peut-être sur elle dans l'autobus. Il n'y avait rien de trouble dans son esprit, aucune intention secrète, elle ne savait même pas ce qui la rendait si fébrile. Elle se livrait simplement à la joie de sortir, de croiser dans la rue des gens qu'elle ne connaissait pas et qu'elle rencontrerait ainsi pour la première fois, même si ce devait être aussi la dernière.

Henriette et Madeleine découvrirent de cette manière les beaux quartiers. Comme elles étaient jolies et bien mises, les concierges ne les obligeaient point à passer par l'escalier de service. Elles n'empruntaient pourtant pas l'ascenseur, préférant gravir lentement ces larges degrés de marbre qui paraissaient ne mener qu'à d'éternelles et somptueuses fêtes. Henriette effleurait de la main la rampe de laiton et de fer forgé, comme si ses yeux seuls n'eussent pu la convaincre tout à fait de la réalité de ces splendeurs. Des femmes de chambre à robe noire et tablier blanc leur ouvraient la porte. Ou bien c'étaient des maîtres d'hôtel aux gestes pleins de componction, à la physionomie discrètement ennuyée, qui semblaient considérer le monde, autour d'eux, comme un fromage un peu trop fait.

Il leur fallait attendre un moment dans le vestibule. Puis la soubrette ou le majordome revenait avec une pièce de vingt sous et emportait le carton sans autre formalité. Mais, parfois, la cliente voulait essayer sa nouvelle robe avant de laisser repartir les petites livreuses. Alors on faisait antichambre bien plus longtemps, une demi-heure, une heure, ou même davantage, car il arrivait qu'on oubliât tout bonnement les gamines et qu'un domestique les trouvât par hasard dans le vestibule, plus tard, endormies dans le même fauteuil.

Henriette mettait à profit ces longues factions pour inspecter les lieux. Elle faisait d'abord les cent pas, l'air plutôt de s'ennuyer, mais examinant avec une secrète avidité les tableaux ou les miniatures décorant les murs. Elle regardait aussi les meubles, commodes, guéridons, consoles, dont elle caressait du revers de la main, mine de rien, les dorures ou la précieuse marqueterie. Elle feignait même de vérifier le bon fonctionnement des appliques ou du lampadaire. Puis elle s'enhardissait jusqu'à tâcher d'apercevoir la pièce voisine par l'entrebâillement de la porte, ou carrément par le trou de la serrure. Au bout d'un moment, elle n'y tenait plus : son indifférence affectée le cédait tout d'un coup à l'explosion de l'impatience, de la curiosité, de l'envie. Elle avait hâte de s'en mettre plein la vue avant qu'on ne les renvoyât à leur petit bout d'existence, elle et sa copine, avec leur pièce de vingt sous pour viatique. Son pourboire, elle le prenait tout de suite, par les yeux, par les mains (qu'elle hasardait jusque sur la pâte des tableaux accrochés au mur), et même par les narines, tâchant de s'emplir du troublant parfum de toutes les richesses qui l'environnaient. « Ah, mince ! » murmurait-elle devant chaque objet qu'elle découvrait. « Mince, alors ! » faisait-elle en levant le nez vers le grand lustre de cristal dont les ampoules jetaient leur poudre d'or sur les meubles et sur le parquet miroitant. Madeleine laissait moins voir son émerveillement. Peut-être se rendait-elle compte, à la différence de sa copine, que nulle poussière d'opulence ne viendrait se déposer par miracle sur son visage ou ses mains, encore moins dans son porte-monnaie. Elle craignait même de quitter ces lieux plus pauvre encore qu'elle n'y était entrée, voyant bien qu'Henriette, avec ses « mince alors » et toute son agitation, était en train d'y laisser un peu de sa dignité, qui constituait jusqu'à nouvel ordre son unique fortune. Aussi prenait-elle le parti de ne rien regarder autour d'elle, et elle tâchait même d'expliquer à sa copine qu'un vestibule n'est qu'un vestibule, et que leur sort probable, à l'une et à l'autre, serait de ne jamais connaître les autres pièces de l'appartement.

— Mais tu n'as pas toujours été pauvre, toi, répliquait Henriette avec véhémence. Tu vivais autrefois dans une belle maison.

Madeleine haussait les épaules. Elle regrettait d'avoir parlé de son enfance à sa copine, et de l'avoir embellie, d'y avoir mis des personnages et montré des lieux qu'on ne voit peut-être que dans les contes de fées.

Elle avait menti sans doute, mais toutes les filles de l'atelier se jouaient pareillement la comédie, et leurs amoureux ressemblaient trop à des princes pour ne pas être des figures de légende. Est-ce mentir, même, que de s'inventer tant bien que mal un bonheur qu'on n'a pas ? Ces gamines qui ne possédaient rien voulaient bien faire crédit à la vie. Le mensonge n'était pas de leur fait, car elles donnaient assez la preuve de leur bonne foi, trimant à un franc vingt de l'heure sans rien exiger d'autre que le droit d'espérer, elles ne savaient même plus quoi. Alors Madeleine, sur le chemin du retour, cédait finalement aux instances d'Henriette qui la suppliait de parler encore de son père l'ingénieur, ou de sa mère qui portait jadis des robes de soie blanche et qui était morte « de componction ».

— De « consomption », rectifiait Madeleine qui avait découvert le mot dans le même roman que sa copine.

Mais quelle différence ? Ç'avait été une très belle mort, de toute façon. Madeleine racontait que sa maman s'était doucement repliée sur elle-même comme une fleur qui se fane, et qu'un matin, à la place de la pauvre femme, on n'avait retrouvé que des pétales.

— Et vous l'avez enterrée dans sa robe blanche ? questionnait encore Henriette.

Oui, Rose et Madeleine l'avaient vêtue de sa belle robe de soie, qui datait du temps de sa jeunesse : le corsage était entièrement brodé à la main et, même avec sa nouvelle machine, M. Rivière n'aurait pas fait moitié moins beau. Henriette voulait aussi savoir comment les manches étaient montées, et si le dos avait des fronces ou des pinces. Madeleine continuait donc ses explications, la robe était mise à plat en moins de deux, et l'on discutait des avantages qu'il y avait à prendre l'ourlet dans les coutures, ou à le faire mourir un peu avant, ce qui rend la finition moins solide mais lui donne un aspect plus soigné.

Quelques jours avant la fin de l'année 1922, les deux copines furent envoyées à l'hôtel Ritz avec une robe que le patron venait de terminer pour la comédienne Maggy Myrga. Dérogeant à ses principes, M. Rivière, pour les essayages, s'était laissé conduire jusqu'à la place Vendôme par le chauffeur de sa célèbre cliente. La comédienne l'avait reçu dans sa chambre au milieu des visons, des aigrettes, des perles, des pékinois. Un certain baron de Vieilléglise (ou Méséglise) somnolait dans un fauteuil, oublié parmi les autres colifichets de la dame. Toutes les filles de l'atelier avaient à son retour assailli le patron de leurs questions : Maggy Myrga était-elle aussi belle à la ville que sur les écrans où l'on venait de la voir dans *L'Ombre déchirée* et dans *L'Ami des Montagnes* ? « Les hanches sont trop larges, avait simplement constaté M. Rivière : il faut du tulle noir pour cacher ces hanches-là. Elle m'a demandé du blanc, brodé de perles et de paillettes nacrées, mais je lui ai dit qu'elle aurait l'air d'un abat-jour, avec ce blanc. »

Le patron ne voulut pas dire s'il était flatté d'habiller une célébrité de l'écran, et il enleva de l'étagère un rouleau de mousseline noire avec ce seul commentaire : « Il paraît que Molyneux lui donne tout le blanc qu'elle veut, mais moi je suis un couturier. »

Henriette et Madeleine avaient beau connaître les luxueux appartements de la plaine Monceau ou de la colline de Chaillot, elles n'avaient encore rien vu qui approchât la splendeur de l'hôtel Ritz. Elles restèrent d'abord pétrifiées devant le chasseur en livrée galonnée qui venait de leur ouvrir la porte, comme de jeunes matelots que l'amiral en personne aurait accueillis sur leur premier navire. Puis leurs yeux éblouis découvrirent, derrière lui, les étendues miroitantes et fastueuses du grand hall de réception. Ce fut Madeleine qui avança la première, mais Henriette l'avait poussée. Luttant contre l'espèce de vertige qui venait de les prendre, les deux petites s'aventurèrent parmi les marbres, les ors, le cristal des lustres et la pourpre des tapis. Au fond de la salle, dans une sorte de tribune vivement éclairée, siégeait tout un état-major de personnages ornementés de brandebourgs, de galons et d'épaulettes dorées à l'instar du chasseur-amiral. Ces mystérieux officiers détenaient sans nul doute d'immenses pouvoirs, car d'un simple claquement de doigts, l'un d'eux fit surgir de derrière une colonne de marbre un acolyte beaucoup moins galonné que lui, mais habilité néanmoins à se saisir du bagage à main d'une dame qui passait par là.

D'une discrète bourrade, à nouveau, Madeleine fut poussée vers la tribune lumineuse et, dans un souffle, elle prononça le nom de « Maggy Myrga ». Or cette action téméraire, sacrilège peut-être, ne suscita ni la colère, ni le rire de l'homme à la tunique rouge et or qui semblait diriger l'état-major des concierges-chambellans, chasseurs-amiraux et autres dignitaires. Les petites visiteuses furent conduites jusqu'à l'ascenseur, puis confiées par le liftier en uniforme gris à un garçon d'étage en livrée jaune. La minute d'après, elles se trouvaient dans l'appartement de la célèbre comédienne : elles venaient d'entrer dans un roman.

Maggy Myrga se tenait dans le salon, à demi étendue sur une méridienne. Un étroit fourreau de lamé argent épousait les courbes de son corps, des épaules jusqu'aux chevilles. Les moirures et les luisances dont l'étoffe était parcourue évoquaient l'élément marin auquel appartenait sans doute cette créature fabuleuse, plutôt sirène que femme. Les yeux, agrandis et figés par le mascara dans une expression d'inaltérable émerveillement, semblaient occupés à déchiffrer quelque oracle parmi les fumerolles échappées d'un très long porte-cigarette d'ivoire et d'ambre. Les deux jeunes filles ne virent pas d'emblée les autres personnes qui se trouvaient dans la pièce, tout comme dans un temple où l'on est admis pour la première fois on n'aperçoit d'abord que le tabernacle, non la foule des fidèles réunis pour l'office.

Une dame d'un certain âge, en tailleur noir, le regard affairé derrière de grosses lunettes d'écaille, se détacha de la scène indistincte et feutrée qui se jouait autour de l'actrice, et traversa le salon pour accueillir les visiteuses. La voyant s'approcher,

Madeleine eut envie de laisser là le carton de la robe et de s'enfuir. Son bonheur de se trouver si près de la sublime créature tournait soudain au malaise : la femme au tailleur noir n'allait-elle pas l'entraîner malgré elle jusqu'auprès de Maggy Myrga, et l'obliger à lui parler, à la toucher peut-être ? N'allait-on pas la faire monter de force sur l'espèce de scène dont la comédienne occupait le milieu ? Le prestige de la célèbre actrice créait une sorte de courant, une puissante aspiration contre laquelle Madeleine luttait à présent de toutes ses forces. Elle ne saurait quoi dire si jamais on lui demandait de parler à Maggy Myrga, et elle se noierait alors, emportée comme un fétu dans un siphon.

Mais la femme au tailleur se contenta de lui enlever des mains le carton, et tira de la poche de sa veste deux pièces de vingt sous qu'elle remit sans un mot aux petites livreuses, fermant ainsi la bonde par où Madeleine allait peut-être disparaître, engloutie par la gloire de Maggy Myrga. La jeune fille considéra la piécette qui luisait sur sa paume encore ouverte : voilà donc tout ce qu'elle rapportait du pays des Mille et Une Nuits ! Son angoisse venait de passer. Elle se sentait calme, à présent, mais déprimée, comme amoindrie (les héros des contes persans, du moins, retrouvent à leur réveil une perle ou un diamant à leur doigt comme preuve qu'ils n'ont pas seulement rêvé). Alors elle osa relever les yeux et aperçut à nouveau Maggy Myrga, là-bas, à l'autre bout de la pièce. La belle comédienne lui parut plus petite qu'elle ne l'avait imaginée, bien plus petite en vérité que sur les écrans où son image mouvante changeait sans cesse de taille, et par moments devenait immense, à l'instar de ces génies qu'on voit prendre à volonté les dimensions d'une maison, voire d'une montagne.

Madeleine referma la main sur ses vingt sous, et ce geste acheva de dissiper l'enchantement. La scène où jouait la divine Maggy lui apparut soudain avec netteté : deux messieurs étaient assis sur des poufs, de part et d'autre du divan. La comédienne parlait dans un harmonieux murmure et semblait ne s'adresser qu'à la fumée de sa cigarette aux volutes chargées de signes et de présages qu'elle seule savait déchiffrer. Les messieurs avaient l'air ravi, malgré les petits chiens rageurs qui grouillaient à leurs pieds et leur mordillaient les mains s'ils tentaient de les écarter. Debout près d'une des fenêtres, deux autres messieurs examinaient à la lumière du jour des photographies. Ils discutaient à mi-voix mais avec animation, comme deux médecins confrontant leurs diagnostics sur des clichés radiographiques. La femme au tailleur noir avait quitté les livreuses et venait de reprendre sa place derrière le petit bureau qui faisait face au lit, considérant que les gamines ne se trouvaient déjà plus dans la pièce, qu'elles avaient même tout à fait cessé d'exister dès l'instant où elles avaient reçu leur pourboire. Madeleine, cependant, n'avait pas bougé. Henriette non plus ne faisait pas mine de s'en aller. Elles devenaient chaque seconde plus réelles, à se trouver désormais de trop dans ce lieu où elles n'avaient plus rien à faire. Personne, pourtant, ne semblait les voir. Elles étaient là, écarquillant les yeux, dévorant du regard tout ce que leur attention pouvait capter, mais ni les messieurs aux photographies, ni la dame en noir, ni la comédienne ne paraissaient s'offusquer de cette présence. Ils devaient avoir l'habitude de vivre ainsi sous le regard d'une foule silencieuse et vorace. Ils n'y faisaient plus attention, tels ces grands fauves qu'on voit somnoler au soleil, paresseux et souverains, les yeux rongés par des myriades de mouches.

Madeleine et Henriette n'avaient plus peur, et si leur cœur battait encore un peu fort, c'était de convoitise et d'impatience. Elles venaient de s'aviser qu'elles étaient invisibles en quelque sorte, puisque leur présence inopportune ne dérangeait personne. Ces gens auraient-ils même dormi, ou se seraient-ils accouplés devant elles, rien, aucune circonstance ne pouvait donner la moindre réalité au regard absolument anonyme, et aboli par là même des deux jeunes filles. Elles n'étaient que « le public » aux yeux de personnages qui ne savaient plus vivre, ne devenaient même « réels » que dans la contemplation d'adorateurs sans nom et sans visage.

Une minute plus tôt, Madeleine avait craint qu'on ne la fît

approcher de Maggy Myrga, qu'on ne l'obligeât peut-être à lui essayer la robe de M. Rivière. Mais la comédienne avait une habilleuse pour cela, comme elle devait avoir son secrétaire, son imprésario, ses hommes d'affaires. Elle était si bien protégée du reste de l'humanité que n'importe qui aurait pu la fixer effrontément, la toucher même, sans annuler le moins du monde la fabuleuse distance qui la séparait de ses semblables.

Pourtant, la grande artiste abandonna son espèce de méditation, ses yeux se détachèrent des arabesques de fumée de sa cigarette et, pendant un instant, elle considéra les jeunes filles qui se tenaient toujours sur le seuil, face à elle. Son regard parut marquer une légère surprise. On ne lui avait pas parlé de ces deux figurantes : que faisaient-elles dans le salon, dans cette scène ? Puis la vérité toute simple apparut à la divine Maggy : les gamines n'avaient pas de rôle dans le film. Elles étaient venues par amour pour elle. Ces braves petites n'étaient que des admiratrices. Alors un doux sourire naquit sur les lèvres peintes de la comédienne, et ses yeux s'embuèrent d'une merveilleuse tendresse. Mais, en même temps, le porte-cigarette, au bout de la main longue et fine, tâtonna dans le vide, dessinant une vague parabole bleutée pour se pointer enfin vers les visiteuses, mystérieuse antenne par laquelle la sublime Maggy observait en réalité les deux jeunes filles, tandis que les yeux, le visage entier se donnaient soudain pour l'une de ces habiles simulations de la nature par lesquelles certaines espèces d'insectes, afin de tromper leurs ennemis ou de fasciner leurs proies, reproduisent sur leurs élytres ou leur abdomen le faciès d'une autre espèce animale.

Mais ce n'était là qu'une impression, et même si Maggy Myrga ne ressemblait en rien aux autres femmes, elle voyait bien avec ses yeux, et ses lèvres étaient de vraies lèvres appelant de langoureux baisers. Pourtant le sourire s'effaça, et la tendresse du regard fit place à une sorte d'attention indifférente. Les yeux quittèrent les deux jeunes filles, un peu comme on saute un paragraphe en lisant une lettre, pour arriver plus vite à la nouvelle qu'on espère ou qu'on redoute, puis la belle comédienne examina successivement les messieurs qui se trouvaient près d'elle, ceux qui se tenaient devant la fenêtre, et la femme au tailleur noir, pour se détacher d'eux à leur tour et ne plus considérer que les fauteuils, les guéridons, les bouquets de fleurs formant le décor de la pièce. Allant ainsi du cendrier de cristal au lampadaire, et du lampadaire à la commode, son regard s'animait à nouveau d'une touchante expression de sympathie, pour ainsi dire de bonheur, qu'éveillait peut-être la présence de ces objets merveilleusement semblables d'un palace à l'autre, et qui, pour elle, familiers et fidèles, étaient devenus presque des personnes et figuraient alors les vrais humains.

Sans transition, sans étonnement non plus, les petites livreuses se retrouvèrent soudain sur le trottoir, face à la colonne Vendôme, un peu comme le rêveur que le premier rayon du soleil redépose doucement dans son lit après une nuit passée parmi les fées, les enchanteurs et les dragons. Elles parlèrent longuement de leur songe prodigieux, tout en se faufilant parmi les voitures qui se pressaient et cornaient sur la place. Elles décidèrent de rentrer à pied pour débattre à loisir des merveilles dont elles venaient d'être les témoins : elles avaient rencontré Maggy Myrga. Elles l'avaient vue en chair et en os, et la sublime créature leur avait souri : ce sourire à lui seul les comblait, car elles se persuadaient peu à peu qu'il contenait tout l'amour du monde.

Elles ne se trompaient qu'à demi : le sourire, les yeux, toute la physionomie de Maggy Myrga débordaient en effet d'amour. Venant de cette créature quasi divine, le regard le moins délibéré, une expression involontaire du visage paraissaient illuminés de l'intérieur par une intense émotion, transfigurés à la manière de ces brindilles qu'on voit, chargées au matin de givre, prendre au soleil l'aspect du cristal le plus pur. Mais ainsi l'amour dont semblait rayonner le visage de la célèbre comédienne ne venait que de l'éclairage de projecteur porté sur elle par la vénération universelle dont elle était l'objet. Maggy

Myrga n'était qu'une image mouvante en noir et blanc, sans poids ni consistance. Elle ne contenait aucune des émotions qu'on croyait découvrir en elle, pas plus qu'une vitre n'est le lieu du coucher du soleil qui se reflète dans son épaisseur. Sa seule réalité avérée n'était que d'avoir les hanches trop larges, ainsi que l'avait établi M. Rivière, qui ne se comptait sans doute pas au nombre de ses adorateurs : avec ses ciseaux, son mètre souple et ses épingles, le patron n'avait pas d'amour à revendre. Son travail l'occupait bien assez. Il ne se demandait même pas ce que ses ouvrières allaient faire, le samedi soir, au bal ou au cinéma. Peut-être croyait-il vraiment qu'elles ne s'étaient pas assez dépensées à l'atelier. Il n'était pas de ceux qui regardent passer les cortèges et qui applaudissent.

10

La facturière et la jeune comptable étaient devenues de vraies amies. Elles allaient souvent manger leur sandwich chez l'Auvergnat, rien qu'elles deux, et Mme Étienne tenait à offrir le ballon de beaujolais. Rose n'avait pas l'habitude de boire, la tête lui tournait, c'était un peu la fête pendant une heure. La facturière racontait une fois de plus ses souvenirs de l'autre siècle : il y avait jadis un abreuvoir sur la petite place, au bout de la rue. L'omnibus s'y arrêtait quand il faisait chaud, et l'on attendait pour repartir que les chevaux eussent fini de boire. Un gamin était d'ordinaire posté là et vendait de la limonade aux voyageurs. Crinolines, ombrelles et victorias, Mme Étienne égrenait tranquillement son histoire avec les mêmes mots d'une fois sur l'autre, les mêmes intonations aux mêmes endroits du récit. La brave femme se rendait bien compte qu'elle se répétait, et elle en était confuse, mais cela ne l'empêchait pas de recommencer le lendemain : elle trouvait trop de plaisir, ainsi qu'elle le disait, à « faire prendre l'air à ses souvenirs ». Rose se figurait le passé de son amie comme une grande maison vide, bien trop vaste pour la vieille dame qui se fût échinée en vain à dépoussiérer les meubles et les bibelots accumulés depuis tant d'années. Alors la jeune fille aidait Mme Étienne à enlever les housses qui couvraient les banals trésors de sa mémoire : elle posait des questions, elle se faisait répéter des anecdotes qu'elle avait entendues cent fois, et la facturière, pendant un moment, avait l'illusion de ne plus être si seule dans sa propre vie, qui avait été bien trop longue sans doute. Elle se sentait moins perdue dans tout cet espace.

On se disait « vous », on se faisait des politesses et des cérémonies, même si l'on se restaurait d'un simple sandwich et d'un œuf dur. A plusieurs reprises, Mme Étienne avait convié Rose à déjeuner chez elle, un dimanche, « avec sa jeune sœur qu'elle n'avait pas encore le plaisir de connaître », mais la petite comptable avait trouvé toutes sortes de prétextes pour décliner ces invitations qu'elle n'aurait pas pu rendre : les deux vilaines chambres des jeunes filles, avec leurs lits de fer et les traces de punaises sur les murs, n'étaient pas un endroit où l'on pût « recevoir du monde ».

Depuis qu'elle était veuve, Mme Étienne fréquentait le patronage laïc de la rue Falguière. On y donnait des conférences et des concerts, et le dernier dimanche de chaque mois, M. Dussau, le directeur, organisait une promenade ou une excursion à caractère éducatif. La facturière avait découvert grâce à lui le château de Chambord, une coopérative laitière à Vernon, la cathédrale de Chartres, les égouts, et bien d'autres merveilles de l'art et du génie humain. La vieille dame aidait M. Dussau à surveiller les jeunes qui ne songeaient pour la plupart qu'à courir et à s'échapper en tous sens pendant les visites guidées. Elle s'occupait à trouver des places libres dans le train. Elle préparait des sandwiches pour tout le monde. Elle n'était jamais fatiguée et, pendant le voyage du retour, elle enseignait encore des chansons et des poèmes aux gamins qui n'en pouvaient plus.

Elle eut un peu de mal à convaincre Rose que le patronage de la rue Falguière ne devait rien aux curés et que M. Dussau, professeur à la retraite, n'avait d'autre but que de préserver la jeunesse de toutes les misères liées à l'ignorance, au nombre desquelles le brave homme faisait figurer « la superstition ». Un samedi du mois de novembre, enfin, Rose accompagna sa collègue au patronage.

On passait le porche de l'immeuble, et, au fond de la cour, après l'escalier d'un ferronnier, on entrait dans une vieille maison de brique brune, sans étage, pelotonnée au pied d'un grand mur aveugle et qui semblait avoir poussé là, avec ses fenêtres vivement éclairées, son perron et sa marquise encadrés de lampions multicolores, comme un rejeton verdoyant sur une souche. M. Dussau attendait ses ouailles en haut des marches. C'était un petit homme mince, à lorgnon et barbiche, qui se haussait sur la pointe des pieds et projetait le buste en avant pour vous accueillir, le nez, les yeux, le menton levés et comme tendus vers vous. Il se transformait ainsi en bec de cafetière et vous versait le breuvage brûlant de sa joie de vous revoir, ou de vous compter parmi ses nouveaux adeptes.

La salle de conférence était formée par la réunion de trois pièces en enfilade. Une centaine de personnes pouvait s'y tenir à l'aise, sur dix ou douze rangées de bancs ou de chaises désassorties, face à l'estrade haute d'un demi-mètre et dont le plancher masquait la moitié inférieure d'une cheminée, curieux vestige de l'ancienne habitation naufragée que des maçons amateurs et des charpentiers pressés avaient laissé là comme en oubliant de fermer la porte derrière eux.

M. Dussau fit grand accueil à la facturière et surtout à sa recrue. Il les accompagna dans la salle et présenta « Mademoiselle Rose » à plusieurs personnes de condition et d'âge fort divers, mais que la jeune fille ne sut d'abord distinguer les unes des autres car elles paraissaient toutes pareillement exposées à défaillir et presque mourir de bonheur à la vue de chacun de leurs semblables. On s'empressa auprès de la nouvelle venue, et on libéra deux chaises au premier rang pour elle et pour Mme Étienne, que de discrets sourires d'approbation félicitaient pour son prosélytisme.

M. Dussau monta sur l'estrade et demeura quelques secondes à considérer simplement l'assistance, ouvriers en famille, employés, calicots, et quelques intellectuels aussi, le directeur de l'école communale qui était poète, ou l'adjoint au contrôleur des Contributions qui était archéologue, tous de braves gens qui venaient presque chaque samedi et qui payaient de leur personne pour aider à l'organisation des spectacles ou de la grande fête annuelle, au lieu d'aller applaudir aux exhibitions vulgaires et trop souvent immorales du café-concert. Puis le petit homme frappa dans ses mains pour obtenir le silence, il se haussa de nouveau sur la pointe des pieds, et, tendant le cou comme un canard qui va prendre son envol, il annonça en nasillant « la jeune Marie Daudet, qui va maintenant nous dire un poème de notre grand Victor Hugo ».

D'autres gamins vinrent après elle déclamer d'autres morceaux de poésie, de leur petite voix essoufflée qui semblait courir au bord de terribles abîmes, poursuivie par les légions implacables de la métrique et de la prosodie, si hostiles aux enfants des écoles. Ils furent très applaudis, même ceux qui avaient trébuché ici ou là, touchés par le javelot d'une rime traîtresse, et qui avaient franchi les dernières strophes en clopinant, les joues en feu, les yeux égarés, les oreilles toutes rouges, contents d'être arrivés tout de même. La chorale de M. Lauret, ancien professeur au conservatoire de Toulouse, interpréta ensuite de vieux airs écossais, puis des chants russes, entonnant pour finir l'*Hymne des temps futurs* de Beethoven avec les paroles de Maurice Bouchor : « Plus de fratricides luttes, plus de larmes, plus de sang... » Et pendant que les jeunes choristes, de leur petite voix de verre filé, annonçaient à l'auditoire ravi : « ...et l'amour qui nous oppresse va jaillir en cris vainqueurs », Rose vit Mme Étienne sortir son mouchoir pour essuyer les grosses larmes qui commençaient à rouler sur ses joues. Elle-même se sentait la gorge serrée par l'émotion. Elle n'avait jamais rien entendu d'aussi beau que cette musique, ni de plus vrai que les vers de Maurice Bouchor : un irrésistible élan de fraternité la porta soudain auprès des enfants qui chantaient, et des mamans qu'elle voyait assises sur le bord de leurs chaises, le corps penché en avant, tendant les lèvres comme pour y recueillir les miraculeuses harmonies jaillies des tendres et juvéniles poitrines de leur progéniture. Le généreux amour de la jeune fille s'étendit bientôt aux papas aussi, et à toute l'assistance. Il déborda même de la salle, se répandit dans la cour, gagna la rue Falguière, submergea bientôt Paris, et avant que les enfants du patronage n'eussent chanté la dernière strophe de l'hymne, il avait couvert la surface de la planète en une crue irrésistible et magnifique.

L'entracte qui vint après fut un nouveau moment de bonheur : les jeunes chanteurs avaient rompu les rangs et les mamans embrassaient à présent leurs petits. Tout ce monde se retrouva dans le fond de la salle, tandis que M. Dussau, aidé de quelques enfants, aménageait l'estrade pour la conférence qui allait suivre. Mme Étienne présenta Rose à plusieurs personnes qui semblaient toutes de si braves gens que la jeune fille les aurait bien embrassées. Elle serra avec enthousiasme les mains qu'on lui tendait.

Après un quart d'heure, chacun regagna posément sa place, et M. Dussau commença sa conférence : depuis le début du mois d'octobre, il expliquait la guerre des Gaules, et, ce soir-là, il raconta l'héroïque résistance et la victoire de Vercingétorix à Gergovie. Il eut des accents émouvants pour célébrer le courage et la sagesse du chef gaulois, et la ferveur de l'auditoire fut portée à son comble lorsque toutes les lumières s'éteignirent et que, sur le drap que l'on venait de tendre contre le mur, derrière M. Dussau, apparut le portrait équestre du premier rassembleur de la nation gauloise, dont le conférencier se plut à dire qu'il avait réuni dans sa seule personne le génie militaire d'un Foch et la ténacité d'un Clemenceau.

Le mardi suivant, Rose emprunta à la bibliothèque le *Vercingétorix* de Camille Jullian, qu'elle dévora dans la nuit, si bien que, le lendemain, Mme Étienne dut refaire les comptes de sa petite collègue dont l'esprit engourdi bruissait du fracas lointain des boucliers et des glaives. Rose devint très assidue aux conférences de M. Dussau. Elle dévalisa la bibliothèque du quartier de tous les livres se rapportant à la Gaule, à la religion des Celtes, à leurs coutumes, à leurs industries. Plusieurs de ces ouvrages, malheureusement, étaient fort anciens, et les opinions variaient d'un auteur à l'autre, de sorte que Rose, chaque samedi, posait à M. Dussau quantité de questions auxquelles le malheureux professeur n'était pas en mesure d'apporter la moindre réponse assurée : il pouvait bien essuyer ses lorgnons, se racler la gorge, tirer même les poils de sa barbe, rien ne sortait de l'humble savant, que l'aveu final de son ignorance.

M. Dussau se félicitait toutefois de sa nouvelle élève, et l'encourageait à poursuivre ses lectures, lui assurant que l'archéologie était pour l'essentiel une science d'amateur et qu'un esprit méthodique et curieux pouvait vite y exceller. « Mais je ne suis qu'une ignorante, se récriait alors la jeune fille. J'ai été élevée au pain bénit. C'est tout juste si on m'a appris à dire mes prières. » Et elle exhalait son ressentiment à l'encontre des Cœur-très-Pur de Marie qui avaient brimé son intelligence et gâché sa jeunesse. Elle aurait beau faire, désormais, elle ne rattraperait jamais le temps perdu.

Elle allait au musée du Louvre, le dimanche. Elle en connaissait maintenant toutes les salles, et la plupart des œuvres lui étaient devenues familières. Elle allait au concert, également. Elle était abonnée chez Pasdeloup. Et, chaque soir, elle tâchait de lire un peu, luttant contre l'engourdissement et l'ennui qui la prenaient d'ordinaire après quelques pages, luttant de toutes ses forces contre la paresse, croyait-elle, qui allait l'entraîner vers le délicieux et fatal abîme du sommeil. Elle préférait les ouvrages biographiques ou les livres de mémoires aux romans dont les histoires lui semblaient futiles, puisqu'elles n'étaient point vraies. Devant les tableaux du Louvre, de même, elle ne s'intéressait qu'à la « vérité » de la composition et à la précision du trait. Tout ce qui ne s'attachait pas à produire la pure réalité lui paraissait tout bonnement mensonger, comme jadis les leçons des sœurs du Cœur-très-Pur.

Elle aimait découvrir des mots nouveaux au fil de ses lectures. Elle gardait toujours son dictionnaire à portée de la main. Chaque jour, le désert immense et glacé de son ignorance reculait un peu, mais il y avait encore tellement de mots dans le dictionnaire, tellement de dates dans les livres d'histoire ! Jamais elle n'en viendrait à bout. Et lorsqu'elle arpentait les salles du Louvre, examinant chaque tableau, sans plaisir mais dans l'espoir, plutôt, qu'elle lui extorquerait son secret, que la raison et le sens de toutes ces œuvres lui apparaîtraient enfin clairement, elle se laissait bien souvent aller au découragement : tout ceci participait d'une perfection qui n'était point son lot. Elle pouvait bien s'encombrer le cerveau de dates, de chiffres et de définitions, elle ne parviendrait jamais à la compréhension profonde des choses. Et devant *la Joconde* ou le *Scribe accroupi*, dont elle scrutait en vain le regard ou la physionomie pour tâcher d'en percer l'énigme, elle se sentait misérable et humiliée, tels ces enfants de pauvres qu'on voit s'écraser le visage contre la vitre des restaurants et suivre des yeux le dîner des riches comme s'il s'agissait de la célébration d'un mystère accessible à quelques élus seulement. Rose songeait alors à M. l'ingénieur, son père. Elle se rappelait les gros volumes de sa bibliothèque, traités de mécanique ou d'algèbre aux pages couvertes de formules cabalistiques. Grâce à ces livres, M. l'ingénieur avait aperçu l'intérieur secret des choses. Il avait découvert les nombres de l'univers, tandis qu'elle-même, pauvre gourde, en était réduite pour toujours à parcourir la surface banale de cette terre, renvoyée sans fin d'apparence en apparence, spectatrice ébahie et quelque peu honteuse d'un naïf théâtre d'ombres. Pourquoi M. l'ingénieur ne lui avait-il rien enseigné de sa science ? Pourquoi l'avait-il abandonnée dans l'obscurité ? Quelle faute avait-elle donc commise ?

Cependant, sa passion pour Vercingétorix et pour l'histoire des Gaules s'augmentait au fil des conférences de M. Dussau et des ouvrages qu'elle continuait à étudier. Le vieux professeur ne lui avait-il pas affirmé que les meilleurs archéologues sont parfois des autodidactes ? Entre Gergovie et Alésia, la jeune fille menait ainsi sa propre guerre de siège : elle creusait des mines à l'instar des soldats de César, et, un jour ou l'autre, elle viendrait à bout des formidables fortifications que la vérité opposait à sa soif de connaissance. Elle n'avait ni méthode ni savoir, mais le courage et la patience d'un terrassier.

Elle lut deux fois les *Commentaires* de César, dans un beau volume à reliure de cuir qu'elle avait trouvé à la bibliothèque. M. Dussau lui parla d'une autre traduction, qu'elle acheta et dévora aussitôt. Elle nota de nombreuses divergences entre le texte recommandé par M. Dussau et celui de la bibliothèque. Elle se demanda lequel était le bon. Elle regretta de ne point savoir le latin pour les départager. Ainsi elle se heurtait encore une fois à la muraille infranchissable de sa propre inculture. Mais peut-être existait-il un livre qui la dispenserait de savoir le latin ? Ou peut-être la vérité sur Vercingétorix se trouvait-elle ailleurs que dans les livres ? Elle conçut ainsi le désir de se rendre sur les lieux mêmes du drame.

Mme Étienne accepta sans hésiter l'invitation de sa petite collègue à visiter avec elle le site de Gergovie pendant les trois jours de congé qu'elles auraient à la fin de l'année. La vieille dame avait un fond de naïveté qui la portait à croire ce qu'on lui disait, et à consentir presque toujours à ce qu'on lui demandait. Et puis Rose l'impressionnait par son sérieux, son intelligence. Cette gamine parlait des Gaulois presque aussi bien que M. Dussau. Et quand la jeune fille lui proposa pour la Saint-Sylvestre le voyage de Gergovie, la facturière se figura plus ou moins qu'on allait réveillonner à la table de César : elle était restée une enfant par son besoin de bonheur, qui changeait parfois l'eau en vin et accomplissait encore bien d'autres miracles dans sa tête.

Elles prirent le train le samedi, après avoir déjeuné d'une omelette au buffet de la gare, et arrivèrent à Clermont-Ferrand dans la nuit. Il commençait à neiger. Les rafales levaient de grands voiles blancs sous les lampadaires et les poussaient le long des quais en une étrange procession. Voyant ces sortes de fantômes défiler devant elles, les deux voyageuses conçurent de grandes espérances pour leur excursion du lendemain : c'était les mânes des cavaliers de Vercingétorix qui venaient à leur rencontre. Demain allait être un grand jour. En attendant, il fallait trouver un hôtel où passer la fin de la nuit.

Elles se réveillèrent bien avant l'aube, ayant fort mal dormi. Le lit se creusait en son milieu, et les deux voyageuses avaient résisté au sommeil de longues heures, agrippées chacune à son côté de matelas pour ne pas risquer de gêner sa compagne. Rose, à la fin, s'était assoupie, roulant dans l'espèce de gouttière que son poids contribua dès lors à creuser, de sorte que Mme Étienne s'épuisa jusqu'au matin à rester à sa place, luttant contre la pesanteur qui l'entraînait.

Les deux malheureuses, pareillement épuisées et courbaturées, s'habillèrent à la hâte pour échapper à la mauvaise impression de leur nuit. Mme Étienne regretta de n'avoir pas songé à placer le traversin entre le sommier et le matelas, comme elle le faisait jadis avec son mari, qui avait le sommeil « très lourd » et qu'elle devait pour cette raison empêcher de « tomber sur elle ». On échangea des excuses pendant encore un moment, car chacune sentait bien qu'elle avait dérangé l'autre, puis on se rendit à l'arrêt des autocars pour entreprendre la dernière partie du voyage.

Il neigeait toujours ; on roula pendant une demi-heure dans un désert grisâtre. L'autocar s'arrêtait pour laisser monter ou descendre des passagers. Une coulée d'air glacial s'engouffrait dans la cabine tandis que des bonshommes de neige un peu hagards s'abattaient tout d'une pièce sur les sièges et commençaient à fondre en dégageant de la vapeur. L'autocar repartait laborieusement, faisant patiner ses roues et craquer la boîte de vitesses. Rose avait beau essuyer avec son mouchoir la vitre embuée, elle n'apercevait rien, ni maison, ni arbre. Mme Étienne s'était assoupie, le buste bien droit, les mains croisées sur les genoux, impeccable en somme, un peu guindée dans son sommeil mais la bouche grande ouverte et ronflant si fort qu'on aurait pu croire qu'un second moteur aidait alors à la propulsion de l'autocar.

Le chauffeur arrêta son véhicule sur le bord de la route, un peu avant le village de la Roche-Blanche, pour laisser descendre les deux voyageuses. Comme elles passaient près de lui pour gagner la portière, il montra d'un geste indifférent le néant blafard où voletaient de gros flocons et dit : « Gergovie, c'est par là, vers la droite. »

Debout côte à côte, les pieds dans la neige, Mme Étienne et Rose écoutèrent l'autocar repartir, invisible, déjà englouti par le brouillard. Quand le vrombissement lointain du moteur se fut à son tour perdu dans l'épaisseur ouatée du silence, la facturière se tourna vers sa jeune collègue, l'interrogeant du regard.

— Allons ! fit avec fermeté la comptable.

Une petite route, un chemin plutôt, s'en allait vers la droite, comme l'avait suggéré le geste évasif du chauffeur.

Il n'y avait plus de vent. Quelques flocons couleur de cendre flottaient dans le brouillard. Rose jugea que le ciel allait se dégager et qu'on apercevrait bientôt le plateau de Gergovie. Mme Étienne avait les pieds glacés. Elle voulait bien partager encore l'optimisme de sa compagne, mais elle remarqua :

— Avec cette neige, on ne verra pas grand-chose.

On n'allait sûrement pas trouver de boucliers romains, ni de monnaie à l'effigie de Vercingétorix.

Elles marchèrent pendant une heure, ce qui était bien trop puisque les premiers contreforts du plateau ne devaient se trouver qu'à un kilomètre et demi de la route nationale. Mme Étienne ne disait rien, dissimulant sa fatigue et son appréhension : elle avait maintenant si froid aux pieds qu'elle craignait d'avoir les orteils gelés. Rose avançait toujours, s'enfonçant dans le brouillard avec le soupçon qu'elle s'était égarée, mais incapable de rebrousser chemin ou de s'arrêter, comme si l'incertitude, s'ajoutant au froid qui la poignait, avait menacé vraiment de la geler sur place. Enfin elles aperçurent une maison, juste devant elles, délicatement aquarellée en gris et brun sur l'immense feuille blanche.

Les gens de la ferme leur expliquèrent qu'elles avaient manqué le chemin qui montait vers le plateau, cent mètres après la grand-route. Mme Étienne demanda la permission de se déchausser et de faire sécher ses bas devant la cheminée. La fermière fit réchauffer de la chicorée : cette dame et sa demoiselle avaient bien le temps de se reposer, puisque le fermier, qui s'occupait à sculpter une pièce de noyer à la lumière de l'âtre, disait que le brouillard ne se lèverait pas avant midi.

On entendait des vaches remuer et souffler derrière la cloison de bois, au fond de la grande salle au plafond bas. Mme Étienne somnola bientôt sur sa chaise : ses paupières s'étaient fermées sans se joindre tout à fait, et laissaient passer un peu de jour comme une porte poussée sur le pêne. Sa tête se balançait doucement, cherchant peut-être un appui. Le buste commença à glisser de côté. Pendant une seconde, la vieille dame flotta dans une sorte d'apesanteur, tel un arbre à l'instant de s'abattre sous la cognée. Mais elle se réveilla en sursaut, reconnut l'endroit, se souvint de la promenade qu'on avait entreprise, et avoua finalement d'un ton embarrassé : « Je crois que je me suis un peu endormie. »

Rose sourit avec indulgence. Mme Étienne n'était plus bien jeune. Il lui arrivait même de s'assoupir sur son travail. L'âge, la fatigue étaient aussi dans cette façon qu'elle avait d'accompagner ses propres faits et gestes, à mi-voix, d'un commentaire ininterrompu : « Je retiens trois, j'ajoute une virgule, je cherche mon mouchoir, je range mon encrier et mes plumes, je me lève, je n'oublie pas mes gants... » Du matin au soir, Rose écoutait malgré elle ce monologue obsédant. Excédée, la jeune fille s'exclamait parfois : « Enfin, madame Étienne, ne pouvez-vous essayer de compter tout bas ? » Pendant un moment, la pauvre vieille tâchait de réprimer l'espèce d'égouttement qui sortait de sa bouche comme d'un robinet mal fermé. Plissant douloureusement le front, elle continuait tant bien que mal ses écritures ou ses calculs. Mais un tel effort ne pouvait se soutenir longtemps. Elle soupirait. Elle cherchait de l'air. Elle ne s'y retrouvait plus du tout parmi les retenues et les virgules, elle était comme un aveugle à qui l'on aurait enlevé sa canne. Elle se trompait dans une addition. Il lui fallait tout recommencer. Et peu à peu le monologue lancinant reprenait, d'abord tout bas, puis crescendo, de sorte que la petite collègue entendait bientôt : « Neuf et sept seize, je retiens un, je note les centimes, je finirai un jour par radoter. »

La facturière se leva de sa chaise, craignant sans doute de s'endormir pour de bon si elle restait assise. Elle alla se cacher derrière la porte de la grande armoire, au fond de la pièce, pour remettre ses bas. Elle échangea quelques paroles d'amabilité avec la fermière. Elle complimenta le fermier sur sa sculpture, et lui demanda ce qu'il voulait représenter.

— Rien, grommela le bonhomme sans lever les yeux de son ouvrage, c'est une crosse pour mon fusil.

Un peu déçue, la vieille dame retourna auprès de Rose. Elle se sentait fatiguée, toujours, et elle ne s'intéressait plus trop à Vercingétorix qui était mort voilà si longtemps, mais elle était bien contente d'avoir fait un voyage, et elle avait de l'estime pour sa petite collègue, cette jeune fille si sérieuse à qui M. Dussau prêtait ses livres. Elle admirait son ardeur à se cultiver. Elle-même était trop âgée, bien sûr, pour lire et pour apprendre. Si elle fréquentait le patronage, c'était surtout pour voir du monde. Elle aimait regarder les enfants danser ou jouer des saynettes. Elle les trouvait tous beaux. Elle aimait la jeunesse. Elle ne se souvenait pas d'avoir jamais été aussi gracieuse que ces petites ballerines, ni aussi vive que les comédiens en herbe de M. Dussau. Elle n'en concevait nul dépit, trouvant un bonheur naïf et généreux à regarder ces beaux enfants qui n'étaient pas les siens, qui ne la connaissaient même pas, et qui, tout à l'heure, la bousculeraient peut-être en s'échappant en désordre de la salle du patronage.

Elle aimait Rose avec le même désintéressement, la même prodigalité, n'hésitant pas à lui prêter les mérites et les grâces dont elle avait rêvé jadis pour elle-même. Elle était jeune de nouveau. Elle se trouvait moins bête pourvu que Rose pensât à sa place.

Vers midi, le brouillard se leva ainsi que le fermier l'avait prédit. Les deux employées de chez Druillet admirèrent le savoir des simples hommes de la terre et, s'étant restaurées d'un bol de soupe à la table de ces braves gens, elles repartirent à l'assaut de Gergovie.

Elles marchèrent pendant une demi-heure. Mme Étienne avait de nouveau les pieds glacés, mais elle n'allait pas se plaindre pour si peu : on touchait au but. Elle avait confiance. Le fermier avait annoncé que le chemin serait assez raide, et l'on montait en effet depuis un moment. Puis le terrain s'aplanit : à présent, un vaste champ de neige s'étendait devant les deux exploratrices.

— Ce doit être ici, estima Rose.

Les yeux de la jeune fille s'emplirent de larmes. C'était à cause du vent qui se levait à nouveau, et de la réverbération. Mme Étienne reprit péniblement haleine. Elle avait le souffle court. Le médecin lui avait conseillé de se ménager, de ne pas trop « tirer sur la machine ». Mais elle ne se serait pas privée d'une excursion comme celle-ci : elle serait même partie à la découverte du monde, chaussée simplement de bons souliers. Elle voulait bien mourir en route : ce beau voyage, il lui importait peu d'en revenir.

On y voyait maintenant à des kilomètres, mais, jusqu'à l'horizon, il n'y avait que du blanc, toujours. Deux corbeaux s'envolèrent.

Ce que Rose voyait, cette banquise, ne ressemblait pas aux descriptions qu'elle avait lues. Elle n'y déchiffrait rien. On avait abusé de sa naïveté, de son inculture. Pourquoi M. Dussau lui avait-il caché que cette « belle page d'histoire », ainsi qu'il aimait à le dire, était écrite à l'encre sympathique ? Il n'appartenait sans doute pas à la jeune fille d'en faire apparaître le texte secret. Il lui manquait pour cela de longues années d'études. Ainsi le monticule qu'on apercevait à une centaine de pas, et qui semblait monter la garde au débouché du chemin, aurait pu être un débris de la muraille qui protégeait jadis la place forte, mais la petite comptable n'en saurait jamais rien car ce vestige n'était pas seulement recouvert de neige, mais enseveli sous son ignorance.

Mme Étienne considérait toujours sa compagne du même regard interrogateur et confiant : la vieille dame avait fait tout ce voyage, songea Rose, pour apprendre ce que sa collègue avait promis de lui révéler ici, à Gergovie, et qui n'était pas seulement l'histoire de Vercingétorix, mais le secret d'une existence meilleure, sauvée par la culture et la sagesse. Alors la comptable s'entendit proférer ces mots, comme si ses lèvres, par l'effet de quelque enchantement, s'étaient mues sans le concours de sa volonté pour former les syllabes : « C'est ici que se trouvait la porte principale de la citadelle. Il en reste cet amas de pierres que recouvre la neige. » Mme Étienne hocha la tête en signe d'acquiescement, et la jeune fille de reprendre : « Le mur qui entourait la place forte mesurait près de quatre mètres de hauteur. Il longeait par ici le rebord abrupt du plateau, et de l'autre côté il s'en allait en suivant la pente. »

Elle n'en savait rien au juste, elle découvrait tout cela au fur et à mesure que les mots se formaient sur ses lèvres. Mme Étienne approuvait toujours du chef, et d'autres commentaires, aussitôt, s'échappaient de la bouche de la jeune fille. Elle n'y pouvait plus rien : du mensonge jaillissait d'elle en un flot impétueux où bouillonnait une jouissance amère. Car la petite comptable n'était pas dupe de ses inventions, elle s'y livrait, elle s'y abîmait, emportée par une sorte de vertige. Et plus elle parlait, plus la honte la tenaillait, jointe au sentiment de son ignorance.

Mme Étienne rentra enchantée de l'excursion. Elle tint à offrir le dîner et se mit en quête du meilleur restaurant de la ville. Rose eut beau protester, la facturière, qui était l'honnêteté même, tenait à remercier sa compagne pour cette belle leçon d'histoire.

La jeune fille ne put rien avaler malgré les encouragements de sa compagne, qui estimait qu'elle aurait dû « dévorer son repas » après l'excursion qu'on avait faite et tout l'air qu'on avait « emmagasiné ». Comme pour porter à son comble l'embarras de la petite comptable, Mme Étienne se fit répéter certaines explications et préciser plusieurs points d'histoire, car « avec sa pauvre mémoire », elle n'était pas bien sûre d'avoir tout retenu. Rose songeait avec horreur à ce que M. Dussau penserait d'elle lorsque la facturière, en toute bonne foi, lui décrirait les remparts de Gergovie sous la neige et lui affirmerait avoir vu les fondations du temple de Teutatès, découvertes par sa jeune compagne parmi bien d'autres merveilles.

11

Il n'y avait point d'énigme de l'histoire universelle ou de mystère dans la nature dont ma mère ne se sentît capable de trouver la solution. Les savants hésitaient-ils encore sur la localisation de telle cité biblique ou sur l'âge exact de telle créature fossile, maman, quant à elle, ne tardait pas à se faire son opinion, et si aucune des hypothèses de la science officielle ne la satisfaisait, elle en forgeait une autre qui éclairait la question d'un jour entièrement neuf. Elle lisait toutes sortes de revues de vulgarisation. Elle s'intéressait à l'histoire, aux sciences naturelles, à la géologie, à l'astronomie. Sa curiosité n'était jamais assouvie. Ce qu'elle avait appris par ses lectures n'était rien, sans doute, auprès de ce qui lui restait à découvrir, mais dans un conflit ou devant un obstacle, elle ne cédait jamais. Son extraordinaire appétit de science, c'était une vieille querelle qui l'opposait à l'univers, et elle entendait avoir le dernier mot.

Longtemps, elle déplora de n'avoir pu faire d'études. Elle avait bien obtenu le brevet élémentaire. Elle aurait certainement décroché le « brevet supérieur » si elle n'avait pas été contrainte de gagner sa vie. Son père, lui, avait été un grand savant à qui l'on devait d'importantes découvertes. Dans sa bibliothèque, affirmait-elle, les volumes de mathématiques et de physique s'alignaient « par milliers ». Elle me décrivait aussi son laboratoire qu'elle avait visité, tout enfant : elle se souvenait d'y avoir vu la quintessence de la matière s'échapper par le col d'une cornue. Elle était fière de son père l'ingénieur. Elle pensait vraiment qu'un peu de son savoir était passé en elle, par atavisme. Il s'en retrouverait jusqu'en moi, de cette science familiale, si je travaillais bien à l'école.

Au fil du temps, elle regretta moins de n'avoir pas fait d'études. Elle avait lu tellement d'ouvrages, elle aussi. Elle avait résolu déjà tant d'énigmes : peut-être davantage que son père lui-même. Elle connaissait tous les musées de la capitale, salle par salle, mieux que leurs propres conservateurs. Elle n'avait plus rien à y découvrir. Elle explorait maintenant les boutiques des brocanteurs. Elle y faisait des trouvailles passionnantes. « Ces gens-là ne connaissent rien à leur affaire, disait-elle souvent, ils ne savent pas quels trésors ils possèdent. » Notre appartement s'encombrait des objets qu'elle avait ainsi dénichés. Le marbre de la commode de sa chambre se hérissait de bibelots bizarres. Elle acheta par la suite une grande vitrine pour y entasser son butin. Elle faisait admirer tout cela aux gens qui venaient. Il arrivait qu'un de nos invités montrât quelque scepticisme sur l'intérêt de tel fragment de poterie ou sur l'authenticité de ce « mandibule d'australopithèque » dont elle se montrait particulièrement fière ; l'impudent se voyait à tout jamais banni de notre amitié.

La vitrine du salon fut aussi le prétexte d'incessantes disputes entre ma mère et ma tante. Maman avait édicté que nul autre qu'elle-même ne devait y toucher. C'était à peine si l'on pouvait s'approcher pour regarder. Encore fallait-il prendre garde à ne pas s'appuyer par distraction sur le verre coulissant, dont la solidité n'était pas assurée : un geste maladroit pouvait réduire en miettes les précieuses reliques qui avaient traversé les siècles jusqu'à nous.

En dépit de ces interdictions, ou peut-être à cause d'elles, ma tante ouvrait régulièrement la vitrine pour y passer le chiffon : tous ces bibelots défraîchis, ces papiers jaunis, ces débris plus ou moins macabres n'étaient pour elle que des « nids à poussière, et rien d'autres ». Et puisque maman se réservait le privilège de « savoir » seule toute la valeur de ces « pièces de musée », Madeleine, qui avait pris de mauvaise grâce le parti de rester « ignorante », agitait sans précaution le plumeau parmi les propriétés inestimables de son aînée. Pire encore, elle s'arrangeait pour déplacer par mégarde l'une ou l'autre des fabuleuses babioles et oubliait de refermer la vitrine. Il s'ensuivait de violentes querelles où maman accusait la petite, non sans clairvoyance, de vouloir abîmer sa collection « par pure jalousie », à quoi Madeleine, de manière non moins pertinente, répliquait qu'on ne la gardait dans cette maison que pour l'humilier, et qu'elle n'était bonne qu'à faire le ménage, mais qu'alors elle passerait le plumeau partout où c'était nécessaire, et que personne ne l'empêcherait de faire son travail.

Maman avait mis des années à rassembler son capharnaüm. Elle consultait le Grand Larousse qu'elle avait acheté jadis à tempérament. Elle y trouvait les renseignements propres à confirmer l'intérêt exceptionnel de sa découverte. Elle achetait parfois des ouvrages spécialisés, pour plus de sûreté. Mais sa conviction s'était faite en un instant, celui du premier regard qu'elle avait posé, dans la boutique du brocanteur, sur l'objet de sa convoitise. C'était à chaque fois la même illumination, le même bonheur et le même orgueil, celui du savant qui déchiffre avant tous les autres une loi secrète de la nature. Et s'il n'y avait en la circonstance de loi et de secret que dans sa tête, cela ne changeait rien à l'affaire. C'était une rêveuse, au fond, comme l'avait été son père l'ingénieur, savant universellement méconnu, et comme je le suis moi-même, aujourd'hui, qui me crois capable de rendre la vie à ceux qui ne sont plus.

Mais elle avait si longtemps connu la pauvreté, maman ! Elle avait sauté tant de repas pour s'acheter des livres, elle avait sacrifié tant de nuits pour en finir avec l'ignorance ! (Le lendemain, elle « n'avait plus les yeux en face des trous ». Mais elle ne regrettait nullement sa fatigue. Au fond d'elle-même, elle savait qu'elle devenait « quelqu'un ».)

Maintenant, elle n'avait plus besoin de se priver. Elle pouvait s'acheter tout le savoir du monde : les bouquinistes, ferrailleurs et autres chiffonniers lui en vendaient par caisses entières. Elle possédait sa bibliothèque et son propre musée. M. Dussau était mort depuis longtemps, et le patronage laïc de la rue Falguière avait disparu. C'était au Collège de France qu'elle se rendait désormais pour écouter les conférences sur l'art des Sumériens ou l'archéologie précolombienne. Elle achetait les ouvrages publiés par les éminents professeurs. Elle complétait évidemment leurs travaux par des recherches personnelles. Pour faire progresser la science, il n'était pas besoin d'aller aux antipodes : elle finissait presque toujours par trouver quelque chose aux Puces de Saint-Ouen.

Mais croyait-elle tout à fait à ses découvertes ? Ne mesurait-elle pas combien son savoir, glané à l'aventure, manquait de vrais fondements ? Contre l'incertitude, elle n'avait d'autre recours que d'user vis-à-vis d'elle-même de toute l'autorité dont l'avait pourvue son fort caractère : elle avait donc enfermé sa science dans la grande vitrine du salon pour la protéger de la poussière et du doute. Il y avait là une lettre de l'empereur Napoléon à son frère Jérôme, deux molaires de mastodonte, « un brûle-parfum de l'époque Ming », et cent autres bricoles entassées dans un fouillis qui reflétait assez bien le bric-à-brac de ses curiosités baroques et la fièvre de son espérance toujours déçue, toujours renaissante, de percer enfin la seule énigme dont la solution lui importait réellement : celle de son propre savoir.

Les livres qu'elle ne comprenait pas étaient des livres mal écrits. Elle avait retrouvé jadis les remparts de Gergovie, visibles d'elle seule sous la neige, et, depuis lors, elle avait fait bien d'autres découvertes de la même veine. Il ne faisait pas bon discuter l'intérêt de ses trouvailles. De violentes colères la prenaient à la moindre controverse. C'était comme si on l'avait insultée. Elle vous accablait de sarcasmes, vous qui ne compreniez pas ses explications. Mais l'aveu de sa honte originelle lui échappait bientôt, et vous l'entendiez se flatter malgré soi de « n'avoir eu que le brevet élémentaire », elle qui savait autant de choses que les meilleurs spécialistes.

12

En ce temps-là, Rose entra dans l'amitié de M. Thomas, le forgeron. Celui-ci prenait le métro à la même station que la comptable et, depuis qu'ils avaient fait connaissance, ils s'attendaient l'un l'autre sur le quai, le matin, pour faire le trajet ensemble. Ils ne se rencontraient jamais ailleurs, sauf les jours de paye, mais Mme Étienne, à qui Rose avait parlé de ce M. Thomas, était un peu jalouse du nouvel ami de la jeune fille. La facturière n'avait rien de précis à dire contre M. Thomas, sans doute : c'était un homme rangé, qui ne buvait pas, qui ne perdait pas son argent aux courses, qui n'avait jamais manqué l'atelier depuis qu'il travaillait chez Druillet, mais tout de même, le bruit courait qu'il faisait de la politique et la vieille dame chuchotait qu'il avait été emprisonné autrefois pour « menées anarchistes ».

Mme Étienne était respectueuse des situations établies : un patron, pour elle, était patron naturellement et pour toujours, et un ouvrier devenait un mauvais sujet sitôt qu'il quittait son établi, que ce fût pour aller au bistrot ou pour lire des journaux séditieux.

Lorsqu'elle philosophait ainsi, la facturière hochait la tête sans discontinuer, l'air pénétré. C'est qu'elle était bien trop modeste pour croire que cette sagesse pût émaner simplement de son cerveau. Elle ne faisait au juste qu'écouter des maximes qui l'habitaient et dont elle n'était nullement l'auteur, et rien n'aurait pu ébranler ces convictions, formées hors de son esprit. Mme Étienne se montrait d'autant plus obstinée, bizarrement, qu'elle était humble et se défiait de son propre jugement. Elle avait peu de certitudes, mais, dans sa simplicité, elle les défendait avec énergie. Elle pensait que la classe laborieuse sortirait de sa misère à force d'application et de travail. Elle mesurait le chemin déjà parcouru depuis cinquante ans qu'elle était à la besogne : on mangeait maintenant de la viande et on avait la semaine anglaise. Mais si la vieille dame manquait de goût pour la revendication, elle n'était pas dépourvue de fierté : elle savait aussi bien que personne qu'elle rédigeait depuis un demi-siècle de belles factures impeccablement calligraphiées et sans le moindre sou d'erreur. Les frères Druillet pouvaient bien omettre de l'augmenter, ils lui devaient en tout cas le respect.

Cependant, la brave femme s'inquiétait de la sympathie que sa petite collègue montrait à Auguste Thomas : de quoi parlaient-ils ensemble ? Lui avait-il proposé d'adhérer à son syndicat ? La jeune fille rassurait Mme Étienne : le forgeron ne lui disait rien de ses activités politiques. Il lui parlait surtout de sa femme, qui était morte de la grippe espagnole et dont il allait fleurir la tombe chaque dimanche. Il lui parlait aussi de sa petite Lili, qui aurait eu aujourd'hui vingt ans et qui était morte elle aussi. « C'est bien vrai qu'il n'a pas eu de chance, admettait Mme Étienne. Il lui a fallu du courage, et d'autres que lui auraient sombré dans l'alcoolisme ou pire encore. »

Mais ces bonnes paroles ne dissimulaient pas longtemps l'arrière-pensée de Mme Étienne : s'il n'avait pas « sombré dans l'alcoolisme », le forgeron s'était jeté dans une autre espèce d'inconduite, et pour la même raison : il était devenu « anarchiste », car un homme privé de famille ne redoute rien, ni pour lui ni pour les autres, pas même la mort.

La théorie de la vieille dame comportait que ces gens sans espoir et sans loi périssent un jour ou l'autre dans une émeute. « Ce pauvre Thomas ne se corrigera pas, prophétisait-elle, et un beau matin il prendra une balle dans la tête : on a vu ça en 1906. » Après quoi seulement elle lui accordait l'absolution, reconnaissant que c'était un homme honnête et désintéressé, malgré ses idées dangereuses.

Rose n'avait que des notions très vagues de ce qu'était l'« anarchisme », comme de ce que voulaient ces « bolchévistes » ou ces « moscoutaires » dont parlaient les journaux. Elle avait donné un jour cent sous pour la Russie, le prix d'un repas au restaurant, parce que ce malheureux pays connaissait une terrible famine. La révolution des Soviets lui semblait alors une calamité naturelle, à l'instar de la grêle ou de la sécheresse, dont le peuple russe ne se relèverait peut-être pas. Elle croyait, comme le professait M. Dussau, que le prolétariat briserait ses chaînes par l'école laïque, les coopératives ouvrières, les assurances sociales, non par l'insurrection.

Elle aurait volontiers interrogé Auguste Thomas sur toutes ces choses, mais, contrairement à ce que Mme Étienne prétendait de la « secte révolutionnaire », le forgeron ne déployait guère de zèle pour répandre ses convictions. Il ne ressemblait nullement à ces poseurs de bombes dont parlait la facturière. Du haut de ses presque deux mètres, il paraissait plutôt considérer le monde avec l'assurance d'un homme paisible, fort et sûr de son droit. La jeune fille, qui voyait tous les jours le forgeron, se sentait tenue à l'écart de son secret et lui en gardait un léger ressentiment.

La révolution qui viendrait un jour, dans quelques mois peut-être, était la préoccupation la plus constante et surtout la plus intime d'Auguste Thomas : il n'en parlait à personne, lui qui venait de dévoiler à la comptable le drame de sa vie passée, et la jeune fille n'était pas d'un caractère à comprendre que le rêve d'un monde meilleur formait chez lui une pensée si précieuse qu'il avait du mal à la partager.

Un samedi, pourtant, alors qu'ils venaient d'arriver chez Druillet et qu'ils allaient se quitter, elle pour monter vers sa cage de verre, lui pour gagner sa forge, il la saisit brusquement par l'avant-bras et lui tendit un papier plié en quatre en lui faisant signe, d'un discret mouvement de tête, de le glisser tout de suite dans son sac. Puis il s'éloigna d'un pas pressé comme s'il avait craint que la jeune fille ne s'avisât de lui rendre le papier.

13

La foule se pressait sur la place de la mairie, malgré la pluie fine et glaciale. Rose se trouva bientôt emprisonnée, étouffant presque parmi les manifestants dont la masse devenait de plus en plus compacte et dure, comme un mortier qui finit de prendre. Pendant une minute, elle ne songea plus qu'à fuir.

L'immense rassemblement était silencieux. On entendait seulement la pluie crépiter sur les parapluies ouverts. Peu à peu, Rose recouvra son calme, coulée à son tour dans le ciment de la ferveur collective. Les visages étaient tendus, figés dans la même expression de bonheur presque anxieux. Tous les regards convergeaient vers la façade de la mairie : d'une fenêtre ouverte au premier étage s'échappaient des paroles que les rafales de vent poussaient comme des embruns et qui retombaient en gouttelettes sur la foule. Rose se tenait sur la pointe des pieds, non pour mieux voir, mais pour tâcher d'entendre ces paroles dissipées en brume. Elle reconnaissait çà et là, scintillant brièvement sur la toile des parapluies où tambourinait l'averse, des mots qui la faisaient frissonner, tels « patrie », « révolution » ou « prolétariat », et elle prenait plaisir à leur étrange chatoiement.

Elle était venue seule. Elle n'avait rien dit à personne, pas même à Madeleine. Auguste Thomas lui avait remis le tract sans faire de commentaire, comme à une compagne déjà, comme à une « camarade », et c'est sans un mot, de même, que Rose s'était rendue à l'appel anonyme et secret de l'événement. Elle avait pris le Nord-Sud et était descendue à la station Balagny, selon les instructions écrites sur le tract. Ensuite, elle n'avait eu qu'à suivre les autres manifestants qui allaient par petits groupes sur l'avenue de Saint-Ouen, brandissant déjà leurs banderoles et leurs pancartes « A bas Poincaré ! », « Poincaré-la-guerre ». Une attirance inexplicable, magnétique, avait entraîné la jeune fille studieuse et solitaire, qui jamais n'avait parlé de politique, qui ne lisait pas les journaux et croyait, à l'exemple de M. Dussau, que l'avenir des hommes se forge dans les écoles et les musées.

Elle ne savait pas ce qu'elle était venue chercher sous la pluie qui transperçait son manteau, devant la mairie de Saint-Ouen. Elle écoutait seulement les bribes d'un discours venu d'infiniment loin, de derrière le ciel et les crépitements de l'averse. Et quand d'un seul mouvement tous les manifestants levèrent soudain le poing et entonnèrent les premières mesures de *l'Internationale*, elle leva aussi sa main crispée par l'émotion et tâcha de chanter avec les autres.

La pluie cessa peu à peu. Une silhouette apparut à la fenêtre de la mairie. Rose ne put distinguer à cette distance les traits de l'orateur. Mais la foule fut parcourue d'un ample bruissement et se mit à ondoyer comme une forêt sous la brise. Dans ce chuchotement qui semblait monter de la terre elle-même, la jeune fille distingua peu à peu le nom de « Marcel Cachin », répété par les milliers de voix qui s'appelaient les unes les autres, s'interrogeaient mutuellement et s'unissaient enfin pour répéter en litanie cette invocation. Puis, d'un seul mouvement, cette multitude fraternelle s'ébranla lourdement et la place se vida comme un sablier, de manière d'abord imperceptible, puis, eût-on dit, de plus en plus vite.

Rose fut emportée par la vague qui se retirait. Elle ne chercha pas à savoir où se rendait le cortège. Elle était à présent dans un rêve, transportée d'une scène à l'autre par une nécessité qui lui échappait. Elle se retrouva sur une vaste pelouse, parmi les camarades qui continuaient de se répandre autour d'elle. Plus fluide que devant la mairie, la masse humaine s'animait çà et là de courants, de houles, de lents tournoiements, et Rose fut poussée jusqu'au pied de la tribune où, depuis une minute, Marcel Cachin avait repris la parole.

Il était donc devant elle, presque à portée de sa main, celui pour lequel tous ces braves gens étaient venus et dont le nom, à ce qu'affirmait le tract de M. Thomas, était déjà celui d'un martyr de la justice et de la liberté : « Ce n'est point trahir la patrie, s'écriait l'orateur, que d'affirmer la solidarité des travailleurs et de combattre la classe des mercantis de guerre pour l'Internationale, patrie des travailleurs ! »

Après chaque phrase, des milliers de poings se levaient, semblables à des baïonnettes brandies en hérisson pour protéger l'orateur. Rose levait le poing, elle aussi, et criait : « A bas Poincaré, Poincaré-la-Ruhr ! » Elle laissait échapper ainsi son ivresse et son bonheur, elle appartenait à la foule qui l'avait arrachée à elle-même, à sa simple et contingente existence individuelle, pour la porter jusqu'ici et lui offrir la vraie vie, celle de la masse des compagnons du grand Marcel Cachin. (« Voilà l'homme, déclarait le tract du forgeron, que Poincaré-le-petit et sa clique de marchands de canons prétendent emprisonner au mépris de la justice et du droit, parce qu'il s'est élevé contre l'occupation de la Ruhr et qu'il s'est entretenu à Essen avec nos camarades allemands pour instaurer avec eux la vraie paix des peuples contre le diktat de Versailles. Mais nous ne laisserons pas commettre ce forfait : condamner Marcel Cachin, c'est mettre en prison le prolétariat franco-allemand tout entier... »)

Le député des travailleurs termina son discours en demandant aux camarades qui l'entouraient, et dont beaucoup laissaient couler leurs larmes, de « se tenir prêts à affirmer, sans nervosité mais sans défaillance, la volonté de justice du prolétariat ».

Le jour tombait. Marcel Cachin fit ses adieux à la foule, promettant qu'il continuerait en prison à travailler pour l'Internationale et pour la paix. Des cris s'élevèrent alors de toutes parts : « Non, non, c'est impossible ! On vous délivrera ! A bas Poincaré-la-guerre ! Hou, hou, Poincaré ! » Et, tandis que le député de Paris quittait la tribune, entouré, porté plutôt par ses amis, les jeunesses du Parti et bientôt l'assemblée tout entière entonnèrent une nouvelle fois *l'Internationale*. Puis le flot humain se retira peu à peu pour emplir les rues avoisinantes, chantant toujours et conspuant « Poincaré-la-Ruhr ». A présent il faisait nuit. Un cortège s'était formé sur l'avenue des Batignolles et gagnait la porte de Saint-Ouen, drapeaux déployés : on aurait dit une armée, celle du peuple ouvrier montant à l'assaut de Paris, et Rose marchait au premier rang.

CHAPITRE DEUXIÈME

1

Oncle Victor se présenta chez Rose et Madeleine le dimanche d'avant Pâques. Il apportait des chocolats et dit simplement : « Je suis votre oncle Victor. » Comme la seule chaise était bancale, on le fit asseoir sur le lit de Rose. Il regarda autour de lui et trouva que c'était « gentil et coquet, tout ça ». On voyait que la maison était « tenue par des jeunes filles ».

Madeleine rougit sous le compliment : elle était bien contente de ce parent tombé du ciel, qui appelait sa mansarde « une maison ». Plus circonspecte, Rose voulut savoir de quelle manière au juste « Monsieur Victor » était leur oncle. Celui-ci demanda la permission d'allumer une cigarette, se cala contre le mur, ferma les yeux pour se recueillir et parut prendre son inspiration pour un long récit. Mais il se contenta de dévoiler aux gamines qu'il était « le petit-fils du grand-oncle de leur mère », puisque le grand-père de cette dernière — les petites ne le savaient-elles donc pas ? — avait eu deux frères dont le plus jeune n'était autre que son propre grand-père. Rose feignit de comprendre cette généalogie en perspective cavalière et admit qu'« en un certain sens », M. Victor devait bien être leur cousin.

— Je préfère être votre oncle, repartit celui-ci. Cela convient mieux à mon âge.

Et il assortit cette parole de coquetterie d'un sourire qui fit chavirer le cœur sensible de Madeleine. Elle aimait déjà cet « oncle Victor » qui lui faisait découvrir toute une famille dont elle ne soupçonnait pas l'existence une heure auparavant. Elle se voyait dans l'une de ces histoires où les pères retrouvent au dernier chapitre leurs enfants abandonnés vingt ans plus tôt, et décident d'employer les dernières années de leur vie à faire leur bonheur. Elle croyait au destin, Madeleine. Elle croyait à sa « bonne étoile ». Elle n'avait jamais perdu confiance et, dans les moments difficiles, elle s'était toujours dit que les choses s'arrangeraient au dernier chapitre.

Vers midi, oncle Victor emmena les deux jeunes filles dans un petit restaurant qu'il venait de découvrir sur le boulevard Richard-Lenoir. Il commanda du foie gras pour tout le monde, il tutoya le patron, plaisanta avec la patronne et pinça plusieurs fois la taille de la gamine qui faisait le service. Il fit mettre l'addition « sur son compte », balayant d'un noble geste de la main les objections, d'ailleurs timides, de ses petites invitées. Puis, comme il faisait beau, on alla se promener le long du canal Saint-Martin. Oncle Victor demeura un moment à considérer, pensif, les péniches qui attendaient à l'écluse, et il révéla que depuis son enfance, dans l'autre siècle, il n'avait jamais eu la curiosité de revoir cet endroit. Ce fut tout ce que Rose et Madeleine apprirent sur leur nouveau parent, car il n'avait parlé jusque-là que de son grand-père, qui s'appelait aussi Victor et avait trouvé une mort héroïque en mai 1871, face aux Versaillais.

Vers six heures, il décida qu'on finirait la journée au Royal-Variétés, où se produisait le fantaisiste Georgius. Madeleine, qui chantait de mémoire la plupart des airs à la mode, applaudit de tout son cœur à cette bonne idée. Elle aimait de plus en plus son oncle tout neuf. Elle le trouvait séduisant, malgré ses presque cinquante ans, dans son élégant costume de drap gris clair et avec ses guêtres blanches. Il y avait des messieurs comme lui, avec les mêmes guêtres, le même parfum de vétiver, dans les romans qu'elle lisait. Ils possédaient des haciendas en Argentine ou des puits de pétrole en Roumanie, et ils parcouraient le monde en sleeping. Oncle Victor n'avait pas raconté sa vie, mais on sentait qu'il avait voyagé, lui aussi, et qu'il avait de l'expérience.

Rose, par contre, n'avait pas très envie d'aller au Royal-Variétés. Elle n'aimait pas les chansons. Et puis elle craignait d'abuser de la gentillesse d'oncle Victor.

— Je n'ai pas l'habitude que les femmes me résistent, affirma-t-il en clignant de l'œil à Madeleine en qui le séducteur avait déjà trouvé une alliée, et il entraîna les deux petites vers la place de la Bastille.

On se pressait au guichet du théâtre et la foule endimanchée débordait sur trottoir, mais oncle Victor dépassa la file d'attente pour entrer par une porte latérale et, négligeant le guichet, il alla chuchoter quelque chose à l'oreille de la plus jeune des ouvreuses qui, pour l'heure, se tenaient toutes au fond du hall, sur les premières marches de l'escalier menant aux balcons. Le conciliabule dura une bonne minute, et les petites virent l'ouvreuse faire « non » en secouant ses frisettes blondes. Le monsieur à qui les femmes ne résistaient pas parut décontenancé. Il alluma une cigarette, tandis que l'employée gravissait plusieurs marches pour fixer le majestueux départ de quelque transatlantique visible d'elle seule, bien au-dessus du chapeau mou d'oncle Victor. Mais le charmeur la rejoignit bientôt et, s'arrêtant une marche au-dessus de sa jeune antagoniste, il se pencha vers les bouclettes rétives et susurra de nouvelles et mystérieuses incantations où il devait être question de grands départs pour l'Amérique du Sud. Cet enchantement-ci fut d'un effet merveilleux, et l'ouvreuse partit d'un petit rire coquin, tandis que le joli monsieur, enlaçant du bras droit sa victime, enjoignait de la main gauche à Rose et Madeleine de monter l'escalier sans se faire voir.

On se retrouva au promenoir. « Mais c'est que la drôlesse prétendait me faire payer les places ! » s'exclama oncle Victor d'un ton sincèrement offensé. Madeleine trouvait bien amusante la façon qu'il avait d'entrer dans les théâtres, et le courroux qu'il affichait maintenant lui parut du dernier chic. Rose, quant à elle, jugea que ce soi-disant oncle, surgi le matin même on ne savait d'où, du bagne peut-être, avait des manières plutôt désinvoltes.

La salle s'emplit en quelques minutes. L'élégant Victor disparut un instant et revint avec deux chaises, mais Madeleine préféra rester debout pour être sûre de ne rien perdre du spectacle. La fumée des cigares et des cigarettes faisait un brouillard dense flottant en nappe à mi-hauteur de la salle. (La jeune fille avait d'abord craint de ne pas bien voir la scène derrière ce brouillard, mais quand les musiciens se furent installés dans la fosse et que le rideau se leva sur la première attraction, la lumière des projecteurs et de la rampe lui parut si vive qu'elle esquissa le geste de porter sa main en visière).

Une petite femme tout en noir, l'air traqué, avança jusqu'au bord de la fosse et annonça d'une voix mal assurée : « *L'Ange du trottoir.* »

— Où ça ? cria quelqu'un dans la salle.

— C'est p'têt' bien elle, lança une autre voix.

Il y eut des rires. La fille en noir regarda du côté des coulisses d'où elle attendait peut-être du secours. Une feuille de journal en boule atterrit à ses pieds. Une autre lui frôla la figure. Mais l'orchestre attaqua les premières mesures, martelées et dramatiques, de la chanson, et la petite femme commença d'une voix éraillée, traînante, à débiter l'histoire de « Mimi la Poisse », qu'on appelait aussi « l'Ange du Trottoir ».

— C'est le lever du rideau, fit avec indulgence Oncle Victor. Il faut patienter un peu.

Mais il dodelinait de la tête au rythme de la musique et il avait l'air déjà ravi.

L'Ange du trottoir s'acheva sous les sifflets et les quolibets. La minable diva finit sa chanson en redressant le buste et levant le poing dans une posture qui n'était pas sans panache, sous un feu nourri de papiers gras et de trognons de pommes.

Elle ne put terminer la deuxième chanson, qui s'intitulait *La Rouquine du Bat' d'Af'*, car l'effervescence dans la salle avait pris des allures d'émeute et le rideau tomba soudain sur la pauvre artiste, rudement soustraite à la fureur joyeuse du public, tandis que le petit orchestre se débarrassait de la chanson en deux temps trois mesures.

— Ah, Biribi ! s'esclaffa l'oncle. Ça finit toujours mal !

Un trio d'équilibristes, une femme et deux hommes, déboulèrent alors des coulisses en jonglant avec des quilles. La femme portait un maillot moulant rouge et or qui fit très bonne impression sur le public : il y eut des applaudissements et une casquette vola vers la scène tandis que le rideau se relevait derrière les acrobates, découvrant une demi-douzaine de tabourets métalliques empilés en pyramide. Les artistes réalisèrent toutes sortes de figures avec leurs tabourets, grimpant les uns sur les autres avec autant de naturel que s'ils s'étaient donné de simples poignées de main : ils avaient l'air content, à chaque fois, de se retrouver tous ensemble, le pied de l'un sur la tête de l'autre, comme s'ils ne s'étaient pas vus depuis longtemps. La salle applaudissait après chaque tour. Madeleine se penchait dangereusement pour mieux voir. Oncle Victor hochait la tête avec gravité. Rose elle-même retenait son souffle : la fille au collant rouge et or était juchée tout en haut de l'échafaudage, sur un pied, et tâchait de tenir une carafe d'eau en équilibre sur son front. Tout cela tremblait bien un peu, mais c'était tout de même du beau boulot, et les gars de la salle, ébénistes, bronziers ou ferronniers, applaudissaient en connaisseurs, même s'ils étaient d'une autre corporation.

Succédant au trio d'équilibristes, un dresseur de chiens fit danser la valse à ses caniches, puis un Indien d'Amérique lança des poignards, suscitant une tempête de hourras et d'applaudissements quand l'un de ses couteaux vint se ficher à deux doigts de l'oreille de sa jeune partenaire. Aux accents guillerets d'une polka, enfin, le rideau se leva sur celui qu'on attendait depuis le commencement du spectacle : c'était un petit bonhomme rond et sautillant, affublé d'un frac aux manches trop longues, et qui semblait revenir de la noce avec son visage un peu rouge, aux lèvres peintes dans une expression d'irrésistible hilarité. Il entonna tout de suite, d'une voix gourmande : « J'gobe les p'tites femmes, les p'tites fa-femmes... »

Oncle Victor raccompagna Rose et Madeleine jusqu'à la porte de leur immeuble. Il leur dit : « A dimanche prochain », comme s'il était convenu qu'on n'allait plus se quitter, désormais.

Il revint en effet la semaine suivante, et puis celle d'après, et ses deux nièces prirent l'habitude de l'attendre chaque dimanche, vers midi.

Il était rasé de près et sentait bon la savonnette, car il prenait son bain dans un établissement situé à quelques rues de chez les petites. Il leur apportait toujours quelque chose, tantôt des sucreries, tantôt des fleurs, et les invitait dans de bons restaurants : il ne regardait pas à la dépense, il avait ouvert « des comptes » un peu partout. « Je suis comme le roi d'Angleterre, plaisantait-il, je ne porte jamais d'argent sur moi. » Madeleine applaudissait à ce qu'elle prenait pour le comble du raffinement. Mais Rose, qui commençait pourtant à bien aimer cet oncle pour rire, se disait qu'il ne devait pas payer bien souvent ses notes, et qu'à ce train-là on aurait tôt fait d'écumer tous les restaurants et les brasseries, de Charonne à Ménilmontant.

2

Oncle Victor vécut très longtemps, mais il trouva moyen de ne jamais devenir vieux. C'était un homme qui ne payait pas ses additions, ni dans les cafés ni au temps qui passe. Il était un peu menteur, un peu voleur aussi, mais incapable de méchanceté, car il n'avait pas de suite dans les idées. Il se laissait vivre au jour le jour, tantôt prospère, tantôt famélique, avec une égale bonne humeur, une égale indifférence à son avenir. Il nous rendait encore visite, le dimanche, dans mon enfance. On ne savait pas d'où il venait. On ne savait pas où il habitait. A quatre-vingts ans passés, il avait toujours son air désinvolte, son panama d'un autre temps, une fleur à la boutonnière et son sourire séducteur. J'étais encore petit quand la mort, un certain hiver, découvrit enfin son adresse : je fus tout surpris de le voir étendu sur un lit d'hôpital, les mains sagement jointes sur le ventre et le visage presque grave, pour une fois. J'avais imaginé que la mort l'oublierait pour de bon car il était si gentil, et de si peu d'importance au fond. On se demanda où l'on pourrait bien enterrer cet homme qui n'avait jamais eu de vrai domicile : maman et Madeleine eurent beau passer en revue les cimetières de Paris et de la banlieue, à chaque fois il leur fallut bien admettre qu'oncle Victor n'avait « rien à faire par là ». En désespoir de cause, on décida de l'incinérer et, le dimanche suivant, à l'heure où il arrivait d'ordinaire à la maison, nous jetâmes ses cendres à la Seine, sous le pont des Arts où il aimait se promener. Il n'y avait vraiment pas grand-chose dans la petite boîte qu'on venait de nous remettre. Cela se dispersa au vent comme la fumée d'une cigarette. Oncle Victor nous manqua, d'une certaine manière, comme un objet familier qu'on n'aurait pas retrouvé à sa place habituelle. Je crois pourtant que ni maman, ni ma tante, ni moi n'arrivâmes à nous sentir vraiment tristes. Il était mort, bien sûr, mais rien de ce qui le touchait ne pouvait avoir de grandes conséquences. Quand je veux me souvenir de lui, aujourd'hui, je n'arrive pas toujours à me rappeler ses traits. Je revois plutôt l'espèce de petite fumée qu'il a faite, l'espace d'une seconde, avant de se perdre dans la Seine.

Il a tenu malgré tout une certaine place dans ma vie. On ne le voyait que le dimanche : les autres jours de la semaine, trop sérieux pour lui, ne se prêtaient point à ses apparitions. Il nous emmenait déjeuner dehors, « les petites » et moi. Il n'avait plus besoin d'ouvrir des comptes dans les restaurants, car maman payait désormais l'addition. Il racontait toutes sortes d'histoires, qui n'étaient pas toujours très vraisemblables, mais je l'écoutais néanmoins, car nous étions d'habitude les héros des contes qu'il nous faisait. Maman hochait bien un peu la tête et faisait mine de le reprendre quand il s'égarait trop loin dans ses inventions, mais elle aimait l'écouter elle aussi. Il nous transportait dans un livre d'images qui était l'histoire, ou plutôt le roman de notre famille : son héros favori était son aïeul martyr de la liberté, tombé sous les balles versaillaises devant le fort de Vanves. Un autre jour, il faisait revivre une grand-tante par alliance qui avait été la maîtresse du propre cousin de l'empereur Napoléon III, et pour laquelle un certain baron de Martigny se serait brûlé la cervelle. (Oncle Victor feignait à chaque fois de ne pas bien se rappeler le nom dudit baron, pour ne pas être soupçonné de l'avoir inventé.)

Je l'ai toujours vu dans le même costume de drap gris clair qui n'en était sans doute plus à sa première république. Il portait souvent une rose rouge à la boutonnière. C'était la petite fleuriste de notre rue qui lui offrait cette « légion d'honneur ». Oncle Victor avait toujours eu du succès auprès des femmes. Il les mettait gentiment à contribution, et les gâteaux qu'il nous apportait le dimanche n'avaient été payés que d'un sourire ou d'un mot galant. Ma mère grondait la boulangère, ensuite, et rappelait que « monsieur Victor » était un mauvais payeur. « Mais qui vous parle de payer ? répliquait alors la boulangère, ou la fleuriste, ou la grosse marchande de fruits. Votre oncle est un monsieur tellement gentil et si distingué ! »

Il ne manquait pas d'allure, en effet. Ses cheveux avaient blanchi et il s'était laissé pousser la moustache, grise également. Il était resté mince, alerte, marchait le nez en l'air et souriait à la vie qui n'avait qu'à passer sans lui.

Il n'avait jamais vieilli, décidément, pas plus qu'il n'usait ses costumes ou les semelles de ses chaussures. A soixante-dix ans passés, il avait l'air d'un jeune premier qui se serait grimé en aïeul pour le dernier acte de la comédie. Il s'arrangeait même, par une suprême coquetterie, pour que le maquillage ne fût point parfait, de sorte que le jeune homme espiègle et charmeur transparaissait sous le monsieur à cheveux blancs.

— Mais qu'est-ce que toutes ces femmes te trouvent donc ? fulminait soudain maman qui s'en voulait de céder elle aussi aux séductions de ce « propre à rien ».

Oncle Victor feignait un moment de chercher dans le tréfonds le plus secret de sa conscience les raisons de cette popularité. Puis il murmurait, l'air de réfléchir encore : « On m'aime bien parce qu'on peut m'oublier très vite. » Et il baissait les yeux dans une expression d'exquise modestie.

— C'est juste, repartait maman avec colère : tu apparais, tu disparais, et on t'oublie ! C'est une bonne affaire, vraiment, que de t'aimer. Tu n'es personne !

— Mais les femmes que j'ai connues ne demandaient rien d'autre ! ripostait oncle Victor.

Il m'aimait bien, je crois. Il m'apportait souvent des bonbons grâce à la boulangère. Il m'empruntait mes crayons de couleur et me disait : « Je vais te dessiner quelque chose », car d'une fois sur l'autre il ne se rappelait pas qu'il ne savait rien faire de ses dix doigts. Au bout d'un moment, il me rendait la feuille laborieusement couverte de son bariolage, et il m'expliquait : « C'est un coucher de soleil sur la mer. »

Nous jouions ensemble avec mes soldats de plomb. Il me racontait qu'il avait été légionnaire, autrefois. Alors je lui demandais s'il avait parcouru le désert et s'il avait vu des Touareg : il en avait rencontré, bien sûr. C'étaient de redoutables guerriers. Il les avait combattus, ou bien il avait été leur ami, tour à tour. Maman écoutait parfois et haussait les épaules sans rien dire. Mais quand oncle Victor, s'égarant parmi les affabulations qui lui tenaient lieu de souvenirs, me racontait sa glorieuse campagne pendant la guerre du Rif, elle s'exclamait :

— Voyons, Victor ! tu avais cinquante ans à l'époque, et tu n'as jamais vu cela qu'au cinéma !

— Mais, je t'assure..., commençait-il à protester.

— Comment peux-tu mentir à ce point ? Et devant un enfant, encore ! Est-ce ainsi que tu te fais respecter ?

Oncle Victor levait les bras dans un geste d'impuissance, et me regardait d'un air complice et désolé : il se moquait bien d'être respecté. Il ne se souciait même pas d'être aimé vraiment. Il mentait, sans doute, mais la vérité ne l'intéressait pas. La vie n'était pour lui qu'une affaire d'imagination, et les grands sentiments, comme les grandes vertus, amour, loyauté, fidélité, lui faisaient sûrement peur. En fait d'affection, les bonbons de la boulangère lui suffisaient. Il ne désirait rien au-delà. Il ne promettait rien non plus et, dans cette mesure du moins, il n'était pas malhonnête.

Ce n'était pas davantage quelqu'un à qui l'on pût demander un vrai sacrifice, ou seulement un service : il s'abstenait de nous rendre visite les jours où j'étais souffrant, craignant d'ailleurs l'inquiétude de ma mère plus encore que la contagion de ma maladie. Il ne réapparaissait qu'au bout de quelques semaines, apportant un couple de poissons rouges pour mes oreillons, des tubes de peinture à l'eau pour ma coqueluche, ou

L'Ile mystérieuse pour ma rougeole. Ces jours-là, maman jurait à ce « vieil égoïste » qu'elle ne le laisserait plus remettre les pieds à la maison, mais Madeleine allait tout de même chercher à la cuisine le grand saladier qui servirait de bocal aux poissons, et l'on se réconciliait tout à fait au restaurant où, bientôt, le « vieil égoïste » persuadait la nouvelle serveuse d'abandonner son tablier et son plateau pour se lancer dans la carrière cinématographique.

« Tu mourras dans la solitude », lui prédisait maman avec une sombre conviction et comme un accent de revanche dans la voix. Ce triste présage, nonobstant, n'altérait guère la bonne humeur d'oncle Victor qui se bornait à répliquer : « As-tu jamais vu quelqu'un mourir autrement ? »

3

Rose avait négligé le patronage de la rue Falguière pour se rendre à la réunion du syndicat, qui se tenait ce samedi-là chez Auguste Thomas. La jeune fille arriva la dernière ; elle s'était trompée d'immeuble, car il y avait plusieurs bâtiments à la même adresse, séparés par des courettes en enfilade.

Elle était tout essoufflée quand M. Thomas lui ouvrit la porte. Les autres se trouvaient déjà là. Il y avait François Deschamps, mécanicien, Jean Léonard, qui travaillait à l'emboutissage, Louis Delumeau, menuisier, le vieil Albert Frot, sellier, et Napoléon Duval, apprenti à la forge. Il y avait aussi la défunte épouse, accrochée au mur, qui observait tout le monde.

Vous n'aviez pas plus tôt franchi le seuil que vous l'aperceviez sur le mur, entre les deux fenêtres, vous fixant dans les yeux : c'était une grosse femme aux cheveux très noirs et aux sourcils broussailleux. Elle portait une toilette blanche, sa robe de mariée, mais elle semblait plutôt préoccupée par le prix de ce tulle, de ce satin, de ces dentelles qu'elle ne mettrait qu'une fois. Elle tenait coincée contre elle une grande gerbe de roses et de glaïeuls, et elle semblait attendre de pouvoir s'en débarrasser. Elle avait la mine sévère, hautaine : peut-être cette physionomie lui venait-elle d'avoir voulu se composer un air d'assurance et de dignité à l'instant de livrer son image au jugement douteux de la chambre noire. Un crêpe coupait d'une barre oblique l'ovale du portrait, juste au-dessus de sa tête. Sous le médaillon d'ébène était accrochée une vue photographique de la tour Eiffel dans un long cadre de laiton, balancier immobile et poussiéreux pour cette triste horloge marquant l'éternité.

François Deschamps se leva pour céder sa chaise. Auguste Thomas prit un petit verre dans le vaisselier et le tendit à Rose en disant : « J'ai de la Bénédictine pour les dames. » Mais la jeune fille vit que les autres buvaient du vin blanc. Elle répondit qu'elle n'avait envie de rien. Elle ne voulait pas se singulariser parmi ces hommes et regrettait seulement de ne pas aimer le vin. Elle était fière qu'on l'eût invitée à cette réunion. Le petit Napoléon Duval n'osait pas la regarder et rougissait. François Deschamps lui souriait sans discontinuer. Le vieil Albert Frot, qui avait la peau presque aussi grenelée que le cuir de ses banquettes, la considérait d'un air épaté, comme un bouquet de fleurs qu'on eût déposé parmi ses tranchets et ses alênes. La petite comptable sentait sans déplaisir peser sur elle cette curiosité gauche, intimidée, qui donnait aux messieurs une allure quelque peu cérémonieuse. Ce fut le forgeron qui parla le premier. Il avait une drôle d'élocution, que Rose ne reconnut point. Le débit était plus lent que d'habitude, les intonations semblaient artificielles, et les syllabes se détachaient les unes des autres dans un martèlement monotone. Thomas évoqua la manifestation du 14 janvier et l'arrestation de Marcel Cachin (qu'il appelait « notre cher Marcel »).

On décida d'envoyer une motion de soutien au député de Paris « et aux autres victimes du gouvernement militariste de Poincaré ». Pendant qu'on élaborait ensemble ce manifeste, Rose lorgnait le grand médaillon où se trouvait Mme Thomas. Il lui sembla que la femme du forgeron l'observait avec une certaine bienveillance, malgré son air sévère : se pouvait-il que la défunte épouse, patronnant à l'évidence la réunion, eût à son tour adopté la petite comptable ?

On mit bien deux heures à rédiger le texte pour Marcel Cachin. Deschamps, Léonard et le vieux Frot écrivaient au crayon, chacun sur une feuille différente, les propositions des uns et des autres. Léonard cassa plusieurs fois sa mine, Frot dessinait des losanges dans les coins de sa feuille, puis Auguste Thomas proposait une phrase, une formule, et les trois scribes aux mains calleuses s'appliquaient sous sa dictée à en former les lettres, comme s'il s'était agi d'usiner une pièce délicate et coûteuse.

Rose n'osa point offrir d'écrire à leur place. Elle ne se mêla pas davantage aux discussions qui s'élevaient à tout moment pour le choix d'une expression, d'une tournure. Il lui semblait que si Thomas et ses compagnons éprouvaient tant de difficulté avec leurs crayons qui se cassaient, avec le papier qui se perçait sous la mine, c'était qu'ils écrivaient en fait sur le marbre de la justice et de la vérité.

Quand on en eut fini, Auguste Thomas proposa de faire du café, car on était fatigué. Rose prit alors la parole et dit d'un ton décidé qu'elle voulait s'occuper du café, un peu comme elle se serait désignée pour aller placer sur le passage du cortège la bombe qu'on aurait fabriquée ce soir-là. Le forgeron la conduisit à la cuisine et alluma le réchaud à gaz. Il lui adressa un sourire au moment de retourner auprès des camarades. La comptable sourit à son tour. Elle l'aurait presque embrassé, de gratitude ! Même s'il ne s'agissait que de faire du café, elle allait accomplir sa première mission, et ce café-ci, d'une certaine manière, contribuerait à la libération du grand Marcel Cachin. Elle versa les grains dans le moulin et tourna la manivelle en y mettant tout son cœur.

Elle attendit dans la cuisine que le café eût fini de passer. Elle n'était pas pressée de retourner parmi les autres : elle aimait mieux les écouter par la porte entrouverte. Ils parlaient d'un monde qui serait plus juste, et qui était déjà plus fraternel ici même, dans le petit appartement d'Auguste Thomas. Le forgeron rentra dans la cuisine pour montrer à Rose où se trouvaient le sucre et les cuillers. « Comme tout est bien arrangé, complimenta la jeune fille : on ne dirait pas l'appartement d'un monsieur seul. » Auguste Thomas empila les tasses dans sa main droite et les emporta ainsi, par jeu.

— Vous allez les casser, dit Rose en souriant.
— Je ne brise jamais rien, répondit le forgeron d'un ton avantageux.

Le petit Napoléon Duval raccompagna Rose jusqu'à la porte de son immeuble. La jeune fille ne se souvenait pas d'être jamais rentrée si tard. Il était deux heures du matin. Elle n'allait pas au bal, le samedi soir. Elle quittait d'habitude le patronage avant minuit et se hâtait, en sortant du métro, pour pouvoir lire un moment dans son lit.

Elle lirait ce soir encore, malgré l'heure tardive. Auguste Thomas lui avait prêté le *Manifeste du Parti communiste*. Le forgeron possédait quelques dizaines d'ouvrages, tous recouverts de ce papier bleu dont les écoliers protègent leurs manuels et leurs cahiers. Il était fier de sa bibliothèque. Les livres étaient rangés sur le présentoir d'un vaisselier faisant office de rayonnage. Au dos de chaque volume, une étiquette calligraphiée à l'encre rouge indiquait le titre et le nom de l'auteur.

Sur le chemin du retour, Napoléon Duval n'ouvrit point la bouche : il marchait à un mètre de la jeune fille, s'effaçant avec emphase lorsque le trottoir devenait trop étroit pour lui permettre de conserver ses distances. De temps à autre, il jetait sur elle un regard furtif, comme pour s'assurer qu'elle était encore là, qu'il ne l'avait pas fait disparaître en marchant trop près d'elle ou en respirant trop fort.

Rose trouva sa sœur dans l'escalier. Madeleine tenait ses chaussures neuves à la main, car elle s'était fait des ampoules aux pieds en dansant le Shimmy. La grande ouvrit la porte et laissa passer sa cadette, qui marchait à petits pas de Japonaise en poussant de brefs gémissements.

— La prochaine fois, tu feras mieux de les acheter à ta taille, fit Rose avec impatience.

Madeleine se laissa tomber sur son lit et ôta ses bas pour se frotter les orteils : « Je n'ai pourtant pas de si grands pieds », se persuadait-elle d'une voix plaintive. Mais déjà Rose était passée dans sa propre chambre, repoussant derrière elle le battant de la porte. Elle avait bien autre chose à faire qu'écouter la petite parler de ses pieds, ou de la foule qu'il y avait eue ce soir-là au Balajo. Elle enfila vite sa chemise de nuit, se glissa dans les draps et ouvrit le livre que M. Thomas venait de lui prêter. Cela commençait par : « L'histoire de toute société jusqu'à nos jours est l'histoire de la lutte des classes... »

Moins d'une heure plus tard, elle refermait d'une main tremblante l'opuscule où flamboyait sur la dernière page, en lettres capitales, la fameuse apostrophe : « Prolétaires de tous les pays, unissez-vous ! » La jeune fille eut un frisson et fondit soudain en larmes. (Presque chaque soir, Madeleine, pareillement, se jetait corps et âme dans une nouvelle lecture bien poignante, et après quelques minutes Rose l'entendait hoqueter de bonheur derrière la cloison. Alors la grande tâcha d'étouffer ses propres sanglots dans la couverture de laine bleue de son lit : elle ne voulait pas réveiller sa sœur et lui avouer qu'elle avait le cœur sensible, elle aussi.)

Elle détacha enfin de son visage le drap trempé de larmes et considéra le livre abandonné sur ses genoux : on aurait vraiment dit un cahier d'écolier, avec son étiquette et sa couverture garnie de papier bleu. Pourtant, cela contenait l'explication du monde, la solution de toutes les injustices, le terme nécessaire de toutes les souffrances !

Elle passa le reste de la nuit à s'enivrer du bonheur de cette révélation. Il lui semblait découvrir soudain la terre entière et son histoire en perspective cavalière. L'aube arriva comme en un instant, et la jeune fille se leva, nullement fatiguée, impatiente plutôt d'employer la merveilleuse énergie dont elle débordait.

L'entendant s'habiller, Madeleine se réveilla, et par gentillesse, ou bien pour ne plus être dérangée, elle ordonna vaguement, d'une voix tout engluée de sommeil : « Recouche-toi donc ! On est dimanche. » Mais Rose avait déjà refermé la porte sur elle et commençait à dévaler l'escalier.

Le soleil bas découpait les façades avec netteté contre le ciel pâle. La jeune fille s'en alla d'un pas vif dans le froid coupant du petit matin. Elle marcha au hasard par les rues encore désertes, à la découverte d'un monde qu'elle n'avait encore jamais vu.

Elle rentra deux heures plus tard. Au moment de pousser la porte cochère, elle reconnut oncle Victor, qui arrivait par l'autre bout de la rue et lui adressait de grands signes de la main. Il apportait des croissants chauds, comme chaque dimanche désormais. Il était souriant, rasé de près, sentait l'œillet et ne semblait nullement souffrir du froid dans son costume d'été. Rose offrit avec indulgence sa joue droite, puis la gauche, aux baisers parfumés de son oncle pour rire.

— D'où te vient cet air si sérieux ? demanda-t-il avec un imperceptible accent de moquerie (mais il avait presque toujours ce ton de légère ironie lorsqu'il venait à s'enquérir de la santé ou de l'humeur de ses nièces, montrant par là qu'il ne fallait surtout pas l'embêter par une réponse trop circonstanciée).

— J'ai passé la nuit avec un livre qui ne t'intéresserait sûrement pas, fit la jeune fille avec insolence.

Elle ne savait pas elle-même si elle voulait couper court à la conversation bien vaine qui risquait de s'engager, ou si, par provocation, elle n'allait pas au contraire entreprendre Victor sur ce qu'elle venait de lire. Mais le bonhomme s'arrangea comme toujours pour avoir le dernier mot :

— Ah, les femmes ! s'exclama-t-il. Il leur faut du romanesque, c'est plus fort qu'elles !

4

On ne pouvait pas se fâcher avec lui. Rose avait bien essayé dans les premiers temps : avec la morgue de ses vingt ans, elle lui avait assez signifié le peu de bien qu'elle pensait de lui. Mais oncle Victor avait choisi de ne pas comprendre, et il continuait de venir le dimanche, avec ses croissants, son parfum d'œillets et sa merveilleuse indifférence à tout ce qui n'était pas son plaisir : « A mon âge, il est temps de songer à ses héritiers », avait-il proféré un jour, considérant d'un sourire enjôleur ses deux petites légataires, l'une qui pouffait déjà de rire à la pensée des propriétés du vieux farceur, l'autre qui se retenait de le mettre à la porte, avec ses fleurs, croissants et autres petits cadeaux conquis sur les naïves employées des commerçants du quartier.

Ni Rose ni Madeleine ne surent comment Victor et le sergent Dubuc s'étaient rencontrés : ce devait être dans l'escalier de l'immeuble, certes, mais l'histoire ne dit pas sur quel « terrain » ces deux personnages si dissemblables en étaient arrivés à sympathiser. Toujours est-il que les deux hommes, le soldat et le vieux beau, l'invalide et le coureur de jupons, le fou taciturne et le fou bavard, devinrent bientôt les meilleurs amis du monde.

Oncle Victor se trouvait partout chez lui. L'eût-on même jeté en prison qu'il s'y serait conduit en propriétaire des lieux : un beau dimanche de février, il débarqua chez les petites pourvu d'un croissant supplémentaire et flanqué du héros de Verdun. Ouvrant la porte, Madeleine étouffa un cri à la vue du manchot qui lui rendait d'ordinaire visite dans ses cauchemars. Dans la pièce voisine, Rose finissait de repasser une robe. Elle n'entendit point le sergent que la stupeur d'être accueilli par son prochain rendait muet : le pauvre type roulait des yeux incrédules, considérant les lieux avec un mélange de méfiance et de curiosité. Il se demandait d'où allait venir l'offensive.

Elle surgit de la chambre d'à côté : Rose poussa un « oh » de surprise et de colère en découvrant le nouveau copain d'oncle Victor.

— Ma chère petite, commença le vieux gredin de sa voix la plus mélodieuse, je te présente...

— Tout l'immeuble connaît ce monsieur, fit Rose, l'interrompant avec rudesse. Et il n'a rien à faire chez nous.

— Mais..., argua l'oncle, c'est un invalide !

Cette raison ne fit pas grande impression sur la jeune fille qui vint se planter face au sergent, le regard belliqueux. Le héros de Verdun se replia jusqu'à la porte d'entrée, abandonnant sans combat ses premières lignes.

Oncle Victor croyait pouvoir encore éviter la déroute et tenta une diversion : « Mais, toi, tu as déjà parlé au sergent », affirma-t-il à Madeleine.

La petite fit « non » de la tête avec une espèce de véhémence : elle n'avait même jamais vu cet homme ! elle ne voulait pas le connaître !

— Tu vois bien, renchérit la grande. Monsieur n'a rien à faire ici.

Le sergent Dubuc posa la main qui lui restait sur la poignée de la porte : encore une percée inutile et désastreuse, devait-il se dire. Il avait envie de retourner dans sa tranchée. Vaincu lui aussi, l'oncle fouilla dans le sac de papier de la boulangerie et tendit au poilu le croissant qui lui revenait. Puis, d'un haussement d'épaule, il signa la capitulation. Dubuc fila sans demander son reste : il savait depuis bien longtemps qu'il ne faut jamais trop faire confiance à ses alliés.

Oncle Victor se le tint pour dit. Il ne convia plus le sergent ni aucun autre soldat chez ses nièces, qui étaient des jeunes filles après tout. C'était un homme qui savait changer d'idée et renoncer. Il ne faisait même que cela. Il était capable à tout moment de s'inventer une nouvelle lubie et paraissait ensuite n'en plus pouvoir démordre. Il suivait son idée comme il l'aurait fait d'un joli minois croisé par hasard dans la rue : l'œil vif, le nez en étrave et son éternelle fleur à la boutonnière, on l'aurait cru parti pour le bout du monde. Mais si le beau projet, le caprice venait à sauter dans un autobus ou à disparaître dans une bouche de métro, notre marcheur, derrière, s'immobilisait tout soudain, oubliant ce qui l'avait entraîné si loin. Ou bien n'avait-il seulement pas sur lui de quoi se payer le ticket jusqu'à Nation ou République.

Son amitié pour le sergent Dubuc ne fut pas interrompue pour autant. Après le petit déjeuner chez ses nièces, il passait désormais chez l'invalide et l'emmenait prendre l'apéritif au coin de la rue. On buvait aux frais de la princesse, car le sergent payait les verres sur sa pension, et après une heure les deux amis étaient passablement éméchés, surtout le poilu qui ne tenait plus d'alcool depuis qu'il avait été gazé. Vers midi, on entendait le héros taciturne brailler : « La guerre m'a pris mon bras et mes poumons. Mais l'après-guerre m'a pris le reste. Je suis un châtré ! » C'était le moment où l'oncle (qui avait bu davantage que son compère, mais à qui l'ébriété donnait plutôt un maintien raide et comme un faux air de dignité) décidait que les petites commençaient à s'inquiéter de son absence, et entreprenait de ramener le poilu chez lui. C'était un ami véritable, ce vieux Victor : jamais il n'aurait laissé le pauvre Dubuc rouler dans le ruisseau et risquer de se faire voler sa pension d'invalidité. Mais ce n'était pas une mince affaire que de s'emparer du bras unique du sergent, de le passer par-dessus sa propre épaule et d'emporter ainsi le guerrier terrassé par l'anisette, mais vigoureux encore, gueulant qu'il savait marcher tout seul, qu'il pouvait même repartir à l'assaut, nom de Dieu, et qu'il ne voulait pas de brancardier !

Oncle Victor retournait le voir en fin d'après-midi et passait avec lui la soirée. Dubuc avait fini de dessaouler, mais la vue de son acolyte ranimait sa verve. Le poilu s'en prenait presque toujours aux « politicards, ces parloteurs qui s'en mettaient plein les poches pendant que le pauvre monde allait au casse-pipe ». Victor renchérissait avec un joyeux courroux : s'étant laissé le matin même offrir l'apéritif par le sergent, il lui empruntait maintenant ses convictions. Il n'y avait décidément rien sur cette terre qui ne fût à lui, et l'ancien légionnaire (car Victor avait bel et bien servi six mois dans la Légion, Dieu seul sait par quel caprice du hasard, avant de se faire réformer définitivement, Dieu seul sait par quel grenouillage) n'avait conservé, en fait d'habitudes militaires, que la plus profitable, celle de « vivre sur le pays ».

Mais Dubuc ne demandait pas mieux que d'être envahi de la sorte, et laissait réquisitionner son pécule sans vaine protestation. Quant à Victor, il ne tardait guère à se plaindre de la soif qui revenait. Mais il savait l'endroit de la penderie où le sergent cachait sa pension (sous le linge, près du revolver d'ordonnance de son lieutenant). Dubuc regardait son copain prendre l'argent sur l'étagère. Il approuvait de la tête : c'était pour la bonne cause, pour le litre de rhum avant l'offensive. Avec ça, on allait conquérir la nuit.

Le sergent aimait s'amuser avec son arme, surtout quand il était bien saoul : il faisait basculer le barillet, engageait des cartouches et visait les étoiles qu'on voyait par la fenêtre, ou bien une lucarne encore éclairée, sur le toit de l'immeuble d'en face. Victor n'aimait pas beaucoup ce jeu-là, d'autant moins que le revolver s'agitait un peu dans tous les sens, et pas seulement du côté de la cour. Alors le légionnaire s'évertuait à rester dans le dos de son dangereux ami, mais ce n'était pas toujours facile, car Dubuc avait tôt fait de se retourner pour prendre le copain dans sa ligne de mire, trébuchant, le regard vague, le sourcil en bataille, et bafouillant d'une voix terrible : « Haut les mains, sale boche, haut les mains ! »

Dubuc ne buvait jamais quand il était seul. Il n'y pensait

même pas. Il restait des jours entiers solitaire et silencieux. La bouteille, pour lui, c'était l'amitié, la fraternité. C'était la gourde qui passait de main en main avant l'assaut. « Pauvres bougres que nous sommes », faisait-il à Victor en lui tendant le litre de rhum, et parfois il éclatait en sanglots : « Nous y étions, hein ? bafouillait-il d'une voix embarrassée. Tu pourras le dire, toi, que nous y étions et que nous avons tenu bon ! »

5

Cela se passa devant Notre-Dame. J'étais encore petit, mais je m'en souviens comme si c'était hier : les deux hommes étaient postés devant le portail. Ils vendaient un journal à la criée. Je n'ai pas retenu ce qu'ils disaient : cela ne devait pas avoir grand sens pour un enfant de six ou sept ans. Je me rappelle qu'il y avait un attroupement autour d'eux. Les gens écoutaient. Quelques-uns repartaient avec le journal. Il faisait chaud, ce devait être l'été, mais une averse avait laissé sur le parvis de grandes flaques où des moineaux ébouriffés se baignaient parmi les nuages.

Maman s'est immobilisée à quelques pas de l'attroupement. Pendant une minute, le monde continua de tourner tranquillement sur son axe : les deux bonshommes vendaient leur journal et, de l'autre côté de la flaque d'eau, maman venait de s'arrêter pour les écouter, ou peut-être pour profiter du point de vue sur la façade de Notre-Dame. Elle me tenait la main, comme d'habitude, car elle n'aimait pas me voir « traîner » près du bord du trottoir, mais, depuis un instant, elle me serrait les doigts un peu trop fort. Puis elle s'approcha de l'attroupement, sans hâte, contournant largement la flaque comme pour ne pas effaroucher les moineaux. Nous nous arrêtâmes à moins d'un mètre des vendeurs de journaux. Je regardai ma mère, surpris qu'elle s'immobilisât de nouveau, elle qui aimait si peu « perdre son temps ». Son regard n'exprimait au juste qu'une très grande attention. On aurait dit qu'elle voulait retenir par cœur les paroles des deux bonimenteurs, et cette application intérieure venait affleurer à la surface de son visage, de sorte que pas un seul de ses traits ne bougeait et que sa physionomie avait cette inexpressivité tantôt inquiétante et quasi cadavérique, tantôt aimable et niaise qu'on voit aux visages des statues.

Soudain elle me lâcha la main, avançant d'un pas, et je vis son parapluie jaillir au-dessus de la petite foule des badauds comme si une poigne puissante le lui avait arraché pour s'en faire un aiguillon et disperser le troupeau aventuré sur le parvis. Ainsi manié par l'invisible bouvier, le parapluie s'éleva de nouveau à plusieurs reprises pour s'abattre avec force sur l'échine des deux hommes. A la fin il se brisa et, son extrémité ne tenant plus que par la toile, il se métamorphosa en une espèce de fronde qui tourbillonna brièvement et s'envola très loin, bien plus loin que la modeste taille de ma mère ne le laissait présager, pour retomber au milieu de la chaussée et s'immobiliser sous la roue d'un autobus, bizarre volatile noir soudain inerte, disloqué, macabre.

Ma mère n'avait pas dit un mot. Son visage, qui avait à présent la couleur du plâtre ou de l'albâtre, restait figé comme si une trop grande agitation intérieure avait grippé les rouages et mécanismes subtils qui en réglaient les jeux de physionomie. Mais, autour de nous, l'attroupement si splendidement bousculé se reformait dans un désordre de cris et de gesticulations où la colère, le désir de revanche le disputaient déjà à la première épouvante. Les deux camelots s'étaient éloignés d'une dizaine de pas. Le plus grièvement touché se tenait courbé, une épaule plus haute que l'autre, et grimaçait (de douleur ou de frayeur, on n'aurait su dire). Ce quasimodo et son compère demeuraient à distance, mais semblaient déjà méditer la reconquête du parvis de Notre-Dame et de leur petit commerce dont la fureur de ma mère avait renversé l'éventaire sur le trottoir. Deux agents qui passaient à bicyclette furent agrippés et presque portés par les badauds jusqu'à la furie au parapluie qui se tenait au milieu des journaux épars comme Hercule parmi le débris de l'Hydre, mais les bras ballants, privée désormais de son glaive ou de son gourdin.

Maman se moquait bien d'être emmenée au poste de police. On aurait dit qu'elle y trouvait plutôt un motif de fierté, et dans le fourgon elle se vanta d'avoir été « embarquée » plus d'une fois, dans sa jeunesse. « Ah oui ? » marmonna distraitement le policier bonasse qui était assis à côté d'elle.

— Je distribuais les tracts, je collais les affiches, je faisais le piquet de grève.

Et, pendant une minute, elle déclina ses titres de gloire, un peu comme un soldat énumère ses campagnes et ses décorations : elle avait vendu *l'Humanité* à la porte des usines, elle avait défilé pour les huit heures, elle s'était fait arrêter en 23, et en 26 encore elle avait remis ça.

— C'est une coco ! Vous l'entendez ? C'est une coco ! glapit l'individu qu'elle venait de mettre à mal et qu'on avait étendu sur une civière au milieu du fourgon.

Maman prit à témoin l'agent censé la surveiller. (Elle n'avait rien contre les « bourres », au fond. C'était une femme qui respectait ses adversaires.)

— Il parle encore ? observa-t-elle en fixant sa victime. Je n'ai pas dû cogner assez fort !

Le policier fit un quart de tour sur lui-même pour considérer avec ébahissement cette dame en tailleur strict, aux cheveux gris, qui se targuait devant les représentants de l'ordre d'avoir assommé un homme, et semblait regretter de ne pas l'avoir tué.

Nous ne restâmes qu'une heure au poste. Le commissaire se montra plus attentif au gros diamant qui étincelait au doigt de l'interpellée, plus intéressé par la coupe de son tailleur et par la marque de son sac de lézard, qu'il ne parut apprécier vraiment la saveur libertaire de ses propos.

J'appris par bribes ce qui avait provoqué la colère homérique de ma mère : les deux crieurs de journaux, à ses dires, vendaient leur feuille en appelant à l'extermination des juifs qui avaient échappé aux chambres à gaz. Le commissaire hochait la tête avec un demi-sourire. Il se fichait bien des juifs. Ou bien ne croyait-il pas qu'on pût leur vouloir du mal. Sans doute n'y avait-il pas cru davantage, cinq ou six ans plus tôt. Je craignais un peu que le sourire et le silence du commissaire, qui pouvaient passer pour de l'ironie, ne vinssent à bout de la patience de maman et qu'elle ne nous fît un nouvel accès de fureur. Mais non ! Elle ne se mettait jamais dans cet état deux fois dans la même journée. Sa colère s'était brisée en même temps que son parapluie, et il n'y avait plus maintenant devant le commissaire qu'une dame en train de débiter des propos étranges, certes, qui avait même failli assassiner un camelot, qui se vantait d'avoir jadis défilé pour la révolution communiste, mais qui portait à l'annulaire de la main droite un diamant d'au moins six carats : c'était tout bonnement ce qu'on appelle « une originale ». Courtois, presque mondain, le policier fit héler un taxi pour ramener chez eux la pétroleuse et son petit.

Maman était une femme qui explosait. Elle prenait feu spontanément, comme une meule de foin qui fermente au soleil. Cela pouvait arriver à n'importe quel moment du jour ou de la nuit : nous vivions sur une poudrière.

Il n'y avait rien à faire, ensuite, pour arrêter son embrasement. C'était une catastrophe naturelle. Ma tante estimait que, dans son enfance, « Rose était déjà comme ça, mais moins tout de même ». Elle ne s'exprimait pas aussi librement devant sa sœur. Elle ne s'y serait pas risquée. Mais elle voyait juste : les colères de la grande devaient bien avoir une cause. Pas plus dans nos actes que dans le reste de la nature il n'y a de génération spontanée.

Pourtant, les fureurs de ma mère venaient de si loin, tels ces torrents qu'on voit jaillir d'entre deux rochers après un long cheminement sous la montagne, que nul n'en aurait su retrouver l'origine. A qui s'en prenait-elle en vérité quand elle lançait à la tête du maître d'hôtel, dans un salon du Ritz, cette tranche de pudding « qui sentait le rance » ? De qui voulait-elle se venger lorsqu'elle dévastait l'étalage de ce corsetier du faubourg Saint-Honoré qui refusait de lui reprendre une gaine neuve, trop étroite pour elle ? La chance avait accordé à la petite comptable de descendre de son « poulailler » des établissements Druillet, de quitter après bien des péripéties toutes les mangeoires à mille francs par mois, toutes les cages à quarante-huit heures par semaine, où sa vie entière aurait dû se passer. Mais, dans le monde calme, douillet, un peu lâche, un peu traître qui l'avait admise, elle avait apporté sa rancune et sa rage intactes : ce n'était pas une personne bien élevée !

D'ordinaire contenue jusqu'au tout dernier instant, cette violence se traduisait toutefois par de subtils indices que tante Madeleine ou moi-même étions d'ailleurs les seuls à reconnaître. (Encore de tels signes, comme ces fumerolles qui persistent à s'échapper du cratère d'un volcan assoupi, ne laissaient-ils prévoir ni le moment ni l'importance de la prochaine éruption.) Maman était une femme qui s'impatientait vite, qui faisait claquer les portes en les fermant, qui se plaignait de manquer de temps, de manquer d'espace, de manquer d'air.

Mais elle était capable aussi de rêver, de partager mes jeux ou mes soucis d'enfant, de me faire remarquer les couleurs opalescentes dont la rosée ou le givre illuminaient le verre de la fenêtre, et ses accès de tendresse, qui n'étaient peut-être que des mouvements de distraction, formaient une verdure de vignes et de vergers accrochée çà et là aux pentes abruptes de ce Vésuve : je sais aujourd'hui que les crises de ma mère témoignaient d'une très ancienne souffrance. Mais, plus profondément enfouie que cette éternelle colère, il y avait en elle une vraie douceur, une générosité naïve, une propension à la rêverie, sans doute, qui lui faisaient imaginer les gens meilleurs qu'ils ne sont, juste avant qu'elle ne décidât de les voir bien pires.

Malade, anéantie par les drogues qu'on lui faisait prendre, ma mère passa les derniers mois de son existence à sommeiller. Je la trouvais endormie dans la grande bergère où elle s'installait d'ordinaire pour regarder la télévision. Elle avait quatre-vingts ans : son visage était marqué par l'âge et les souffrances de sa maladie. Mais son assoupissement avait rajeuni son visage, lui faisant retrouver comme un lointain sourire d'enfance qui n'avait donc pas subsisté que sur les photographies mais demeurait en elle, sous les rides qui échouaient à le recouvrir tout à fait et d'où le sommeil le dégageait maintenant, à la manière dont un archéologue libère de sa gangue de terre le bijou, la statuette que les siècles ont ensevelis sans les détruire.

Pendant l'année que dura sa dernière maladie, j'eus avec elle d'étranges, silencieuses et ferventes conversations : j'interrogeais patiemment son sommeil, certain que son être véritable appartenait désormais au passé, qu'il achevait de se rétracter à la manière dont une feuille de papier s'enroule sur elle-même avant de s'enflammer, et qu'il m'en fallait alors déchiffrer à la hâte l'écriture.

Mais chaque jour, de même, je mesurais un peu mieux la cruelle justesse de cette expression : « plier bagage ». Ce sourire enfantin qui transparaissait sous les rides et les cernes de ma mère m'enseignait assez qu'elle était prête à partir, ayant réuni tout ce qui lui avait appartenu pour l'emporter avec elle, un peu comme le voyageur, à l'heure de quitter l'hôtel, rassemble ses valises et ses paquets à la porte de sa chambre.

Les chrétiens parlent volontiers du repentir des agonisants et de l'absolution qui leur est accordée à ce prix, par quoi la mort apparaît comme un retour à l'innocence, à ce paradis sans doute qui serait comme une existence d'avant les avilissements et les blessures de la vie. Je découvrais cette innocence sur les traits de ma mère ensommeillée et je comprenais en quoi consiste ce « repentir » dont parlent les chrétiens : ce que je voyais ainsi sur le visage de maman, c'était une immense, une enfantine et pure bonne foi, libérée enfin des attitudes et des postures de la vie qui sont les masques sous lesquels, croyant nous protéger contre le monde qui nous menace, nous avons peut-être étouffé en nous l'ange qui espérait vivre parmi les anges.

Elle se réveillait toujours de la même façon, sans que son

corps, son visage eussent seulement frémi. Ses yeux s'ouvraient soudain et on aurait dit que le reste de sa figure continuait de dormir. Pendant un moment, elle regardait autour d'elle d'un air de surprise, d'inquiétude peut-être : elle ne reconnaissait pas sa chambre qu'elle n'habitait que depuis quelques mois. Son rêve l'avait emmenée ailleurs, en des lieux que je n'avais pas connus, mais qui, pour elle, devaient être plus « vrais » que cette maison d'aujourd'hui, car ils avaient été pleins de son existence, tandis qu'elle n'était venue ici que pour mourir.

— Oh, je ne dormais qu'à moitié, commençait-elle par protester. Puis elle admettait : J'ai fait un rêve. Je me trouvais dans un appartement que j'ai habité autrefois. Enfin, un appartement, si on veut ! C'étaient deux chambres dans un meublé.

Son visage s'animait peu à peu. Elle retournait un instant dans son rêve, comme pour y ramasser quelque chose qu'elle eût oublié d'en rapporter. Ses sourcils se fronçaient. Elle faisait effort pour se rappeler.

— C'était il y a soixante ans, reprenait-elle. Tu te rends compte ? Presque vingt ans avant ta naissance.

Et elle me considérait, l'air blagueur : tout cela, le rêve qu'elle venait de faire, son passé, c'était un pays lointain où je ne pourrais jamais la rejoindre. C'était la zone d'ombre et de mystère de son existence.

Son corps finissait de revenir au temps présent. Sa main cherchait quelque chose dans le vide-poche, au pied de la bergère, et tâchait de ramener un journal qui se déployait soudain et perdait ses pages. Je ramassais les feuilles sous la bergère.

— L'infirmière m'a lu ce matin un article qui va t'amuser.

Mais elle ne rappelait plus l'endroit, ni de quoi il était question. Elle était sûre que cela m'aurait intéressé, pourtant. C'était pour moi qu'elle avait voulu garder l'article. Elle, ces choses-là ne la concernaient plus.

Elle commençait quand même à feuilleter le journal, ou ce qu'il en était resté entre ses doigts « qui ne savaient plus rien tenir ». Mais le tremblement de ses mains se propageait au papier et s'y amplifiait avec un froissement si désagréable qu'elle laissait le journal retomber sur ses genoux et soupirait :

— Je ne sais plus ce que c'était, non, je ne sais plus. Emporte tout ça. Tu trouveras peut-être.

Je lui reprochais bien souvent de ne plus vouloir « s'intéresser à rien » : si la cataracte l'empêchait de lire ou même de regarder la télévision, pourquoi n'essayait-elle pas d'écouter la radio ? Pourquoi n'engageait-elle pas quelqu'un pour lui faire la lecture, ou simplement bavarder avec elle ? Elle était devenue très solitaire depuis qu'elle était tombée malade. Elle ne voulait même plus voir Madeleine : elle se sentait trop diminuée devant sa sœur, elle, la grande, incapable de quitter la chambre ou seulement son fauteuil tandis que la petite « gambadait dans Paris » et prenait l'autobus. Je renouvelais ma suggestion :

— Quelqu'un pourrait venir te faire la lecture, de temps en temps.

— Une dame de compagnie ? s'exclamait-elle sur un ton d'emphase moqueuse. Si je voulais de la compagnie, je ferais venir Madeleine.

Et elle avouait en me jetant un coup d'œil malicieux :

— Quand elle me téléphone, je lui dis que je suis occupée.

Puis elle s'enfermait dans le silence pendant une minute ou deux : pourquoi aurais-je essayé de la réconcilier avec Madeleine ? Elles n'étaient pas fâchées. La grande était simplement trop occupée, elle n'avait pas le temps d'écouter « les histoires de la petite ».

Comment aurais-je fait, de même, pour la réconcilier avec le monde et lui faire retrouver de l'intérêt à son existence présente ? Ce n'était tout de même pas sa faute si le peu de vie qui lui restait filait entre ses doigts. Quand j'arrivais chez elle, je trouvais un peu partout, dans sa chambre ou à la cuisine, les traces, les preuves de ses échecs, désormais, face aux objets : elle n'avait pas déjeuné parce que la boîte de petits pois ne s'était pas ouverte. Elle n'avait plus assez de force pour tourner la molette de l'ouvre-boîte. C'était la vie qui ne voulait plus d'elle !

La boîte de petits pois, avec le trou qu'elle y avait fait, restait sur la table de la cuisine : elle me prenait à témoin de son humiliation (elle me parlait de sa « déchéance » : « La vieillesse est une déchéance », aimait-elle à répéter avec une sorte de délectation). Elle avait eu tant d'orgueil, jadis. Comment pouvait-on en arriver là ? Comment pouvait-on « tomber si bas ? »

— Ah, qu'on en finisse ! s'écriait-elle parfois. Qu'on m'enterre une bonne fois et qu'on n'en parle plus !

Je lui demandais alors de me parler de sa jeunesse, de ce temps où elle s'était rendue à pied à Versailles, « pour économiser le prix du ticket de train. Mais, au milieu de la visite, j'étais si fatiguée que je me suis endormie sur une banquette. »

Je voulais l'entendre parler aussi de son activité politique, des grèves qu'elle avait organisées, des années qu'elle avait consacrées au « Parti des travailleurs », elle, l'ancienne élève des Cœur-très-Pur. Elle se rappelait la vénération qu'elle avait eue pour Marcel Cachin :

— Il parlait si bien. On était sous le charme. Je le trouvais beau. J'aurais pu vivre avec un homme comme lui.

— Mais, il avait l'âge d'être ton père.

— Et alors ? me faisait-elle avec un sourire espiègle.

Elle avait travaillé pour lui, et au journal *l'Humanité* :

— Je tapais à la machine. J'avais une bonne orthographe. Je ne faisais pas de fautes. Et elle ajoutait avec un accent de fierté : J'étais bénévole, bien sûr.

Une heure ou deux passaient. Elle parlait toujours. Elle n'était plus si fatiguée. Elle se sentait bien dans ses souvenirs. La vieille femme qui se trouvait aujourd'hui clouée dans un fauteuil, presque impotente, et qui ne savait plus ouvrir une conserve, ce ne serait jamais vraiment elle.

6

Le premier samedi de mai 1923, en présence des camarades et sous le portrait de sa défunte épouse, Auguste Thomas remit à Rose la carte du syndicat. La gorge serrée par l'émotion, la jeune fille considéra la vignette montrant deux mains qui se serrent, et, s'avisant que ses camarades l'observaient, fraternels et naïvement indiscrets, elle détourna la tête pour ne pas laisser voir les larmes qui affleuraient à ses yeux.

Sa vie venait de prendre un tour nouveau. Certes, elle continuait à aligner des chiffres à l'encre violette dans sa petite cage de verre, elle tirait des lignes impeccables avec sa règle, elle vérifiait soigneusement le montant des taxes avant de le reporter sur son cahier, mais pendant que Rose la comptable s'acquittait ainsi de sa tâche avec ponctualité, une autre Rose, avec les mêmes gestes, avec la même encre violette, le même buvard, œuvrait déjà pour la révolution et préparait le Grand Soir : le moment venu, expliquait Auguste Thomas, chaque ouvrier, chaque employé devrait s'approprier ses outils ou les machines dont il avait la charge, afin de les remettre à la communauté des travailleurs.

— L'appropriation, c'est vite dit, objectait le vieux Frot. Il faut d'abord passer par la grève.

— La grève insurrectionnelle avec occupation, spécifiait Thomas.

— Moi, j'occupe déjà, plaisantait le petit Duval.

— A cent sous de l'heure, ajoutait François Deschamps.

On continuait à taquiner un peu le forgeron, pour se détendre. On se sentait devant lui comme des écoliers, parfois. On savait qu'il réfléchissait depuis des années sur toutes ces questions : on ne pouvait pas vraiment discuter avec lui, on n'était pas de taille, mais on avait confiance, les uns et les autres, car c'était un homme désintéressé qui ne songeait qu'à la justice et au bonheur de ses semblables.

C'est vers cette époque, au printemps de 1923, que Rose devint l'amie du grand Marcel Cachin : tout juste libéré de prison, le député des travailleurs devait se rendre à Tourcoing pour y rencontrer les camarades de la fédération du Nord. Il y aurait deux meetings, à Tourcoing d'abord, puis dans la bourgade de Neuville dont la section était particulièrement active. Auguste Thomas allait être du voyage, et proposa que Rose l'accompagnât. Ces deux journées apporteraient une expérience utile à la nouvelle militante.

Marcel Cachin ne prit pas le même train que le forgeron et la jeune fille. Thomas ne montra point trop sa déception, mais il avait espéré pouvoir parler pendant le voyage avec « le cher Marcel », lui exposer ses idées, recevoir ses conseils.

— Il aura pris le rapide du soir, dit le forgeron avec tristesse : on ne peut pas être partout à la fois.

Marcel Cachin, qui « ne pouvait pas être partout à la fois », se rendit à la salle de réunions par le tramway : ainsi, celui qui, ne possédant point la faculté d'ubiquité, n'arrivait pas tout à fait à être Dieu, redescendit du ciel — où l'avaient d'abord placé le forgeron et la petite comptable — sous les espèces d'un brave homme qui prenait le tramway. Cette simplicité, cette exquise modestie firent grande impression.

Une vingtaine de militants assistèrent à cette manière de Nativité. Le monsieur à la moustache et au chapeau mou donna l'accolade à plusieurs camarades qu'il semblait bien connaître et qu'il tutoyait familièrement (avec un « comment vas-tu, mon vieux Thomas ? » qui manqua faire défaillir de bonheur le forgeron). Il se fit ensuite présenter Rose et lui serra longuement la main, considérant cette nouvelle militante avec un sourire d'une infinie bonté. A son tour, la jeune fille sentit ses jambes fléchir sous elle : l'homme qui lui tenait la main et s'attardait à lui parler avec douceur et simplicité (« Nous avons besoin de ta jeunesse, camarade ») était l'illustre Marcel Cachin, celui-là même qui avait visité la Russie soviétique et vu Lénine. Alors le cœur de Rose tour à tour se gonflait d'orgueil et se serrait à la pensée qu'elle ne saurait peut-être pas s'égaler à l'importance des tâches que le Parti lui confierait bientôt. Était-ce bien elle, la petite comptable, qui se trouvait devant Marcel Cachin, associée à lui pour une minute sous le regard plein de respectueuse ferveur des travailleurs de Tourcoing ?

Plusieurs grandes tables avaient été dressées sur des tréteaux, dans le gymnase d'une ancienne école paroissiale qui avait été rachetée par la fédération et rebaptisée « Maison du Peuple ». C'était là que Marcel Cachin prendrait la parole, à l'issue du banquet préparé en son honneur. (On attendait aussi les discours du secrétaire fédéral, du représentant des Anciens Combattants, et un communiqué d'Auguste Thomas par lequel serait affirmée la solidarité du syndicat unitaire des Métaux avec le prolétariat allemand en grève : le forgeron avait travaillé sur les vingt-cinq lignes de son texte pendant toute la durée du voyage. Il avait demandé son avis à Rose sur telle ou telle formulation dont il n'était pas satisfait, mais la jeune fille avait trouvé tout « très bien ».)

Marcel Cachin et les autres orateurs s'installèrent à la table la plus grande, au fond de la salle. Auguste Thomas et Rose furent placés à quelques chaises seulement de l'illustre camarade, et celui-ci leur adressa la parole à plusieurs reprises au cours du repas, faisant apprécier au premier l'accueil fraternel et chaleureux des gens du Nord, et demandant à la seconde si le brouhaha et la fumée des cigarettes ne l'incommodaient pas. Rose était un peu saoule, à cause du vin que son voisin de table versait généreusement dans son verre. Mais c'est le bonheur surtout qui l'enivrait.

Les discours furent longuement applaudis, surtout celui du cher Marcel dont on apprécia l'argumentation, comme toujours claire et solide.

Après le banquet, comme le député de Paris était conduit à son hôtel par les responsables de la fédération, Auguste Thomas, Rose et quelques autres furent conviés à une soirée chantante que les gens de Neuville avaient organisée pour alimenter la caisse de la section.

Un autocar attendait les camarades pour les emmener à cette fête. On s'entassa joyeusement dans le véhicule. Beaucoup de militants étaient déjà pris de vin, mais on savait se tenir quand on œuvrait pour la Révolution, et deux grands types qui braillaient pourtant très fort se levèrent ensemble pour laisser leur banquette à la demoiselle. Pendant le trajet, Rose tâcha de se remémorer les paroles que Marcel Cachin lui avait dites au cours du banquet : il lui avait demandé dans quelles conditions elle travaillait, et depuis quel âge, et si ses parents étaient des camarades. Elle avait répondu dans une sorte d'extase : elle travaillait depuis qu'elle avait quinze ans. Son père, malheureusement, était un bourgeois qui n'avait jamais fait de politique. Elle ne manqua pas de révéler qu'elle s'était enfuie, à quatorze ans, de chez les sœurs du Cœur-très-Pur où elle était pensionnaire. (Marcel Cachin acquiesçait aux paroles de la jeune fille comme s'il leur avait trouvé une signification secrète que Rose elle-même n'y eût jamais décelée. Par ses hochements de tête, le député des classes laborieuses montrait qu'il devinait la vérité profonde des êtres.) A la fin, il avait prié Rose de venir le voir au journal *l'Humanité* où il aurait peut-être des « responsabilités » à lui confier, si du moins cette charge supplémentaire ne lui semblait pas trop lourde. La petite comptable avait assuré que son travail chez Druillet lui laissait beaucoup de loisirs, qu'elle savait assez bien l'orthographe et pouvait écrire à la machine.

On fit la fête jusqu'à trois heures du matin. Le petit estaminet, à l'enseigne du Moulin-Vert, n'offrait pas assez de place pour tous les camarades, qui se répandirent bientôt dans l'arrière-salle, dans le jardin, et jusque dans l'escalier menant à l'appartement du patron. On chanta plusieurs fois *Le Drapeau Rouge, l'Internationale*, et des camarades italiens entonnèrent *Bandiera Rossa.* Rose essaya de retenir les paroles de *Révolution* ou de *La Grève des Mères*, mais en vain. Elle avait bien trop bu pour se rappeler quoi que ce fût. (Elle songea fugitivement qu'elle avait appris jadis sans difficulté le *Notre Père* ou le *Bénédicité*, et qu'elle s'en souviendrait malgré elle jusqu'à son dernier jour.) Puis le patron sortit son accordéon de derrière le comptoir, et l'on dansa. Rose fut la première invitée. Elle balbutia qu'elle ne savait pas danser, mais le garçon l'entraîna d'autorité et la jeune militante se laissa bon gré mal gré emporter dans le tourbillon de la valse musette.

La tête lui tournait un peu après ce premier essai, mais un nouveau cavalier se présentait déjà, et comme la jeune fille estimait qu'elle ne pouvait refuser à ce camarade-ci ce qu'elle venait d'accorder à l'autre, elle se remit à tournoyer cette fois de bon cœur.

Au bout d'une heure, elle savait danser aussi le tango, elle s'était essayée à la java, et elle avait bu plusieurs chopes de bière que le patron, trésorier de la section, offrait généreusement à tout le monde. Il n'y avait sans doute pas de mal à danser ni même à se griser un peu, puisqu'on était entre militants, puisqu'on était là pour préparer l'avènement d'un monde nouveau qui serait fraternel et juste.

Thomas était assis au fond de la salle, avec trois responsables de la fédération. Ils étaient les seuls à ne pas boire ni danser. Ils discutaient entre eux, penchés les uns vers les autres pour pouvoir s'entendre. Rose les observait par moments. Elle aurait bien voulu écouter ce qu'ils se disaient. Elle les trouvait beaux, ces quatre hommes qui veillaient et préparaient l'avenir de la classe ouvrière pendant que les autres buvaient et s'amusaient. C'étaient des sentinelles, en quelque sorte : les sentinelles du prolétariat face au Grand Capital et à la réaction. Alors la jeune fille dansait de bon cœur, même si elle avait un peu de mal à suivre le rythme de la valse. Elle se demandait si elle était gracieuse. Elle devait être plutôt jolie, puisque tous les garçons l'invitaient. Les regards et les sourires galants qu'elle inspirait ne lui étaient pas désagréables, pour une fois, car c'étaient les regards et les sourires de camarades. Elle aurait aimé que Thomas la vît en train de valser, mais le forgeron restait absorbé dans sa conversation. Pourtant, c'était un peu pour lui qu'elle dansait, et comme pour répondre au sacrifice qu'il faisait journellement de son repos, de son propre bonheur, de sa santé même. Elle aurait voulu lui montrer qu'elle était heureuse, et que ce sacrifice n'était pas inutile. Elle aurait aimé l'avoir pour père.

7

Cela arriva un vendredi en fin de journée : depuis trente-cinq ans qu'elle travaillait chez Druillet, Mme Étienne avait observé que les accidents se produisaient presque toujours le vendredi après-midi. Jambes brisées, côtes enfoncées ou simples ecchymoses, c'étaient l'outil, la machine qui décidaient du prix à payer : l'agression était toujours sournoise, imparable. C'est à peine si l'on avait entendu un cri, dérisoire fausse note humaine parmi les vrombissements, les stridulations, les ululements mécaniques, et l'on voyait un pauvre type se débattre, déjà ensanglanté, et tenter de s'arracher à l'étreinte mortelle de sa machine comme un dompteur qui se serait laissé surprendre par l'un de ses fauves. Les ouvriers appelaient le vendredi « le jour fatal ». Les plus vieux se souvenaient du malheureux Germain Bizet, écrasé sous un châssis l'année de l'Exposition, et tout le monde gardait en mémoire le sort du petit Morel, décapité par une pièce de tôle au surlendemain de sa démobilisation. Jean Léonard n'échappa point à cette règle. L'accident eut lieu un vendredi, à l'heure où le corps se laisse aller à sa fatigue, où l'attention commence à se détacher de la banale menace de la scie, du tour, de l'engrenage, à l'heure où l'on songe malgré soi au dimanche qui vient, à la promenade qu'on fera, à la fille qu'on emmènera peut-être dans sa chambre, à l'heure où, face au va-et-vient hypnotique de la lame ou du poinçon, au tournoiement vertigineux du contrepoids de fonte, il n'y a plus qu'un être humain, fragile, et qui rêve.

Dans la cabine de verre, ce fut Mme Étienne qui s'avisa la première du drame. Elle se leva soudain de sa chaise, trébucha en contournant trop vite son bureau, et alla regarder par la vitre. Rose avait bien vu, elle aussi, que le pont roulant venait d'être stoppé, mais elle ne connaissait pas la signification pour ainsi dire inéluctable d'un tel événement, et elle ne songea point que M. René n'aurait jamais arrêté la chaîne à moins d'une catastrophe.

La cabine des comptables se trouvait presque en surplomb de l'emboutisseuse où venait de se produire l'accident. Pourtant, la jeune fille ne put d'abord rien distinguer dans l'attroupement qui achevait de se former autour de la machine.

— C'est Léonard, fit Mme Étienne. Il s'est fait prendre sous le poinçon.

Mais Rose avait beau écarquiller les yeux, le front collé à la vitre, son cerveau se refusait à démêler quoi que ce fût à ce qu'elle voyait quelques mètres plus bas. Elle se sentit sans force, brusquement. Il lui sembla que la cabine allait basculer dans le vide. Elle avait peur d'apercevoir le cadavre de Jean Léonard, que ses yeux cherchaient pourtant avec une sorte d'avidité. Elle vit M. René qui accourait depuis le fond de l'atelier. Les basques de sa blouse grise se gonflaient derrière lui. Le petit homme lançait des jurons et des ordres, comme d'habitude, mais Rose, derrière sa vitre, ne pouvait entendre ses vociférations. La cabine de verre était très silencieuse depuis qu'on avait arrêté les machines. On ne sentait plus le sol vibrer. Et ce calme étrange, cette suspension du temps qui n'était plus mesuré par les grondements et les martèlements familiers, créait une sorte de béance par où déferlait maintenant la mort que le travail des hommes, l'activité fiévreuse de tout l'atelier avaient jusqu'alors contenue.

On venait de dégager Léonard. Le malheureux n'avait plus de main droite. Du sang s'échappait de la machine. Rose continuait de regarder sans voir, avec cette étrange avidité, encore, par laquelle l'horreur, semblable au désir porté à son paroxysme, nous précipite dans le magma des choses comme pour nous y étouffer.

L'instant d'après, la jeune fille reconnut le visage de Mme Étienne, penchée sur elle. La conscience lui revenait peu à peu. Elle se rendit compte qu'elle était étendue sur le dos, à même le linoléum, mais elle ne s'était pas sentie tomber. La facturière lui tamponnait le front avec un mouchoir imbibé d'eau de Cologne. Il y avait toujours un mouchoir propre dans son sac, songea la jeune fille, et toujours un petit flacon d'eau de Cologne. Elle devait garder sur elle quantité de ces menus objets dont on se fait des remèdes contre les mauvais hasards de la vie. Sans doute y avait-il aussi de l'aspirine, dans le grand sac de faux lézard, et du fil à coudre, et des allumettes. Mme Étienne, à qui rien pourtant n'arrivait jamais, était une personne à ne pas se laisser surprendre par un coup du sort.

— Là, là, ce n'est rien, cela va déjà mieux, faisait-elle dans une espèce de roucoulement.

Ce qu'elle avait rangé dans son sac, c'était pour les autres aussi, pour soigner leurs bobos, panser leurs écorchures. C'était pour la petite comptable, pour les ouvriers de l'atelier, pour les personnes qu'elle pouvait rencontrer dans la rue et qui, les uns et les autres, auraient dû être ses enfants.

Jean Léonard fut étendu sur le plateau de la dépanneuse et on l'emmena ainsi à l'hôpital. M. René avait regagné son bureau et s'y était enfermé. Il n'avait pas remis en marche les machines. Il n'avait donné d'instructions à personne. Ses deux frères s'étaient absentés pour la journée. Ils étaient partis se promener, comme chaque fois qu'on avait besoin d'eux.

Les ouvriers erraient dans l'atelier par groupes de deux ou trois. Quelqu'un avait jeté de la sciure sur le sol, devant l'emboutisseuse, pour éponger le sang qui s'y était répandu. Rose était maintenant remise de son malaise. Elle descendit de l'atelier pour retrouver Auguste Thomas et ceux du syndicat. Le forgeron marchait de long en large et ne savait que répéter : « Qu'est-ce qu'il va faire, sans sa main droite ? De quoi va-t-il vivre ? » Pendant un moment, la jeune fille stupéfaite le regarda aller et venir en grommelant son impuissance. Elle savait bien que Thomas, le syndicat, les camarades, le Parti ne feraient point rendre sa main à Léonard. Au fond d'elle-même, pourtant, il y avait la certitude que la volonté des hommes aurait dû pouvoir réparer ce qu'une mécanique aveugle avait détruit.

Quelqu'un s'avisa que « le rongeur » avait disparu : on n'entendait plus ses insultes et ses jurons, et ce silence particulier était encore plus inhabituel, plus inquiétant même que celui des machines. « Les rats quittent le navire », ricana le vieux Fort. « Il s'est barricadé dans son bureau », fit Delumeau, le menuisier.

Tous les gars fixaient maintenant l'escalier de bois menant à la direction. La porte s'ouvrit en haut des marches, comme sous la pression de ces soixante regards, mais il ne sortit de là qu'une grande femme osseuse avec la tête minuscule et le regard hautain d'une autruche, la secrétaire de M. René, qui descendit les marches dans un bref cliquetis de ses longues pattes et s'enfuit par la sortie des patrons en rasant les murs. Quelqu'un siffla. Deux ou trois autres gars sifflèrent à leur tour. Le battant se referma en claquant derrière la fugitive qui fut aussitôt oubliée, mais les sifflets et les lazzis redoublèrent, et les hommes, lentement, avec une espèce de nonchalance, dansant d'un pied sur l'autre plutôt qu'ils ne marchaient vraiment, commencèrent à s'approcher de l'escalier de la direction. Mme Étienne était descendue de sa cabine (elle avait sûrement pris le temps de ranger ses gommes, ses plumes, sa bouteille d'encre). Elle se tenait à quelques pas des ouvriers, derrière eux, et les considérait sans rien dire, hochant la tête d'un air de tristesse résignée. Elle n'approuvait pas ce qui se passait, mais les gens qui depuis une minute sifflaient et lançaient des jurons étaient de braves garçons, qui faisaient bien leur boulot : elle ne trouvait rien à leur reprocher. Elle aurait bien voulu rendre sa main à Léonard, elle aussi, elle plus que tous les autres. Malheureusement, il n'existait pas de pansement pour cela. Elle regarda longuement la petite comptable qui s'était mêlée à la troupe des ouvriers et en éprouva du chagrin : elle ne savait pas ce qui allait se passer, mais elle s'attendait au pire, et cela, les bagarres, la grève, ce n'était pas la place d'une jeune fille bien élevée.

Tous les hommes de l'atelier gagnèrent ainsi l'escalier de la direction dans un déplacement presque insensible qui ne semblait nullement concerté, mais évoquait plutôt le mouvement irrépressible d'une crue. Mme Étienne, impuissante et désolée, se disait que si un seul de ces hommes commençait à gravir les marches, on ne pourrait plus l'arrêter, ni ses soixante camarades, et qu'il se passerait une tragédie.

Mais la petite foule venait de s'immobiliser au pied de l'escalier. On n'entendait plus de sifflets ni de cris : chacun sentait que les menaces, désormais, n'étaient plus séparées des actes que par quelques marches de bois. Rose retenait son souffle. Elle n'avait pas peur : elle était venue jusqu'au pied de l'escalier surtout par curiosité. Les autres aussi ne s'étaient peut-être approchés que pour assister de plus près à ce qui allait arriver, pour savoir ce qui allait se décider en eux-mêmes et qu'ils n'étaient plus maîtres d'arrêter. Une minute s'écoula, ou guère plus. Quelqu'un bougea enfin : c'était Auguste Thomas. Ce fut lui qui gravit les marches et franchit la mystérieuse frontière qui passe entre nos désirs, nos impulsions, et parfois le crime.

Mais Thomas n'était pas homme à céder au premier mouvement de la fureur ou de la haine. Arrivé en haut des marches, il se retourna vers ses camarades et leur parla.

Il leur expliqua que leur colère était juste, mais inutile et dangereuse, que « le rongeur » était leur ennemi à tous, et que l'accident qui venait d'arriver constituait une nouvelle agression du patronat contre la classe ouvrière, mais que, dans cette mesure, les travailleurs devaient exercer leur riposte uniquement dans le cadre de l'action syndicale.

Il s'exprima ainsi pendant près d'une demi-heure, évoquant à la fin la nécessaire solidarité de chacun avec Jean Léonard, martyr de la lutte des classes. Sur ces mots, il se découvrit et il déposa une pièce de cent sous dans sa casquette, qu'il fit circuler ensuite parmi tous les camarades.

Vingt minutes plus tard, les derniers ouvriers quittaient l'atelier. Quelques-uns s'attardèrent un peu sur le trottoir, évoquant l'action qu'on allait entreprendre contre les frères Druillet, ou se félicitant du succès de la collecte improvisée au profit du blessé. Puis les derniers traînards s'éloignèrent à leur tour, disparurent pour de bon au bout de la rue, et M. René put quitter son bureau : enfin rétabli dans son droit de propriété, « le rongeur » alla refermer la grande porte de fer sur lui-même et sur ses machines tueuses. Il fulminait contre ses frères, qu'il n'avait pu joindre au téléphone et qui l'avaient laissé tout seul, comme d'habitude, face aux difficultés. Mais il avait déjà oublié sa peur. Il ne restait en lui que la haine de tout ce qui grouillait dans son atelier, de cette racaille qui ne pensait qu'à le voler et à boire. Et, tout en peinant pour mouvoir la lourde porte sur son rail, le petit bonhomme songeait avec effroi que le monde, depuis la guerre et toutes les révolutions qui s'en étaient suivies, devenait une sorte de coupe-gorge : cela finirait dans un bain de sang. En attendant, il poussait le panneau roulant, et l'effort lui faisait émettre des grognements. (Ou bien était-ce l'idée, à la fois horrible et curieusement séduisante, que la main de Jean Léonard était tombée sur le rail et gênait la fermeture ?)

Rose reprit son métro toute seule. Elle n'attendit point Auguste Thomas qui s'était arrêté pour discuter le coup avec le vieux Frot sur le bord du trottoir, puis au milieu de la chaussée, puis, longuement, en haut des marches du métro. Elle comprenait bien que le forgeron avait accompli son devoir révolutionnaire en empêchant une explosion de violence qui aurait conduit les camarades à une catastrophe, mais elle préférait ne plus y penser. C'est qu'à présent elle étouffait de colère, et son ressentiment s'étendait malgré elle jusqu'à son vieil ami qui avait choisi de ne pas venger le sang versé.

8

Jean Léonard parlait en riant de sa main baladeuse qui s'était perdue sous le jupon d'une fille. « Tâche de bien surveiller l'autre, faisait le petit Napoléon Duval, des fois qu'elle irait prendre le même chemin. » Les deux garçons retrouvaient un air sérieux quand ils voyaient Rose entrer dans la salle. Léonard se redressait sur son lit, arrangeait le drap sur ses jambes et se lissait les cheveux pour accueillir la petite comptable. Napoléon Duval offrait sa chaise, et l'on ne parlait plus de la main qui s'était trop intéressée aux filles.

Pendant un mois, Rose vint chaque soir rendre visite au blessé. On partageait les bonbons qu'elle avait apportés. Léonard se montrait toujours gai, plus encore que naguère, et accablait la jeune fille de ses galanteries respectueuses et emphatiques. Il ne voulait pas qu'on le prît pour un infirme. Il parlait des métiers qu'il allait exercer. Il se découvrait une nouvelle vocation presque chaque jour : il allait acheter un kiosque à journaux, peut-être même un tabac, avec l'indemnité que « le rongeur » et ses salauds de frères seraient bien obligés de lui verser. Ou bien il s'imaginait en train de courir les forêts du Berry où il était né, le fusil en bandoulière, chaussé de bottes et coiffé d'une casquette de garde-champêtre. Un autre jour, il se voyait en aviateur, et le lendemain en wattman : c'était fou, quand on y réfléchissait un peu, tout ce qu'on pouvait faire avec une seule main. Il était prêt à croire qu'il avait eu de la chance de se faire amputer. En tout cas, il s'employait à en convaincre tous ceux qui voulaient bien l'écouter.

Et Rose l'écoutait. Elle l'encourageait dans ses divagations, sachant bien qu'elle ne faisait que retarder le moment, pour le malheureux, de retomber sur terre avec quelques centaines de francs d'indemnité pour sa manche vide, et le chômage au bout du chemin. Mais elle admirait le naïf courage de ce garçon, cet orgueil au fond tout pareil au sien, qui le poussait à nier l'évidence de son infirmité : il avait seulement peur qu'on le prît en pitié. Il ne demanderait jamais rien à personne. Il se débrouillerait tout seul, et, dès maintenant, il faisait le malin, le fier, pour bien montrer qu'il n'avait pas besoin d'aide.

Ce printemps de 1923 vit bien d'autres événements encore. Oncle Victor faillit mourir assassiné par le sergent Dubuc. On n'apprit jamais ce qui s'était passé au juste, car le héros de Verdun, s'étant à la fin rendu à l'ennemi, fut solidement ligoté dans une camisole et soustrait sans délai à la curiosité du voisinage. Quant au légionnaire, touché d'une balle dans le gras de l'avant-bras, l'émotion le fit bégayer pendant près d'un mois, et quand on put enfin démêler quelque chose à son bafouillage, le récit qu'il fit de cette bizarre agression s'enjoliva si bien de toutes ces fioritures dont il avait le secret, que Rose et Madeleine s'en trouvèrent réduites à de pures hypothèses sur ce qui avait pu se passer. Oncle Victor se promena longtemps le bras en écharpe, bien plus longtemps sans doute que ne l'exigeait la gravité toute relative de son état. Mais enfin, ce gros pansement dans un joli foulard de soie, c'était une blessure de guerre en quelque sorte, la seule dont il pût au grand jamais s'enorgueillir auprès de la boulangère, de la petite fleuriste et de la grosse marchande de légumes : la nation féminine pensionna gentiment cet invalide pour ses exploits d'opérette, et le charmant Victor fut fourni en croissants chauds, œillets rouges, mouchoirs brodés à son nom, briquets, cigarettes, avec une profusion encore jamais atteinte.

Quant au sergent Dubuc, il ne fit plus parler de lui, et nul ne parut le regretter beaucoup. Pour n'avoir point l'air d'oublier tout à fait son camarade, Victor affecta de s'assurer qu'il coulait des jours paisibles derrière les hauts murs de l'hôpital Sainte-Anne où il se rendit un dimanche, en se promenant avec ses nièces, afin de prendre des nouvelles du « pauvre vieux ». On lui dit que le sergent avait levé une escouade parmi les autres malades, qu'il attendait la prochaine offensive allemande et faisait prendre des tours de garde à la troupe, chaque nuit, malgré l'interdiction du médecin chef. « Après tout, c'est ici qu'il se trouve le mieux », conclut Victor en quittant l'hôpital. Il s'était promené un moment dans les allées bordées de pavillons, balançant s'il allait voir ce « pauvre vieux » ou s'il n'allait pas plutôt le « laisser tranquille ». Il avait choisi de le laisser tranquille. Il avait un peu peur des fous. Il craignait particulièrement celui-ci, qui lui avait bel et bien tiré dessus.

Madeleine aussi avait toujours eu peur du sergent, et elle se sentait plutôt rassurée de le savoir enfermé, même si elle avait pitié de lui. Et puis, n'était-il pas malade, comme le rappelait Victor, et mieux à sa place dans un hôpital que parmi de braves gens qui ne pouvaient plus rien pour lui ? (Mais, plus encore qu'il n'était « malade », le malheureux soldat, avec sa vareuse élimée, sa manche vide, ses joues creuses, son regard fiévreux, semblait exclu de ce monde dont la porte s'était refermée en claquant devant lui au lendemain de l'armistice : le héros de Verdun n'était pas seulement fou, et l'on devinait qu'il ne sortirait jamais de cet hôpital où nul médecin, sans doute, ne songeait sérieusement à le soigner : le sergent Dubuc, en fait, était révolu.)

Jean Léonard fut renvoyé chez lui comme le sergent entrait à l'hôpital. (Bien des années plus tard, ma mère soutenait curieusement que les manchots et les borgnes sont dotés de pouvoirs mystérieux, généralement maléfiques. Elle n'aimait pas non plus les bossus, ni tout bonnement les gens qui louchent. Ces visages ou ces corps dissymétriques lui étaient suspects, même chez les personnes les plus honorables, comme si elle avait perçu dans ces épaules qui plongeaient, dans ces regards insaisissables, quelque ricanement de la nature ou du diable, peut-être.) Auguste Thomas et le syndicat avaient obtenu aux prud'hommes une indemnité de dix-huit mille francs pour le blessé, et l'assurance qu'il serait réembauché. Mais Léonard ne voulut pas retourner chez Druillet. Il se croyait riche avec ses presque vingt mille francs, de quoi devenir patron, estimait-il malgré les objections du forgeron. Le malheureux avait si bien décidé de ne pas regretter la main qui lui manquait que tous les conseils de prudence de ses camarades se heurtaient dorénavant à la muraille d'optimisme derrière laquelle il s'était retranché. « S'il n'avait perdu que la main droite ! grommelait Auguste Thomas. Mais le voilà aussi devenu aveugle ! » Et, de guerre lasse, on laissa l'aveugle courir au précipice. Personne ne sut ce qu'il devint, car il s'en alla sans laisser d'adresse. Peut-être les gars de chez Druillet n'étaient-ils pas dignes de devenir les témoins de sa réussite éclatante ? Ou plus probablement ne voulait-il rien conserver, et surtout pas ses amis, du temps désormais si lointain et quelque peu irréel où il avait possédé deux bras et deux mains, comme tout le monde.

Rose et les autres camarades éprouvèrent du chagrin, sans doute. Ensemble, ils formaient une famille, et l'amitié qu'ils se donnaient, la conviction qu'ils partageaient de construire un monde plus juste, étaient le sel et la vérité de leur existence. Ainsi celui qui venait de les quitter faisait bien plus que les trahir. Il s'excluait de la vie elle-même, et Rose, Thomas, Frot, Delumeau ne pouvaient que le plaindre. Mais la jeune fille ne devina jamais la vraie souffrance de Léonard qui ne s'était point remis, à vingt ans, face aux camarades, d'avoir perdu sa « main baladeuse » : comme elle autrefois, il n'avait voulu ni de la sollicitude, ni même de l'amitié de personne. Il avait choisi d'être seul. On décida alors d'effacer le souvenir de celui qui avait trahi. Même le forgeron, qui soupçonnait pourtant le vrai motif de cette trahison, s'arrangeait pour ne plus parler de lui. « Il a des excuses, concédait-il, mais en se reprenant presque aussitôt pour ajouter : C'est un naïf, un faible. Il avait besoin de nous. »

Plus exactement, on n'avait plus besoin de lui, et l'on se dépêcha de l'oublier tout à fait : de vrais révolutionnaires ne se livrent pas à la nostalgie, ne se complaisent pas à l'évocation d'un ami perdu.

Rose n'allait plus guère aux soirées du patronage, car il y avait réunion chez Thomas presque chaque semaine. Un soir que la jeune fille, malgré tout, s'était rendue rue Falguière (pour céder aux instances de la facturière plutôt que de sa propre initiative), le bon monsieur Dussau lui fit reproche de ses « infidélités » et la mit en garde d'un ton paternel contre les dangers que recelait, selon lui, un engagement trop exclusif en faveurs d'une idéologie, fût-elle inspirée des meilleures intentions du monde. La jeune fille retint seulement de ce propos la preuve que la facturière et M. Dussau avaient discuté ensemble de son « cas », et qu'ils prétendaient régenter sa conduite. Elle répondit si vivement au vieux professeur, clamant sa nouvelle foi communiste avec une telle virulence, que celui-ci s'autorisa, malgré la douceur de son caractère, à lui rappeler que le patronage de la rue Falguière était une institution strictement laïque, que lui-même mettait son orgueil, depuis vingt ans, à préserver si possible son prochain de toute espèce de fanatisme, et que, tout bien pesé, « il souhaitait que Mademoiselle Rose ne remît plus les pieds rue Falguière », où n'était point sa place.

La jeune fille se retrouva dans la rue, titubant de honte, les joues en feu, les tempes soudain douloureuses, ne sachant même plus retrouver son chemin : elle resta une minute, incapable de se mouvoir, devant la lourde porte cochère qui venait de se refermer dans un cognement sourd. Les passants la regardaient avec curiosité, lui sembla-t-il, comme si son visage avait porté quelque éclatante marque d'infamie. Elle entendit la porte cochère s'ouvrir à nouveau, puis se refermer derrière elle, et elle reconnut — mais comme dans un rêve — la voix de Mme Étienne qui lui offrait de la raccompagner chez elle et lui expliquait d'une haleine que M. Dussau n'avait pas voulu lui faire de peine, qu'il était parfois un peu vif, qu'il manquait peut-être de patience...

Rose se retourna soudain, et des deux mains elle repoussa la facturière avec une telle violence que la pauvre femme recula de plusieurs pas et alla heurter le mur derrière elle. Dans le même temps, la jeune fille lui jeta d'une voix aiguë les paroles mêmes qu'elle n'avait pas su entendre naguère sous le silence du malheureux Léonard : « Laissez-moi ! Je ne veux pas de votre compassion. Je veux être seule ! » Mais la vieille facturière ne songeait certes plus à la prendre en pitié. Bouche bée, le dos au mur, elle considérait cette furie avec une physionomie où la surprise, l'effroi le disputaient à une insondable tristesse. Alors, aussi soudainement qu'elle l'avait bousculée, voyant cet étonnement, ce désespoir, ce visage grimaçant de bonté déçue, d'innocence dupée, la comptable se jeta dans les bras de son amie et libéra les sanglots qui l'étouffaient depuis une minute.

Madeleine ne se trouvait pas à la maison, Dieu merci ! La petite ne devait pas voir la mine défaite de la grande, ses yeux rouges, son air de désarroi. Rose se laissa choir sur le lit sans ôter son manteau, et s'abandonna de nouveau à sa douleur, semblable à celle d'Adam chassé de l'Eden. (Or sans doute Adam regrettait-il moins le Paradis lui-même — et les naïves délices de cette espèce de patronage, assez comparable en somme à celui de M. Dussau — qu'il ne souffrit du sentiment de sa propre faute, révélé, comme à Rose, par la colère d'un bon vieux monsieur qui ne savait faire, comme chacun sait, que des conférences assez ennuyeuses sur le Bien et le Mal.) Ainsi la jeune fille se souciait peu de retourner rue Falguière, et les saynettes enfantines ou les danseries quelque peu laborieuses qu'on y donnait ne lui manqueraient guère. Mais les paroles de M. Dussau, l'espèce de jugement qu'il avait prononcé contre elle, bien au-delà de l'humiliation qu'elle en avait d'abord ressentie, faisaient naître au plus profond de son âme un terrible sentiment de culpabilité. Le vieux professeur ne lui avait pas adressé de reproche, en vérité. Par là même, il ne lui avait pas laissé le loisir de se défendre. Il l'avait seulement chassée, sans lui dire quelle était au juste sa faute. Il l'avait obligée à chercher seule où était le Bien, où était le Mal. Sans le vouloir peut-être, sans mesurer tout à fait la gravité de son geste, M. Dussau lui avait révélé la vraie nature de Dieu, un peu comme Diogène, dit-on, s'était contenté de marcher pour prouver que le mouvement existe. Rose avait été exclue. Elle avait été jugée indigne, on ne lui avait même pas dit de quoi : c'était à elle de savoir, à elle de trouver, dans son exil, désormais.

Après une heure ou deux, le désespoir en elle fit place à un sentiment plus doux de nostalgie. Dans ce demi-sommeil de sa douleur, le visage de M. Dussau lui apparaissait par intermittence avec une netteté extraordinaire. Sa physionomie était alors d'une douceur infinie, son regard n'exprimait que de l'indulgence, et la jeune fille aurait voulu se blottir dans ses bras et lui confesser ses désirs et ses souffrances, ses espoirs et ses fautes. Mais, en même temps, la conscience du jugement porté à son encontre rappelait à Rose qu'elle ne reverrait plus le professeur. M. Dussau l'avait chassée comme pour mieux lui montrer sa bonté infinie, mais en lui faisant regretter sa miséricorde.

Pourquoi fallait-il que Dieu ne se montrât à elle que dans le mouvement même par lequel il l'abandonnait ? La jeune fille comprit cette nuit-là (même si c'était en refusant de toutes ses forces cette évidence) que nous sommes tous souillés par le péché originel, par une faute qui est la nôtre, mais que nous ne connaissons pas et que nous passerons notre vie à tâcher de nous expliquer. Dieu lui était apparu, l'espace d'un instant, sous les traits de M. Dussau, sous les espèces banales d'un vieux monsieur qui n'avait accompli d'autre prodige, en vérité, que d'avoir eu raison contre elle. Pourtant, Rose s'était sentie devant cet homme comme dans la main de son créateur : infiniment démunie mais infiniment aimée malgré les paroles sévères du professeur. Infiniment proche de lui, mais à l'instant précis où, par sa faute, elle allait s'en éloigner à jamais.

Cette nuit-là, Rose fit connaissance avec sa solitude : comme elle regrettait d'avoir déçu M. Dussau, qui lui avait naguère prêté ses livres et qui l'avait aimée avec tant de générosité ! Comme elle aurait voulu pouvoir lui parler encore, fût-ce une fois, et lui montrer qu'elle était capable d'amour, elle aussi, et de désintéressement ! Mais il l'avait chassée, c'était trop tard. Sans doute eût-il pu lui pardonner, car c'était un homme bon et indulgent, mais quand bien même le pardon effacerait la faute, il n'abolit point la séparation : il la confirme, au contraire.

Rose entendit rentrer Madeleine vers la fin de la nuit. La petite avait ôté ses chaussures pour ne pas réveiller sa sœur, mais le plancher craquait sous ses pieds dans le silence de l'aube. Rose l'écouta se déshabiller, puis se glisser dans le lit dont le sommier de fer grinçait. Quelle solitude la petite fuyait-elle aussi, chaque samedi soir, dans les bals de la rue de Lappe ? Quelle révélation, quelle grâce cherchait-elle, tournoyant et sautillant en mesure dans les bras de quelque archange à casquette ?

Rose, qui avait autrefois vécu si près de Madeleine, qui l'avait toujours protégée, considérait désormais sa sœur avec un mélange de tendresse et de condescendance. Madeleine demeurait pour elle « la petite » à tout jamais, gentille, naturellement docile, mais faible au fond, incapable d'application véritable. C'était un papillon voletant près d'une lampe. Pourtant, cette nuit-là, la grande se sentit à nouveau toute proche de sa sœur. Elle reconnut en elle-même la faiblesse, le discret et souriant désarroi de la petite, qui se mettait en colère pour une couture qui craquait, pour un bas qui venait de se démailler, mais qui, pour le reste, prenait la vie du mieux qu'elle pouvait, en espérant y glaner un jour un destin de quatre sous qui serait son histoire.

Maintenant, Rose écoutait Madeleine se retourner dans son lit, cherchant un endormissement qui ne voulait plus venir après cette nuit passée à traquer le bonheur. Et la grande, pour une fois, ne jugeait plus la petite. Elle ne la trouvait plus si futile. Elle s'en voulait au contraire de l'avoir délaissée depuis quelques mois : l'une visitait les musées, l'autre courait les dancings et les bals, la première chantait *l'Internationale* en frissonnant d'amour pour son prochain, la seconde fredonnait en fermant les yeux pour prêter à son cavalier, le temps d'une valse ou d'un tango, la moustache et le regard de Douglas Fairbanks, mais toutes deux ne cherchaient en vérité qu'à s'évader du labyrinthe de verre de notre solitude.

Madeleine cessa enfin de s'agiter derrière la cloison. Rose lui souhaita de trouver en rêve l'amour de Sindbād ou de Cyrano. Elle aurait voulu se lever et prendre la petite dans ses bras. Mais elle ne voulait pas la réveiller et demeura sagement dans son lit, jouissant du silence qui contenait maintenant le sommeil, les rêves et, pour un moment, le bonheur de la petite. La dernière leçon de M. Dussau aurait donc été la plus profitable : Rose, depuis une heure, se laissait aller à un drôle de sentiment, qu'elle aurait pris naguère pour de la lâcheté, de la complaisance, et contre quoi elle se serait sans aucun doute révoltée, mais qui n'était rien d'autre, au fond, que de l'indulgence.

9

Et vint le joli mois de mai. Sous les marronniers en fleur on vit des jeunes filles parées de lilas et de muguet descendre en troupe serrée les boulevards, envahir la place Vendôme et chanter la révolte des midinettes sur l'air des lampions.

Henriette et Madeleine défilaient avec les autres. Elles étaient des milliers. Elles appelaient toutes en chœur les gens qui s'étaient mis aux balcons pour les regarder. On riait, on se hélait d'un bord à l'autre de la chaussée. Les cousettes réclamaient leurs vingt sous, et scandaient « Vive la grève » sur un air à la mode : la pauvreté avait presque l'air d'une fête.

Tout avait commencé ce matin-là chez Patou. Deux douzaines de filles s'étaient postées avant huit heures devant la porte de la rue Saint-Florentin, distribuant des brins de muguet aux passants et persuadant sans trop de peine leurs camarades de ne pas entrer. Le nombre des grévistes augmenta de minute en minute, et bientôt on entendit plusieurs voix crier : « Chez Molyneux ! Chez Molyneux ! » La petite troupe fleurie des grévistes se transporta sur-le-champ devant l'atelier Molyneux et les filles se mirent à scander : « Des-cen-dez ! Des-cen-dez a-vec-nous ! A-vec-nous ! » Les fenêtres s'ouvrirent alors à l'entresol et au premier étage. Celles de là-haut entonnèrent à leur tour les joyeux couplets de la révolte et, en moins d'un quart d'heure, toute la maison Molyneux se retrouva sur le trottoir.

Un peu avant midi, elles étaient plus de quatre mille à défiler sous le ciel bleu du mois de mai. Les promeneurs s'arrêtaient un moment, les employés s'installaient aux fenêtres de leur bureau ou descendaient sur le trottoir pour les regarder passer. On ne savait pas très bien ce qu'elles voulaient, mais leur drôle de chanson avait de la gaieté, alors on les applaudissait.

Il en était venu d'un peu partout, des officines du Sentier comme des grandes maisons du faubourg Saint-Honoré. Toutes n'étaient pas jolies, sans doute, ni bien jeunes. Mais il y avait le brin de muguet au corsage, le sourire, la chanson, et ce regard devenu espiègle de n'être plus penché sur de l'ouvrage.

Le soir, Madeleine raconta fièrement à la grande sa première journée de grève. Au milieu de la matinée, le cortège déjà imposant des midinettes était passé sous les fenêtres de l'atelier de M. Rivière. Toutes les filles s'étaient mises aux fenêtres, quittant leurs machines malgré les protestations du patron. Celles d'en bas les appelaient : « Avec nous ! Descendez ! » M. Rivière avait alors tenté de boucler la porte. Mais Henriette, toujours la plus délurée, s'était jetée sur lui pour le détrousser, et, en un instant, les autres ouvrières s'y étaient mises à leur tour, l'une tirant la veste, l'autre le pantalon, une troisième s'attaquant à la chemise, bien que les clés eussent déjà été conquises.

Madeleine riait encore au récit de la bataille. Les filles n'avaient laissé à M. Rivière que son caleçon, et le malheureux avait eu beau vitupérer et tempêter, il ne faisait plus peur à personne, à tel point que Rolande, une grande et forte fille qui avait la langue bien pendue, l'avait menacé de le dépouiller du dernier rempart de sa dignité s'il persistait à crier et à gesticuler. Tout épatées de leur propre audace, les ouvrières mutinées avaient abandonné là le roi déchu pour aller rejoindre celles qui défilaient dans la rue.

On s'était ensuite promené sur les Champs-Élysées, toujours en rangs serrés, et toujours sous les applaudissements, les vivats et les quolibets. Puis le cortège s'était rendu à la bourse du travail, et l'on s'était enivré de discours après s'être grisé de chansons et de lazzis. On avait exigé la semaine anglaise. On avait exigé l'augmentation de tous les salaires ! On avait exigé quinze jours de vacances payées !

Le soir venu, comme elles n'étaient toujours pas lasses de se trouver ensemble, si nombreuses, si gaies, si fortes, les filles avaient improvisé un bal sur le trottoir du boulevard des Capucines. Madeleine rentra peu après, fourbue et ravie. Mais Henriette ne rentra pas du tout, préférant finir la nuit dans les bras d'un permissionnaire à motocyclette qui l'emmena voir le clair de lune sur les fortifications.

Il y eut encore d'autres défilés en ce joli mois de mai, et même d'autres bals : les midinettes n'étaient pas près de désarmer, et même les policiers de Paris s'habituèrent aux cortèges de ces aimables grévistes qui donnaient un air de fête aux grands boulevards et aux Champs-Élysées.

Chaque soir, Madeleine racontait à la grande les événements de la journée. On avait défilé rue Royale, ou sur l'avenue de l'Opéra, scandant : « Jusqu'au bout ! Vive la grève ! », ou chantant : « On aura satisfaction, tontaine, on aura satisfaction, tonton ! » Certains jours, on était dix mille dans la rue, d'autres fois on ne retrouvait qu'à quelques centaines. Henriette et Madeleine, en tout cas, étaient toujours là, en tête du cortège. Elles n'avaient plus remis les pieds à l'atelier. C'était Henriette qui entraînait l'autre. Ce petit bout de fille au visage ingrat, aux cheveux en bataille, au nez en trompette, à l'œil malicieux, avait tout de même eu le culot de déshabiller le patron, voilà huit jours ! Et cet après-midi même, place de l'Opéra, comme un flic tentait de l'appréhender, elle avait trouvé moyen de lui échapper et de le narguer encore en lui jetant : « On vous donne du mal, hein, m'sieur ? »

Rose n'aimait pas trop cette Henriette. Elle ne l'avait vue que deux ou trois fois, mais elle l'avait jaugée au premier coup d'œil et elle redoutait son influence sur cette pauvre Madeleine qui était prête à faire confiance à n'importe qui : « Tu verras, prophétisait-elle, cette fille finira par tomber enceinte. » Quand elle disait cela, sa voix s'enflait soudain, prenait un ton grave, et l'on sentait que les verbes « tomber » et « finir » étaient chargés dans son esprit d'un sens sinistre. C'est que Rose avait naturellement de la vertu. Elle en avait encore davantage depuis qu'elle militait pour la révolution.

Elle se disait que si Madeleine allait au bal presque chaque samedi soir, c'était qu'elle n'avait pas de tête. « Tu ne t'en rendras même pas compte, et un beau matin tu te retrouveras fille-mère », prophétisait ainsi la grande, qui croyait vraiment, dans sa totale inexpérience, qu'on pouvait faire un enfant « sans même s'en rendre compte ». Au syndicat, pourtant, et à l'atelier, Rose n'évoluait pour ainsi dire que parmi des hommes. Mais Thomas, Duval, Delumeau, naguère Léonard, et tous les autres, n'étaient sûrement pas capables de séduire une fille et de l'engrosser. Le petit Duval égarait bien de drôles de regards sur le corsage de Rose, et la jeune fille s'avisait une fois de plus qu'elle avait la poitrine un peu trop généreuse, mais elle n'en voulait pas à son camarade, elle se disait que c'était sa faute à elle si tous les hommes, même de vrais communistes, l'examinaient parfois un peu en douce. (Elle avait peur, aussi, de sentir la sueur. Elle ne se trouvait jamais « nette ». La crasse, le regard des hommes ou l'odeur de la transpiration participaient de la même fatalité par laquelle tous les humains, même ceux qui étaient d'authentiques révolutionnaires, risquaient à tout moment de s'abîmer dans l'animalité.)

En tout cas, la grande s'employait à refréner les élans et les lubies de sa cadette dont la naïveté, la spontanéité lui faisaient un peu peur. En même temps, il ne lui déplaisait pas que Madeleine aimât danser, se dissiper, et rêver en lisant des romans à bon marché. Les livres sérieux, les musées, l'action politique, et un jour la révolution demeuraient ainsi le privilège de la grande.

Et Rose fut bien épatée, le premier soir, quand sa sœur lui apprit qu'elle venait de se mettre en grève, avec Henriette et les autres filles, et qu'on avait passé la journée à débaucher les ouvrières de chez Worth, Paquin, Fath ou Chanel. Mais son étonnement fut porté à son comble quand elle apprit que la petite avait pris la parole au cours d'une réunion des grévistes, en fin de journée, à la bourse du travail.

— Et de quoi donc leur as-tu parlé ? demanda Rose d'un ton de persiflage. (Un mouvement de grève où Madeleine montait à la tribune, cela ne pouvait pas être sérieux !)

— Oh, moi, j'ai dit qu'il faudrait montrer un peu plus souvent les ateliers à toutes ces pécores pour qui on nous fait trimer, répondit en effet Madeleine. Elles verraient la poussière. Elles sentiraient l'odeur de l'apprêt. Elles entendraient le bruit des machines, et le patron qui gueule après les premières mains, et les premières mains qui gueulent après toutes les autres !

Rassurée, Rose laissa Madeleine à son enthousiasme, et reprit, ce soir-là comme tous les autres soirs, la lecture du *Capital*. Elle ne pensa plus à la grève de Madeleine, qui n'avait aucune portée révolutionnaire et qui n'était tout au plus qu'un de ces désordres anarchistes dont le patronat français tirait prétexte, d'une manière ou d'une autre, pour aggraver l'exploitation du prolétariat.

Un que le mouvement des midinettes emplit par contre d'enthousiasme, ce fut oncle Victor : des femmes par milliers dans la rue, qui chantaient et qui offraient des fleurs aux passants, voilà qui constituait un événement historique ! Pendant un mois, ce bon Victor devint un ardent féministe. Défilant un jour sur les Champs-Élysées, la petite l'aperçut en train de gesticuler sur le bord du trottoir, tout fleuri du muguet et du lilas qu'il avait attrapés au vol, jetant en retour des baisers aux manifestantes, et criant : « Vive la couture ! »

Le dimanche, il avait d'importantes et graves conversations avec Madeleine, professant que les femmes étaient des créatures plus parfaites que les hommes, que la nature les avait rendues plus belles, que si elles ne raisonnaient pas toujours avec autant de justesse, elles avaient plus de sensibilité, et qu'elles sauveraient l'humanité en interdisant à jamais la guerre.

Il tombait amoureux jusqu'à plusieurs fois dans la même

journée, au guichet de la poste, par exemple, ou dans la boutique de blanchisserie : pendant une minute, il rêvait de fonder un foyer et d'élever quatre enfants avec l'employée qui lui comptait ses timbres ou avec la nouvelle blanchisseuse. Il était absolument sincère pendant cette minute-là. Et cette sincérité, ce naïf désir, cette impatience n'étaient pas sans émouvoir quelquefois la nouvelle élue. On n'allait pas faire quatre petits avec ce monsieur, mais on écoutait son compliment, on le regardait avec indulgence. On s'attendrissait même, le temps de lui remettre ses dix timbres ou de lui plier sa chemise repassée. Même les grandes personnes ne demandent pas mieux que de rêver. Il n'y avait pas que Victor à savoir s'évader ainsi comme les enfants. Il le faisait seulement mieux que les autres, et bien plus souvent, pour ainsi dire toujours. C'était sa vie, sa respiration.

Mais tout cela n'avait duré qu'une minute, et le moment d'après, cet homme sans conséquence et comme sans poids était poussé par le vent et le hasard vers de nouvelles aventures. Il avait oublié de payer ses timbres ou le blanchissage de sa chemise, mais il était parti si vite que l'employée des postes n'avait point songé à lui courir après. Les oreilles de la demoiselle bourdonnaient encore des déclarations passionnées du séducteur évanescent. Toutefois, elle savait bien qu'on n'attrape pas des paroles avec la main, et elle se rendait compte que le monsieur qu'elle avait cru voir devant elle, voilà une minute, n'avait lui-même pas plus de consistance que les mots, qu'il n'était en quelque sorte que du verbiage.

Oncle Victor ne s'enflammait pas seulement pour les femmes. Ses enthousiasmes naissaient des circonstances parfois les plus baroques. Il avait suivi un cirque, quelques années plus tôt, s'étant mis en tête de devenir jongleur. Mais comme il n'avait jamais su jongler qu'avec les idées, ou plutôt avec sa fantaisie du moment, on l'avait préposé au nettoyage des cages où il n'avait pas fait long feu, ses habituelles balivernes n'ayant pas eu l'heur de séduire les lionnes et les tigresses.

Il ne dit jamais clairement aux petites pour quelle raison (si toutefois on peut appeler « raison » les étranges mobiles de cet homme) il s'était jadis engagé dans la Légion. Il laissa bien entendre un jour qu'une « mauvaise rixe » (était-ce à cause d'une postière, d'une lingère ?) avait failli dans son jeune temps le conduire en prison. Mais peut-être avait-il simplement suivi le défilé des légionnaires, un 14 Juillet, parce que leur musique lui plaisait bien. Il s'était retrouvé à Sidi-bel-Abbès un peu comme on se retrouve dans le lit d'une inconnue, ou plus prosaïquement sous le porche d'un immeuble, au milieu des poubelles, pour avoir trop bu la veille. Cet engouement-là avait duré six mois au lieu de quelques minutes, car on ne courtise sans doute pas la Légion aussi impunément qu'une quelconque blanchisseuse. Bonne fille, pourtant, l'armée avait laissé filer cette recrue de mauvais aloi, qui aimait les fanfares, les uniformes, mais qui devait avoir quelques problèmes, en toute innocence, avec la discipline militaire.

Les marronniers perdirent leurs fleurs. Les midinettes aussi, et elles furent de moins en moins nombreuses à battre le pavé des beaux quartiers en chantant, aimables et dérisoires insurgées dont la misère et la colère mêmes avaient un quelque chose d'espiègle, un petit air de coquetterie. Le syndicat chrétien de la couture passa le premier un accord avec le patronat. Les autres syndicats suivirent. A nouveau, on prononça de nombreux discours à la bourse du travail. Mais, cette fois, on n'exigeait plus grand-chose : cela commençait par « si nous n'avons pas obtenu les satisfactions que nous espérions... », ou par « vous avez montré à vos patrons que vous connaissiez à nouveau le chemin de l'organisation syndicale ».

Madeleine et Henriette s'obstinaient pourtant à défiler dans la rue avec quelques autres filles. Le samedi soir et le dimanche, elles faisaient la quête pour les grévistes dans les cinémas et les théâtres. Mais, au fil des jours, celles-ci se firent de moins en moins nombreuses, et quand les pauvres manifestantes ne furent plus que deux douzaines, il ne leur resta d'autre ressource que de se réunir dans un café de la rue Réaumur où elles passèrent leurs journées à discuter de la défunte grève, puis de leurs amours, puis de la vie qu'on mènerait, et de l'épicier, du propriétaire qu'on finirait par payer quand on aurait retrouvé du travail. Car on les avait bel et bien licenciées, Madeleine, Henriette et les autres.

10

La pauvre Madeleine jouait décidément de malchance. A peine eut-elle retrouvé un emploi, chez Esders, qu'elle manqua une marche dans l'escalier de son immeuble, un dimanche matin, et se brisa le bassin. Ce fut oncle Victor qui la trouva gémissant, à demi évanouie, sur le palier du troisième. Il essaya bien de la remettre debout, mais sans trop de conviction, car il avait très peur de se coller un tour de reins. D'ailleurs, la petite sanglotait qu'elle ne pourrait pas se relever et qu'elle avait sûrement quelque chose de cassé. Sagement, oncle Victor monta prévenir Rose, qui saurait quoi faire, et il laissa un croissant tout chaud à Madeleine pour la réconforter.

Elle passa deux mois à l'hôpital et revint sur des béquilles. Les médecins l'avertirent qu'elle conserverait peut-être un léger boitillement et qu'elle ne pourrait pas avoir d'enfant, sous peine de graves inconvénients.

Elle ravala sa tristesse. Elle n'en dit rien à sa sœur, ni à personne. Elle n'avait encore jamais réfléchi à son avenir, et Rose ne mentait pas en disant que la petite ne songeait qu'à s'amuser et danser. Mais voilà : Madeleine ne danserait plus. Elle traînerait la patte. Elle ne rencontrerait nul héros de roman, ni au bal ni ailleurs.

Elle n'avait jamais cherché à savoir pour qui elle se fardait les yeux et les lèvres, le samedi, ni pour qui son cœur se serrait parfois comme si une invisible main lui avait caressé la nuque. Il lui avait suffi de sentir toujours la présence discrète de cet amant sans visage. Où qu'elle se trouvât, il se tenait près d'elle, la contemplant avec passion. Et, sous le doux éclairage de ce regard, le geste le plus insignifiant de la jeune fille s'agrémentait d'une grâce presque surnaturelle. Il l'observait même à sa toilette, avec une tendre et chaste indiscrétion : la cuvette d'émail, la savonnette, le gant devenaient les instruments d'une mystérieuse célébration dédiée à cet invisible témoin. Pressant et respectueux à la fois, il veillait sur son sommeil, et par moments la rêveuse virginale croyait sentir sur son épaule nue le souffle de l'amant fidèle et vertueux. Puis elle tomba dans l'escalier, et ce héros, ce prince, s'éloigna d'elle pour toujours.

Elle en fit donc son deuil, sans larme ni soupir : il n'y avait pas lieu d'embêter Rose, qui travaillait pour deux, qui trimait aussi pour payer l'hôpital et qui ne gémissait pas pour si peu. La petite se remit en quête d'un emploi dès qu'elle put se déplacer sans trop de difficulté. On l'engagea comme seconde main chez Drecoll, et l'on se trouva fort bien de cette couseuse qui boitait bien un peu, qui ne parlait à personne, qui devait se lever de sa chaise et faire quelques pas quand elle avait trop mal à la hanche, mais qui abattait deux fois plus de travail qu'une autre, dans une sorte de rage silencieuse.

A cause du sentiment de son infirmité, peut-être, ma tante ne savait pas se déplacer, même pour se promener, sans y mettre de la hâte, une effervescence inquiète. Maman se moquait d'elle : « Tu n'empêcheras pas l'aiguille de ta montre de tourner plus vite que toi. » Madeleine continuait pourtant de s'évertuer douloureusement. La grande ralentissait à dessein l'allure et la laissait marcher trois pas devant elle, puis elle reprenait non sans méchanceté : « Ne sois donc pas si pressée d'arriver au rendez-vous ! » Souvent, Rose évoquait ainsi la mort, celle de sa sœur ou bien la sienne — cela ne faisait pas de différence, c'était au fond la même, elle en avait peur de la même manière, et elle tâchait de conjurer son angoisse par un laborieux et déplaisant badinage.

Ma tante faisait ce qu'elle pouvait pour modérer son pas, mais on y sentait de la contrainte. Voilà soixante ans et plus que la petite avait peur de faire attendre la grande. Elle était née la seconde. Elle ne pourrait jamais rattraper tout à fait ce retard, et depuis qu'elle avait du mal à marcher — et que ce retard se manifestait dans son corps même, par cette douleur lancinante à la hanche —, une sourde honte, une espèce de remords la rongeait. Elle se levait toujours la première, le matin. On la trouvait en train de briquer ce que la femme de ménage avait nettoyé la veille. Ou bien elle cousait, elle ravaudait. Dans le souci qu'elle avait de ne pas « perdre son temps », elle accomplissait les tâches les plus inutiles. Maman la regardait faire un moment avant de lui dire de « laisser cela à la bonne ». Mais tant que ma tante vécut avec la grande, il fut convenu qu'elle accomplirait ce rite, ces besognes, ces gestes qui n'avaient de sens, justement, qu'à demeurer sans objet, par quoi la petite reconnaissait qu'elle était à jamais l'obligée de sa sœur, et sous sa dépendance.

Vers les soixante ans, elle dut s'aider d'une canne pour marcher. Sa claudication, jusque-là presque imperceptible, s'était brusquement aggravée, et sa hanche la faisait beaucoup souffrir, surtout par temps de pluie. Elle n'en continua pas moins de se hâter. Pourtant elle vivait seule, désormais. Maman, à la longue, lui avait trop fait sentir sa sujétion. Mais l'habitude était prise. A l'instant de mourir, elle aurait encore peur de « traîner », de faire attendre.

Je la revois se hâtant à ma rencontre, à presque quatre-vingts ans, appuyant tant qu'elle pouvait sur sa canne, pagayant, pour ainsi dire, comme pour quitter enfin cette rive où son infirmité l'avait amarrée voilà plus d'un demi-siècle. C'était mon tour de lui dire : « Ne te presse donc pas. Tu te fais mal pour rien. » Mais elle était très vieille, à présent. Elle craignait plus que jamais de ne pas arriver à l'heure, à la minute de ce rendez-vous que maman n'osait plus évoquer désormais, fût-ce par plaisanterie.

Elle m'invitait chaque semaine dans un salon de thé, toujours le même, non loin de chez elle. Elle m'offrait quantité de gâteaux. Je n'en avais pas toujours bien envie, mais il me fallait les ingurgiter jusqu'au dernier devant elle : « Pendant que tu manges, au moins, tu ne fumes pas », me rappelait-elle avec un sourire narquois. Or tout ce chocolat, cette crème, ces angéliques me donnaient justement une cruelle envie de fumer. Elle le savait bien. Elle me regardait avec un sourire malicieux. J'étais à la torture. Mais au moment où ma main, furtivement, allait atteindre le paquet de tabac au fond de ma poche, elle faisait mine de s'aviser : « Tu dois avoir très soif, après toutes ces sucreries. » Elle me commandait à nouveau du thé : cela lui faisait gagner encore cinq minutes sur ce qu'elle appelait mon « vice », mon « esclavage ». Je buvais mon thé. Elle emplissait une seconde fois la tasse. Madeleine n'aurait pour rien au monde laissé un ouvrage sans l'achever. Elle n'abandonnait jamais. Voilà vingt ans que je fumais, et vingt ans qu'elle avait entrepris de me débarrasser de cette habitude. Elle pensait y réussir un peu, chaque semaine : cela valait bien la dépense de quelques gâteaux.

Elle n'avait pas eu d'enfant à elle. Elle n'avait pas pu fonder une famille. Mais, là non plus, elle n'avait pas renoncé : j'étais comme son fils, qu'elle partageait de mauvaise grâce avec son aînée. Elle m'invitait chaque semaine au salon de thé pour m'empêcher de fumer, mais surtout pour éprouver mon affection et mon obéissance, même quand j'eus atteint mes quarante ans. Je ne devais rien dire de nos rendez-vous à la grande : c'était une affaire entre Madeleine et moi, et je crois que la petite m'aurait laissé allumer ma pipe, à la rigueur, pourvu que je continuasse à manger les gâteaux qu'elle m'offrait. Elle aussi pouvait me nourrir. Il n'y avait pas que Rose. Elle aussi avait eu un fils. Elle l'avait conçu avec l'un de ces héros, l'un de ces archanges à guêtres blanches et moustache gominée qui peuplaient les romans de sa jeunesse. Et cet enfant miraculeux c'était moi, qui n'avait d'autre défaut à ses yeux que de m'obstiner à fumer la pipe.

Maman devait bien savoir que Madeleine avait avec moi des rendez-vous secrets. Depuis l'enfance, la grande s'arrangeait pour exercer le pouvoir face à celle qui ne serait jamais que « la seconde ». (Ne l'avait-elle pas toujours « protégée » ? Ne l'avait-elle pas cent fois « tirée d'affaire » ?) Mais, comme les rois, les princes, les despotes, tous ceux dont la vie n'est que de régner, elle affectait d'ignorer autant que possible les frondes, les petites révoltes qui venaient çà et là s'opposer à son pouvoir. Maman avait de la sagesse. C'était une fin politique. Elle était très jalouse des sentiments que je portais à Madeleine, mais elle ne m'en aurait jamais parlé ouvertement. Elle ne m'aurait jamais interrogé sur ces rendez-vous qu'elle me soupçonnait en effet d'avoir avec « l'autre ». Elle s'était fait une espèce de raison. Je la trompais avec la petite, mais c'était elle, Rose, ma seule mère légitime, et elle savait bien que les hommes — même un « grand fils » — ont souvent une double vie.

J'avais une douzaine d'années au moment de leur grande fâcherie. Sur le coup, je ne compris pas que j'en étais la cause et que l'« homme » pour lequel Rose et Madeleine se disputaient presque chaque jour n'était autre que moi.

Madeleine s'éclipsa pendant de longs mois. Elle était partie sans laisser d'adresse, à cinquante ans, comme une adolescente qui se serait enfuie de chez elle. Maman affecta dans les premiers temps de ne pas se soucier de sa disparition : n'avait-elle pas « la tranquillité », maintenant que la petite n'était plus là pour la contredire et « se mêler de tout » ? A ses yeux, ma tante n'avait nullement trouvé son indépendance : elle venait de s'exiler dans un geste absurde et suicidaire. Cette « pauvre Madeleine » était incapable de vivre seule, estimait la grande, « mais qu'elle ne cherche pas à revenir ! Elle est partie, tant pis pour elle ! » Et maman me recommandait de ne pas lui ouvrir la porte quand elle se présenterait pour demander pardon.

Elle ne revint pas. Les semaines passèrent et Madeleine ne fit rien pour manifester son repentir. Ce fut à Rose d'entreprendre des démarches pour retrouver cette sotte, et Madeleine s'était arrangée pour rendre la chose fort difficile (toute petite, se rappelait maman, elle pouvait rester des journées entières à bouder, cachée dans un coin du jardin. La grand-mère avait beau la battre, elle n'aurait pas desserré les dents, elle n'aurait jamais reconnu ses torts).

Celle qui ne voulait pas reconnaître ses torts fut débusquée après des mois dans une famille bourgeoise de la plaine Monceau où elle s'était fait engager comme gouvernante. Les retrouvailles eurent lieu un mercredi après-midi, dans un café de la place Péreire. Madeleine avait maigri. Elle avait abandonné le chignon que je lui connaissais depuis toujours, et portait les cheveux courts. On sentait qu'elle avait fait de son mieux pour changer, pour pouvoir se dire : « Je ne suis plus la même. » Il n'y eut pas d'effusion. Madeleine m'embrassa du bout des lèvres, comme un enfant qu'on lui aurait présenté pour la première fois. Je n'étais plus « son petit garçon » depuis qu'elle avait quitté la maison. On lui avait fait assez savoir, naguère encore, qu'un enfant ne se partage pas, et elle en était bien d'accord : elle m'avait laissé à Rose. Mais elle avait beau se composer un masque de froideur, de dignité hautaine, je voyais bien que ses lèvres tremblaient, que son corps tout entier se raidissait dans son effort pour ne plus tant nous aimer, Rose et moi.

Madeleine ne revint pas vivre à la maison. Elle nous rendait de fréquentes visites, ou bien nous nous retrouvions tous les trois au bois de Boulogne, au parc Monceau, au jardin de Bagatelle où elle emmenait la fillette dont elle avait la charge. Elle ne gagnait pas beaucoup d'argent, elle portait les vieux manteaux de sa patronne, mais elle s'arrangeait pour m'offrir à chaque rencontre un petit quelque chose et pour payer les consommations au Châlet-des-Iles. Elle sortait de son porte-monnaie les billets et les pièces d'un geste lent et méticuleux. On sentait qu'elle y prenait plaisir : quelque modeste que fût la somme, c'était l'argent qu'elle venait de gagner, elle à qui pendant un demi-siècle on avait reproché de dépendre des autres. Longtemps, cette petite dépense hebdomadaire fut la seule prodigalité qu'elle s'autorisa. Pour le reste, elle mangeait ce qu'on lui donnait à l'office chez ses employeurs, et elle ne s'habillait de la tête aux pieds que de ce dont la patronne ne voulait plus, et qu'elle ravaudait et mettait à sa taille, bourrant même de papier de soie le bout des chaussures trop grandes qu'on lui concédait quand le cordonnier ne voulait plus les ressemeler. Elle fit tant et si bien qu'après quelques années, elle put s'acheter un minuscule studio où elle s'établit comme répétitrice : à soixante ans, Madeleine habitait enfin chez elle.

Maintenant qu'elle était propriétaire, ses disputes avec Rose prirent un tour nouveau : la petite ne cédait plus si facilement, elle tenait tête. Maman, au fond, en était ravie, elle avait retrouvé son adversaire de toujours, en plus coriace. Le nouveau logis de Madeleine était à deux pas de chez nous, de sorte que les adversaires se rencontraient tous les jours. Elles se fâchaient le soir, se réconciliaient au téléphone le lendemain matin. Chacune me prenait à témoin des injustices qu'on venait de lui faire subir, et du mauvais caractère de l'autre. J'essayais de ne pas les départager. Je régnais tranquillement.

Comme aurais-je pu rendre tout l'amour qu'elles me donnaient, cette affection folle et inquiète dont elles me gavaient ? J'en profitais avec un candide égoïsme, mais aussi bien j'en étais écrasé. Leur indulgence à mon égard ne connaissait pas de limite. Chacune craignait, si elle venait à me contrarier, que l'autre ne gagnât par là quelque avantage dans mon cœur. Alors on ne m'a donné à connaître d'autre règle que celle de mon plaisir. Toutefois, je mesurais que le bonheur de mes deux mères était entre mes mains. Je comprenais que j'étais responsable de l'une comme de l'autre. Il n'était pas davantage question que je leur rendisse leur amour. Je devais au contraire l'absorber, m'en gonfler à la manière d'une éponge, et tâcher de n'en pas perdre une goutte : à peine étais-je né que j'avais charge d'âme.

J'aurai beau faire, jusqu'à mon dernier souffle il se vérifiera que ma vie entière n'aura été consacrée qu'à leur querelle, à leur bonheur sans doute, à leur mémoire dont elles m'ont fait le dépositaire. Maman se targuait avec un étrange et sombre orgueil de m'avoir « sacrifié son existence » : il ne se passait pas de jour sans qu'elle me rappelât les redoutables bienfaits dont elle m'accablait depuis ma naissance. Mais il s'agissait moins, pour elle, de me faire valoir ses immenses mérites — n'est-il pas naturel qu'une mère se donne tout entière à son fils ? — que de me montrer que Madeleine, qui ne possédait rien en propre, pas même sa vie, et qui, par suite, n'avait rien de bien important à « sacrifier », ne me portait qu'une affection somme toute légère et sans conséquence. On voulait bien tolérer ses démonstrations, ses gentillesses, et maintenant ses petits cadeaux, on la supportait puisqu'elle était là depuis toujours et qu'on l'avait en pitié, mais on me faisait comprendre que son amour à elle, c'était du bon marché, du toc.

Madeleine laissait dire et se taisait. « Depuis l'enfance, elle garde tout pour elle », pestait maman. La petite se taisait si bien, parfois plusieurs jours d'affilée, que la grande finissait par demander la paix. Dans le conflit sans trêve qui l'opposait à son aînée, la seule arme de ma tante était ainsi le silence, mais un silence redoutable, énorme, qui se mettait à sourdre d'elle. Son visage se figeait progressivement dans une expression de reproche éternel, comme si la physionomie en avait été formée par les dépôts séculaires de cette fontaine pétrifiante. En quelques heures, la maison était submergée par ce mutisme terrible, en perdait même son aspect familier. Nous nous sentions séparés comme à jamais du monde de vivants, à l'instar de ces épaves qui gisent au fond des océans et qu'une végétation étrange et délétère recouvre peu à peu. Bientôt maman montrait les signes de la plus cruelle angoisse. On la voyait s'agiter, chercher de l'air. Mais le silence de Madeleine, irrésistiblement, continuait d'envahir la maison. Cela s'insinuait partout. La petite et sa mauvaise humeur se répandaient jusque dans le moindre recoin. Même les chers bibelots de maman, dans leur vitrine, en prenaient un aspect insolite et inquiétant, un je-ne-sais-quoi de comminatoire. « Vas-tu enfin cesser de faire la tête ! » s'exclamait alors la grande, mais d'une voix mal assurée déjà. Madeleine ne répondait rien. Elle pinçait les lèvres et regardait ailleurs, le plus loin possible de Rose. Elle fixait l'horizon, sans doute : son ressentiment devait être capable de percer les murs de l'appartement, de littéralement les dissoudre.

Ces disputes avaient presque toujours le même prétexte, et j'étais ce prétexte : je me rappelle que, vers mes cinq ans, tandis que maman m'inscrivait dans la meilleure école privée de notre quartier, dans la plus coûteuse aussi, la mieux fréquentée (on y trouvait les petits de deux marquis authentiques et de trois ducs indiscutables), Madeleine avait entrepris de m'enseigner elle-même à lire, en cachette de sa sœur, de telle sorte que je n'eusse plus rien à apprendre lorsque je mettrais pour la première fois les pieds dans cette institution qui, à son avis, n'était pas faite pour moi puisque je ne possédais ni titre, ni fortune, ni même un père, mais seulement deux mères qui se querellaient.

En se disputant ainsi mon amour, ou seulement mon attention, Rose et Madeleine ont fait de moi le témoin obligé de leur aventure. Mon existence leur est vouée, que cela me plaise ou non. Pendant que Rose me « sacrifiait sa vie », ou que Madeleine « faisait la tête », je devenais peu à peu, sans bien m'en rendre compte, la conscience et la mémoire de notre minuscule tribu. Car la petite et la grande rivalisaient encore pour m'expliquer la drôle d'histoire de cette famille dont j'étais le dernier rejeton. Chacune, bien entendu, m'offrait sa propre version, mais — sans l'avoir voulu sans doute — elles tombaient d'accord au moins sur ce point : grands-parents, bisaïeuls, cousins éloignés, ancêtres plus ou moins mythiques, tous n'avaient vécu, œuvré que pour produire en dernier ressort ma venue au monde.

« Tu as les yeux du grand-père », aimait à me répéter maman. « Il a surtout son regard », renchérissait ou plutôt rectifiait Madeleine, qui ne pouvait se montrer tout bonnement d'accord avec la grande. Or, possédant « les yeux et le regard » de mon aïeul, je devais bien avoir quelque chose aussi de son caractère (de son âme peut-être, de son *mana*), dont on n'avait retenu pour la circonstance que les meilleurs côtés : je deviendrais un ingénieur à son exemple, un grand mathématicien, un savant. Je me demande si le désir de faire revivre en moi leur propre père, mais à leur convenance, en plus proche, en moins sévère, n'a pas présidé au projet — commun à Rose et à Madeleine comme toutes les grandes affaires de leur vie — de me mettre au monde.

Il n'était point besoin de me donner un père pour cela. J'ai eu un aïeul pour procréateur, ou plus précisément un « ancêtre » dont le mythe, élaboré en des temps pour moi immémoriaux et par là même sacrés, aura nourri les premières années de mon enfance. Rose et Madeleine auront réussi à faire revivre leur propre père à travers moi. Je n'en suis pas devenu savant ou mathématicien pour autant, ni même un modeste ingénieur (ce que mon grand-père fut lui-même, tout banalement, si l'on retranche du récit de Rose et de Madeleine l'élément proprement mythique, le grossissement, les inventions poétiques, les supercheries inconscientes de leur mémoire). Mais si je ne suis pas devenu ingénieur, mon ancêtre revit bel et bien en moi : il me hante. Je suis plein de lui. Je suis habité par le pieux mensonge d'une légende à perpétuer.

11

Quand Rose et Thomas arrivèrent chez Druillet, ce mercredi-là, M. René avait déjà presque fini de refermer la porte roulante. Pourtant, le forgeron et la jeune fille ne firent pas mine de presser l'allure, marchant côte à côte, silencieux et le visage sombre. Surpris, « le rongeur » s'immobilisa pour les observer. Les deux retardataires passèrent devant lui sans paraître le voir. Le petit Duval arriva derrière eux. Il avait l'air accablé, lui aussi, et entra de la même manière. Le patron finit de pousser la porte sur son rail et les regarda s'éloigner, se demandant ce qui pouvait bien leur donner ces figures de carême : il se méfiait de ces trois-là, surtout du forgeron qui était un meneur et dont il se serait volontiers débarrassé s'il n'avait craint de ne pouvoir aisément le remplacer.

Rose monta comme d'habitude dans sa cabine. Elle omit de saluer Mme Étienne, qui était occupée à disposer ses affaires (encrier, plumes, règle, gomme) en demi-cercle sur son bureau. (La facturière déplaça imperceptiblement la boîte de plumes afin de parfaire la courbe formée autour du cahier : peut-être croyait-elle que ses calculs seraient plus justes, étayés par ce drôle d'échafaudage. Ses factures formaient de superbes architectures de colonnes bien droites et calibrées. Mme Étienne n'était pas peu fière de son travail. Elle s'attardait parfois à contempler une addition, rien que pour le coup d'œil, comme un peintre le fait d'une toile tout juste achevée, ou à la manière encore dont un maçon caresse du revers de la main la cloison nette et lisse qu'il vient d'élever. La facturière écrivait avec un invisible fil à plomb. Ses calligraphies irréprochables faisaient l'admiration de Rose. Certes, les derniers chiffres, à l'encre violette, tout en bas de la facture, n'indiquaient que le prix à payer pour une simple réparation ou une acquisition, mais la somme alors inscrite, aussi faramineuse fût-elle, semblait procéder d'une nécessité d'ordre esthétique, suggérant aux clients de l'atelier qu'on voyait en eux des amateurs d'art, de véritables « connaisseurs » capables de consentir les plus grands sacrifices, non tant pour les chromes et la tôle de leur automobile que pour les précieuses compositions graphiques de Mme Étienne.)

Au bout d'une minute, n'ayant toujours pas entendu le « bonjour » de sa collègue, la facturière se tourna brusquement vers elle et lui lança d'un ton rogue :

— Eh bien, peut-être penserez-vous à me dire au revoir, ma petite Rose !

Elle vit alors que la jeune fille sanglotait, effondrée sur son bureau, le visage enfoui dans les mains.

— Qu'est-ce qui ne va pas ? fit la vieille dame d'une voix hésitante.

— Lénine est mort, balbutia Rose entre deux hoquets. Notre grand Lénine vient de mourir.

Et elle tourna vers son amie un regard baigné de larmes où se lisaient une souffrance et un désarroi vertigineux. La facturière ouvrit son sac et lui tendit le grand mouchoir à carreaux qui lui servait de nappe au moment du déjeuner. (La vieille dame se dit qu'elle trouverait bien un autre linge quand son mouchoir serait trempé. Elle viendrait à bout du désespoir de sa petite collègue. Mme Étienne avait de l'ordre : les larmes, la souffrance, les bobos, tout ce qui dépassait de l'alignement, elle s'employait inlassablement à le rentrer ou à l'effacer.)

Rose, Thomas, Delumeau et les autres camarades se rendirent

ensemble à Saint-Denis, le dimanche d'après, afin de participer à la cérémonie que le Parti organisait en l'honneur du grand disparu. Ils arrivèrent à une heure sur le lieu du rassemblement, près du pont de Soissons. Un vent aigre poussait par rafales, sur le cortège en train de se former, des ondées qui transperçaient les manteaux et glaçaient les visages. Des nuages couleur de suie roulaient lourdement parmi les cheminées d'usines, et Rose songea que le ciel aussi s'était mis en berne. Elle en éprouva une secrète satisfaction : elle avait beau être une vraie matérialiste et savoir que la nature n'est qu'un enchaînement mécanique de causes et d'effets, il lui plaisait que les éléments, cessant pour une fois d'être de pures forces aveugles, se fussent mis à l'unisson de la tristesse pesant sur les milliers de camarades en train de pleurer le conducteur du prolétariat mondial. Il n'aurait pas été décent que le soleil brillât ce jour-là. Le monde pouvait bien n'être que de la pure matière, Rose appréciait, dans une circonstance aussi grave, qu'il montrât de la dignité.

La jeune fille s'écarta un moment de ses amis pour regarder l'éventaire que les Jeunesses du Parti avaient installé, malgré la pluie, sur le parapet du pont. Elle en rapporta une demi-douzaine d'églantine qu'elle distribua aux camarades. Elle tint à fixer elle-même la petite fleur rouge au revers de la veste d'Auguste Thomas. Le forgeron rentra un peu la tête dans les épaules et baissa les yeux pour la regarder faire, peut-être, ou bien parce que le geste de Rose l'avait surpris : voilà bien des années que nulle femme ne l'avait seulement effleuré, même ainsi, dans un mouvement de pure fraternité. Puis, se raidissant de manière imperceptible, il releva les yeux, enferma les deux mains de la jeune fille dans les siennes et les serra très fort, l'espace d'une seconde, tout en prenant une longue inspiration pour retenir les grosses larmes qui roulaient sur ses joues et lui trempaient inexorablement la moustache. Puis, tâchant de se ressaisir, il s'écarta d'elle, lui lâcha les mains et montra d'un ample geste du bras les deux rangées de peupliers dénudés qui, progressivement perdus dans la brume, plus bas, bordaient, ou plutôt (telle une double haie de cyprès funéraires) semblaient veiller le canal dont l'eau morte, n'enfermant nul reflet, nulle moirure, avait la couleur et comme la consistance inaltérable du granit.

— Et voilà ! fit le forgeron d'une voix que semblait avoir abandonné pour toujours le goût de la vie.

Rose hocha gravement la tête, considérant à son tour le canal gris noir qu'on voyait s'abîmer peu à peu dans le néant.

— Et voilà... et voilà, répéta lentement Thomas. On aurait dit que le vieux militant n'arrivait pas à se persuader que le grand Lénine n'était plus de ce monde (ni d'aucun autre, hélas !), que le grand Lénine était tout bonnement mort.

Rose se tourna du côté de l'avenue du Président-Wilson, vers Paris. Elle prit doucement le bras du forgeron qui tressaillit à nouveau, et elle lui montra le cortège en train de se mettre en marche, tout au long de l'avenue, émergeant de la brume qui commençait à se lever comme un rideau de scène sur la foule immense et splendide où flottaient des centaines de drapeaux rouges. Non, Lénine n'était pas mort : sa pensée, son œuvre demeuraient ! Rose et le forgeron restèrent un moment à contempler cette procession qui semblait n'avoir pas de fin. Des tramways se frayaient çà et là un passage dans le fleuve humain, s'arrêtant, repartant, séparant les groupes qui se reformaient aussitôt. A nouveau, le forgeron saisit les deux mains de la jeune fille pour les serrer dans les siennes. Mais une expression de joie confiante, quoique tout intérieure, éclairait maintenant sa physionomie : non, Lénine ne pouvait pas être mort ! Celui qui avait libéré le peuple russe de ses chaînes séculaires vivrait éternellement.

Alors l'épais manteau de nuages qui enserrait la ville et semblait peser aussi sur les âmes se déchira brièvement, et le soleil mêla aux ondées les ruissellements de sa lumière, pendant une minute, tandis que de la foule jusque-là silencieuse, accablée, s'élevaient, d'abord murmurées, comme voilées de deuil, puis plus claires, et bientôt reprises par des centaines, des milliers de voix à l'unisson, les premières mesures de *l'Internationale* : non, Lénine n'était pas mort !

Le cortège arriva sur la place de l'Hôtel-de-Ville par la rue de la Légion-d'Honneur. L'harmonie de Saint-Denis ouvrait le défilé, interprétant sans discontinuer des marches funèbres. Deux tribunes avaient été édifiées pour la cérémonie, adossées au bâtiment de la mairie. On avait laissé entre elles un intervalle pour y dresser, parmi des palmes, des lauriers et quantité d'autres magnifiques plantes vertes, un haut socle drapé de rouge sur lequel reposait le buste de Lénine.

Hormis un espace réservé au centre pour le défilé, toute la place était déjà noire de monde. Des milliers de gens se pressaient sur les trottoirs, sur la chaussée et aux fenêtres des maisons environnantes.

Le comité directeur et les délégations des fédérations de province, qui marchaient en tête du cortège, rendirent tout d'abord hommage à l'effigie du grand révolutionnaire : on vit des dizaines et des dizaines de drapeaux des fédérations s'incliner un à un avec solennité vers le socle drapé de rouge, avant de s'aligner sur quatre rangs, de part et d'autre de la procession. Puis les dirigeants du Parti et les délégués des provinces gagnèrent les deux tribunes où ils se répartirent en silence, chacun à la place qui lui était assignée.

Derrière eux venait le défilé des pupilles communistes de la quatrième entente, plusieurs centaines d'enfants coiffés du béret rouge sur lequel brillaient la faucille et le marteau. Une pluie de palmes vertes, jetées par des petites mains aux gestes gracieux et naïfs, se répandit devant le portrait du maître.

Puis arriva le gros du cortège : Jeunesse communistes, sections de la Seine et de banlieue, l'ARAC, les groupes de locataires, les coopératives, les syndicats, et toutes les organisations, tous les travailleurs désireux de rendre hommage à la mémoire du grand disparu. Par centaines, les drapeaux rouges flottaient maintenant sur la place et claquaient au vent qui tourbillonnait comme pour attiser ces innombrables flammes.

Rose, Thomas et les autres se trouvaient à peu près au milieu de l'immense cortège. Il leur fallut près d'une heure pour atteindre le cénotaphe. Un très vieil homme que le forgeron, le connaissant d'autrefois, tenait pour l'un des derniers survivants de la Commune de Paris, portait le fanion de la fédération unitaire des Métaux. Ayant incliné son drapeau devant le buste de plâtre, le vieux communard esquissa d'une main tremblante un geste vers le héros vénéré. Sa bouche s'ouvrit comme pour parler. Mais aucun son n'en sortit. Et le vieillard, étranglé d'émotion, détacha simplement de sa boutonnière son églantine pour la jeter au pied de l'effigie. Alors les milliers de camarades qui marchaient derrière arrachèrent à leur tour l'églantine qu'ils portaient à la boutonnière, pour l'offrir pieusement au grand Lénine, et bientôt un épais tapis de fleurs rouges s'étendit autour du cénotaphe.

Le jour tombait quand les derniers drapeaux vinrent s'incliner sur le parterre d'églantines en quoi s'était transformé le parvis de l'Hôtel de Ville. La foule se faisait si dense sur la place et dans les rues avoisinantes qu'il devenait impossible de s'en évader. De ces dizaines de milliers de camarades qui demeuraient là, paralysés par l'attraction puissante qui semblait émaner du buste de Lénine, pas un cri discordant ne s'élevait mais seulement, de loin en loin, cette question : « Combien sommes-nous ? Trente mille ? Cinquante mille ? » Nul n'aurait su le dire. La foule était comme écrasée par sa propre puissance et par le caractère grandiose de la cérémonie.

Dans ce silence quasi religieux retentit soudain une brève sonnerie de clairon. A ce signal, toutes les têtes se découvrirent et s'inclinèrent, tandis que les drapeaux se disposaient en cercle autour de l'image du père de la révolution, l'entourant d'une immense auréole rouge. Ce fut un instant d'émotion intense. Dans tous les cœurs, la grande figure du maître vivait réellement. Dans les esprits rayonnait son enseignement.

Deux minutes s'écoulèrent ainsi. Les visages étaient graves. Des larmes brillaient dans les yeux. Les premières notes de *l'Internationale* retentirent à nouveau, lentes, solennelles dans la demi-obscurité du jour finissant. L'instant d'après, jaillissant spontanément de toutes les poitrines, les paroles ardentes de l'hymne révolutionnaire étendirent sur la vaste esplanade la promesse pour bientôt d'un monde meilleur.

« Où passes-tu donc tes dimanches ? » questionnait oncle Victor, sachant très bien ce que Rose avait fait cet après-midi-là, mais feignant de s'inquiéter des loisirs et des fréquentations de ses « chères petites ». Le vieux gredin se plaisait à jouer des rôles : celui de parent responsable, d'aîné attentif, lui allait à peu près aussi bien qu'un faux-col à un caniche, mais ce propre à rien n'était-il pas en quelque sorte un animal de cirque ? La jeune fille faisait semblant de n'avoir pas entendu, alors Victor insistait : il avait le goût de la provocation. Et il n'avait pas son pareil pour faire parler les gens.

Et puis il en voulait un peu à Rose de le délaisser, lui qui se donnait la peine de prendre le métro chaque dimanche et de monter cinq étages pour les voir, elle et sa sœur. Il n'était pas loin de la juger ingrate. Rose finissait par céder : elle racontait bon gré mal gré la manifestation de Saint-Denis, ou de Courbevoie, ou d'ailleurs. Oncle Victor l'écoutait religieusement. Son regard exprimait l'anxiété d'en apprendre davantage. Et la petite se laissait prendre au jeu. Elle ajoutait des précisions à son récit : des délégations italienne, hongroise, tchécoslovaque avaient participé au défilé, ainsi qu'une douzaine de Chinois qu'on avait accueillis avec une sympathie toute particulière en raison des graves événements qui se passaient dans leur pays.

Mais oncle Victor demandait toujours plus de détails : il voulait des couleurs. Il voulait entendre les chants et les cris de la foule. Qui avait-on acclamé ce jour-là ? Qui avait-on conspué ? La jeune fille s'enflammait bientôt, évoquant les camarades italiens formés en centuries, revêtus de leur chemise rouge (sur le col de laquelle était brodée l'étoile d'or soviétique), qui avaient défilé au pas cadencé en chantant *Bandiera Rossa*. A leur passage, la foule avait crié d'une seule voix : « A bas Mussolini ! Vive l'Internationale communiste ! ».

Oncle Victor n'avait plus besoin de questionner Rose. Et même il n'aurait pu la faire taire si, par extraordinaire, il s'était déjà lassé de son récit. En passant devant les deux tribunes, les manifestants s'étaient découverts devant les drapeaux rouges offerts par les camarades russes à leurs frères opprimés par la ploutocratie cosmopolite. La seconde tribune, en particulier, disparaissait quasiment sous la houle de tous ces étendards, cadeaux des cheminots soviétiques aux travailleurs français du rail. Pendant près de quatre heures, on avait ensuite entendu les importants discours de Marrane, de Cornavin, de Barberot, de Rabaté (des Métaux), d'André Marty, puis de plusieurs camarades russes, qui s'étaient succédé à la tribune jusqu'au soir.

Madeleine finissait à présent de broder le corsage qu'elle porterait le dimanche d'après, et Victor lui-même commençait à bâiller tandis que Rose tâchait de leur communiquer la substance de toutes ces allocutions. Elle savait bien qu'elle ne les convaincrait ni l'un ni l'autre, mais elle se jugeait obligée d'essayer tout de même. Elle n'y consacrerait jamais trop de temps ni d'énergie.

Le temps, justement, commençait à paraître long à ses deux victimes, et Victor lâchait soudain : « Eh bien moi, j'aime mieux la fête à Neuneu. »

Rose laissait tomber la fin de sa phrase. Elle se rendait compte qu'elle parlait toute seule, depuis un moment. (Mais elle ne regrettait rien : elle n'avait fait que son devoir de militante, de la même façon qu'elle laissait traîner des numéros de *l'Humanité* sur le lit de Madeleine, espérant que la petite consentirait un jour à y jeter un coup d'œil.) On se levait pour aller dîner : oncle Victor venait de découvrir dans le quartier du Sentier un petit restaurant (un de plus !) où l'on mangeait kasher. Rose songeait alors qu'à force de ne pas payer les additions, ce vaurien leur faisait goûter des cuisines de plus en plus exotiques. Cette fois-ci comme les autres, elle se promettait de ne toucher à rien, car « elle ne mangeait pas de ce pain-là ». Si elle consentait — quoique de très mauvaise grâce — à se laisser inviter avec Madeleine, c'était pour rester avec la petite, pour ne pas l'abandonner tout à fait à l'influence de Victor.

Mais la frugalité de la grande avait encore un autre motif :

Rose avait pris de l'embonpoint, ces derniers temps. Elle n'était pas positivement grosse, non ! Mais elle détestait les drôles de regards, ces attouchements, presque, dont les hommes enveloppaient les courbes luxuriantes de sa chair, comme en la chatouillant à travers sa robe.

Elle haïssait cette indiscrète surabondance de chair, ce débordement d'organes, cette éternelle nudité de la femme que rien, aucun vêtement, si épais et austère fût-il, ne saurait véritablement couvrir. Quand elle surprenait sa propre image dans la vitre d'une devanture ou d'une portière d'automobile, elle ne voyait évidemment que les vilaines protubérances qui déformaient sa silhouette. Elle ressentait chaque fois la même surprise et la même contrariété à la vue de ces énormes « morceaux » de son propre corps, qui n'étaient pas « elle », mais s'opposaient plutôt à ce qui aurait dû constituer sa seule « vérité » (celle d'une travailleuse et d'une militante). Les rondeurs qu'elle arborait ainsi (par-devant ou, pareillement, par-derrière) l'obsédaient de leur présence étrangère et importune : cela semblait s'adresser aux hommes (et même aux camarades du Parti) comme en leur chuchotant des propos impudiques, des invites obscènes, en dépit des efforts de la jeune fille pour ne point « paraître ce qu'elle n'était pas ». Cela opposait un irritant démenti à ses convictions les plus fermes, à ses idéaux les plus nobles.

Bien des années plus tard, quand l'âge et la fatigue furent enfin venus à bout de ses trop généreux appas, noyant dans une seule et même graisse les volutes lascives de sa silhouette, ma mère abandonna ses gaines, ses robes grises, son air farouche, et se livra sans retenue aux plaisirs de la table. Dans les premiers temps, ma tante essaya bien de la modérer, mais en vain : la grande s'était trop longtemps « contenue », dans tous les sens du terme. Rien n'aurait pu l'arrêter, et sa fringale, à quoi s'étaient additionnés les appétits de toutes sortes qu'elle avait brimés jusqu'alors, ne connut plus de limite.

La vieillesse fut pour elle une délivrance : elle était sûre, maintenant, que son corps n'allait plus intéresser personne. Les kilos qu'elle prenait n'allaient pas se transformer en Dieu sait quelles rondeurs ! Elle voulait bien prendre du poids, elle ne demandait même que cela : la graisse formerait l'armure sans défaut dont elle pourrait, enfin rendue à elle-même, couvrir ce qui subsistait en elle d'attraits féminins, cette offrande bien involontaire de soi qui la niait dans son être profond, et l'humiliait.

Maman n'avait jamais tout à fait accepté d'être une femme. Peut-être avait-elle trop bien appris jadis les leçons des sœurs du Cœur-très-Pur qui enseignaient aux filles à concevoir par avance le remords de leur sexe, les obligeant à ne se laver qu'à l'eau froide et sans ôter leur chemise. A l'instar de ces saintes éducatrices, elle détestait et méprisait son apparence de femme, cette ignoble « ouverture » qui la livrait au désir incompréhensible des mâles, ce viol, en vérité, que la nature avait perpétré sur elle à l'instant de sa conception, et qui, depuis lors, se répétait chaque fois qu'un regard se posait sur elle ou qu'une main l'effleurait. Elle n'aurait pas aimé être un homme pour autant : si elle avait honte de sa féminité, l'autre sexe la dégoûtait. Le désir lui semblait une insulte où offenseur et offensée se confondaient dans la même abjection.

Je me demande si le plus profond motif de son adhésion au communisme (cet enthousiasme qui la transporta des années durant au cœur des cortèges, parmi la foule fraternelle) ne tient pas à ce qu'elle croyait y trouver l'image d'une humanité réconciliée avec elle-même et délivrée de la concupiscence. Je me demande si les slogans qu'elle criait en défilant avec ses camarades, si sa haine des « capitalistes », des ploutocrates, des mercantis, de tous ceux qui exploitent le reste de l'humanité, ne dénotait pas une détestation et une angoisse bien plus profondes : celles des gestes bizarres par lesquels l'homme, le mâle, abuse de la femme et de son corps.

Sa vie durant, Rose aura sans doute réprimé les exigences de ses sens, dont le possible débordement l'eût réduite à une position (à des « postures ») que sa fierté se refusait à imaginer.

Jusqu'à son dernier jour, et peut-être pour son malheur, Rose est restée fidèle à « Monsieur l'Ingénieur », incomparable génie et parangon de vertu selon le dogme de la religion qu'elle avait tâché d'instituer pour établir sa nature divine, mais bien pauvre héros à la vérité, laborieuse contrefaçon de l'inventeur qu'il avait rêvé d'être, et mauvais mari, mauvais père, amant minable, dont le seul exploit assuré fut d'avoir répudié sa femme et abandonné sans vergogne ses deux filles. Mais cette geste misérable devait témoigner d'autant mieux, avec d'autant plus d'éclat qu'elle était sordide, du pouvoir qu'un homme, simplement parce qu'il est homme, peut exercer sur une femme. Et cet homme-là était son père, cette femme-là était sa mère. L'horreur de la vie conjugale, de toute relation amoureuse sans doute, avait été exposé à ses regards dès les premières années de son enfance. L'union d'un homme et d'une femme ne pouvait être qu'humiliation pour la femme et férocité du côté du mâle.

Si elle avait eu pitié de sa mère, si elle avait mesuré ses souffrances, jamais elle n'avait conçu d'estime pour elle. Dans son souvenir, elle préférait sauver l'image de son père l'ingénieur. Le rôle de l'homme, dans cette vilaine affaire, lui semblait moins honteux que celui de la femme. En quelque circonstance que ce fût, Rose avait tendance à se détourner des victimes. Et puis, à son tour, Madeleine avait été happée par le piège, toute prête désormais à s'engluer dans le boniment du premier venu et à lui abandonner sa dignité. Mais elle, la grande, ne se laisserait pas faire ! Elle avait trop d'orgueil pour cela ! Elle ne sacrifierait jamais sa liberté à un mari !

12

Toute sa vie, maman garda la nostalgie des années qu'elle avait « données au Parti ». Elle parlait avec émotion de ses plus anciens camarades, Thomas, Frot, Delumeau, et puis de tous ceux qu'elle avait rencontrés par la suite à l'école du soir, dans les réunions fédérales, à la bourse du travail, ou simplement dans les cortèges.

« Oh, ce n'était pas facile tous les jours, me confiait-elle d'un air mystérieux où se donnait à lire, derrière une feinte aversion rétrospective, l'enthousiasme encore intact pour son existence d'alors. Nous étions toujours sur la brèche. Le Parti ne nous laissait pas une minute à nous. »

Elle se levait bien avant l'aube, à l'heure du premier métro. Elle retrouvait ses camarades à la station Bastille, d'où l'on partait à trois ou quatre pour distribuer les journaux et les tracts à la porte des usines, le plus souvent en banlieue, avant d'aller faire sa journée chez Druillet. Il fallait se garder des flics, et surtout des vendus de la C.G.T., « la jaunisse à Jouhaux » : selon les instructions du moment, les premiers se bornaient à vous faire « circuler » ou bien vous embarquaient au poste pour la matinée, mais les autres s'amenaient au petit trot, armés de barres de fer, et alors il ne vous restait plus qu'à courir plus vite qu'eux.

De ces temps héroïques où elle consacrait ses jours et ses nuits à la révolution imminente, maman conserva une certaine rudesse d'allure et des bizarreries de langage qui détonnaient passablement dans le milieu où elle vivait désormais : elle parlait ainsi des « vendus de la C.G.T. » dans les mêmes termes exactement qu'autrefois, ou du « théâtre » Ramadier. Voilà belle lurette que Rose ne militait plus pour la révolution, et que la patrie du socialisme ne lui inspirait plus que l'épouvante de rigueur, à l'heure du thé, chez notre voisine des laboratoires R. ou chez la duchesse de M., mais les syndiqués de la C.G.T. n'en demeuraient pas moins à ses yeux l'ennemi, étant aujourd'hui vendus à Moscou après l'avoir été en d'autres temps à la social-démocratie, et le « traître » Ramadier venait de jeter le masque en augmentant l'impôt, tout comme Trotski l'avait fait jadis en s'opposant au grand Staline.

Maman aurait beau faire, il lui resterait toujours d'avoir été formée au Parti, au syndicat, à l'usine. Elle passait pour une « originale », pour un « fort caractère » dans les hôtels particuliers de Neuilly où elle frayait maintenant. On devait l'inviter pour entendre ses saillies, ses écarts de langage. On ne savait pas au juste d'où elle sortait, car elle ne s'était jamais vantée, bien sûr, d'avoir milité à la fédération unitaire des Métaux, ni d'avoir vécu pendant huit ans dans un garni du faubourg Saint-Antoine. Ses amies à particule ne lui auraient pas pardonné cette faute de goût. Entre deux dîners mondains, d'ailleurs, maman les trouvait ennuyeuses, « ces bonnes femmes qui n'avaient jamais su faire que papoter et dire du mal les unes des autres ». Mais elle s'obligeait à les fréquenter. Elles faisaient dorénavant partie de son train de vie, comme ces ridicules chapeaux à voilette ou les étoles de fourrure. Surtout, elle considérait tout cela de très loin, avec un demi-sourire, voyant ces femmes qui n'en finissaient pas de combler, en y jetant pêle-mêle un nouveau diamant, une nouvelle robe, un nouveau rang de perles, le vide béant de leur existence.

Sa vie à elle n'avait pas été trop mal remplie, et cela n'avait pas coûté si cher. Elle ne regrettait pas ses « erreurs » d'autrefois. Ç'avaient été de belles et généreuses illusions. Elle aurait voulu pouvoir les évoquer plus souvent. Mais à qui se serait-elle confiée désormais ? Elle vivait au fond en terre étrangère, dans un pays dont elle ne comprenait pas vraiment la langue et les mœurs.

Alors elle me parlait à la manière dont un émigrant tâche de léguer à ses enfants quelques souvenirs du vieux monde. Elle me racontait une fois de plus son passé. Elle me parlait de sa grand-mère de Nantes, qui l'avait si souvent et si cruellement battue, ou de sa belle-mère alsacienne qui n'avait songé qu'à se débarrasser d'elle et de Madeleine. Maman se rappelait tout cela sans la moindre amertume. Roulés au fil de notre existence, les souvenirs se polissent comme des galets. Ils perdent peu à peu leurs aspérités. Même les souffrances les plus aiguës, les remords aux arêtes vives et douloureuses, acquièrent au cours des ans les formes arrondies de la nostalgie. Maman ne regrettait pas son enfance, en définitive. Elle avait, avec les expériences cruelles des premières années de sa vie, le rapport trouble, la délectable frayeur rétrospective que les convalescents cultivent parfois vis-à-vis de la maladie qui a failli les emporter (clamant à qui veut les entendre : « Je reviens de loin, j'ai manqué mourir », mais s'assurant alors qu'ils sont encore bien de ce monde, et redoublant par leur émerveillement le bonheur de leur existence de reste).

Mais c'est de sa jeunesse chez les communistes que maman gardait ses plus précieux souvenirs. Elle répétait que son engagement lui avait pris tout son temps et toute son énergie des années durant, mais elle reconnaissait que cela ne représentait presque rien, mesuré à ce que le Parti lui avait offert, lui enseignant la vérité sur notre condition et lui montrant que même ses souffrances avaient un sens au regard de l'histoire.

Ç'avaient été des années de fête. Chaque jour constituait une célébration, et c'était l'avenir qu'on célébrait ainsi, car le communisme représentait « la jeunesse du monde ». A vingt ans, Rose ne connaissait pas encore l'amour, et elle se souciait peu de le rencontrer. Elle n'avait pas davantage de famille, hors

Madeleine avec laquelle, depuis quelque temps, elle ne faisait du reste que se chamailler. Mais elle possédait bien plus que l'amour et qu'un foyer. Elle avait la fraternité en partage. Elle avait le genre humain pour famille, l'humanité future d'où la révolution aurait extirpé « ploutocrates, exploiteurs et mercantis ».

Quand elle retrouvait son lit, tard dans la nuit, elle construisait encore dans sa tête, sans pouvoir trouver le sommeil, les villes radieuses où vivrait l'humanité de l'avenir. De larges avenues toutes droites, bordées de gratte-ciel plus élevés et plus beaux encore que ceux de l'Amérique, verraient presque chaque jour défiler, drapeaux rouges en tête, les bataillons glorieux et pacifiques du prolétariat célébrant sa victoire. Elle imaginait qu'une statue géante de Lénine, tantôt serait édifiée place de l'Étoile, d'où l'on aurait banni l'odieux monument dédié au tyran Bonaparte, tantôt s'élèverait sur la colline de Chaillot, face à la tour Eiffel que le fondateur de la patrie du socialisme contemplerait avec bienveillance, réconciliant alors le passé avec l'avenir (le siècle de M. l'Ingénieur avec le temps de l'homme nouveau) dans un monde voué désormais au progrès et au bonheur universels.

Tout comme la vieille superstition chrétienne, la religion de Rose possédait sa sainte trinité où le vénéré Lénine représentait le Sauveur délivré de la croix et rendu par là même au genre humain (qu'on le voyait saluer, sourire aux lèvres, d'un geste familier de la casquette), tandis que Marx et Engels, plus lointains, d'une nature en quelque sorte plus abstraite, figuraient respectivement le Père et le Saint-Esprit. Cette religion comportait de même ses cérémonies et ses pompes, qui n'avaient rien à envier aux fastes des grandes liturgies chrétiennes.

La grand-messe du nouveau culte, point culminant de la ferveur collective, c'était le cortège des militants, drapeaux rouges en tête, le défilé majestueux des cohortes du prolétariat. Ils étaient tous là, Frot, Delumeau, Thomas, tous ceux de la section. Et Rose, réglant avec orgueil son pas sur celui de ses camarades, fière qu'elle était de se trouver une fois de plus au cœur de la manifestation, seule femme parmi tous ces hommes, réprimait à grand peine les hoquets d'enthousiasme qui lui mettaient l'estomac au bord des lèvres.

On défilait pour célébrer le Premier Mai, pour honorer les martyrs de la Commune, pour conspuer le gouvernement du « social-traître » Herriot, mais surtout pour se retrouver et marcher ensemble, pour pouvoir se dire qu'on était cent mille dans la rue, que bientôt on serait plus nombreux encore, unanimes et fraternels. Et chacun se voyait multiplié comme dans un miroitement en abîme par les milliers de camarades, merveilleusement semblables à lui-même, qui l'environnaient et chantaient *l'Internationale* d'une même voix, sa propre voix, dont la puissance faisait déjà trembler et bientôt abattrait les derniers remparts de la citadelle bourgeoise.

Un demi-siècle plus tard, maman prenait feu comme au premier jour pour la révolution qui n'avait pas eu lieu, et se joignait à l'éternel cortège qui, d'avenue en avenue, à travers Paris et sa banlieue, n'était finalement arrivé nulle part. Cette passion sans assouvissement ne lui avait laissé ni regret ni dépit : « Dieu merci, aimait-elle à répéter, notre Grand Soir n'est jamais venu, et nous avons ainsi échappé aux lendemains ! »

Elle me parlait souvent de Marcel Cachin. Elle l'évoquait avec simplicité, l'appelant « le père Marcel », me relatant les violentes colères qui le prenaient parfois devant ses collaborateurs, ou tâchant de se rappeler les premières strophes d'un poème qu'elle lui avait dédié à l'occasion de son anniversaire. Mais longtemps je n'ai pu démêler si elle l'avait connu en effet de près, ou si elle ne lui vouait pas tout bonnement cette vénération familière par laquelle les cent mille communistes d'alors se sentaient liés au « père Marcel ».

— Quand il parlait à la tribune, me rapportait maman, il nous arrachait de nos sièges. Cela ne tenait pas à ses paroles. Au fond, nous savions d'avance, presque mot pour mot, ce qu'il allait dire (rien n'était plus monotone que les discours que nous écoutions alors). L'émotion naissait plutôt de sa voix, une voix qui enveloppait toute l'assistance, même quand nous étions mille à l'écouter. Elle émanait aussi de ses gestes, amples, avec un quelque chose de dramatique, de théâtral peut-être, mais qui nous prenait au ventre, car la scène sur laquelle jouait ce comédien-là, cette tribune drapée de rouge, nous pensions que c'était le monde même. Il levait soudain les bras, ou bien il pointait le doigt vers l'un d'entre nous et il nous faisait vibrer, tous autant que nous étions, comme les instruments d'un orchestre. C'était un artiste, un grand artiste, à coup sûr.

Le « père Marcel » avait une femme, que les camarades appelaient « Lilite ». Maman me la décrivait comme une épouse exemplaire, dévouée sans réserve à la cause du prolétariat international. Marcel et Lilite s'étaient rencontrés comme dans les romans, sur le quai d'une gare : ils prenaient ce jour-là le même train pour se rendre au congrès d'Amsterdam, et, depuis lors, ils avaient uni leurs vies et leurs énergies, œuvrant ensemble pour la révolution.

Maman aimait raconter l'histoire de Marcel et de Lilite. Elle en savait les moindres détails. Elle me décrivait leur jolie maison de Lancerf, en Bretagne, où ils passaient chaque année leurs vacances. Elle connaissait aussi la demeure d'Antibes où le père Marcel allait soigner sa bronchite et où Lilite recevait ses amis, le peintre Signac ou Matisse, qui la remerciaient de ses dîners en lui offrant une toile, une esquisse.

Je mis des années à me rendre compte que maman n'avait sûrement jamais rencontré Lilite, ni à Antibes, ni à Lancerf, ni ailleurs, et qu'elle savait seulement de la compagne de l'illustre Cachin ce que tout le petit peuple communiste en avait appris, à écouter inlassablement la « vie des saints » dont la tradition se colportait parmi les militants. Mais cela n'avait pas dû faire grande différence pour la jeune fille qu'elle était alors, débordant du besoin de croire et de vénérer : elle avait bel et bien connu Lilite, même si elle ne l'avait jamais rencontrée. Elle avait vraiment vécu dans l'intimité du « père Marcel », même si elle ne l'avait approché qu'une fois ou deux : car l'un et l'autre avaient la faculté de se démultiplier presque à l'infini pour venir habiter l'esprit, le cœur, l'âme de chacun des cent mille camarades du Parti.

Ainsi maman me parlait du grand Cachin, après un demi-siècle, comme en me faisant la confidence d'une passion de jeune fille, de son premier amour peut-être. Ç'avait dû être le temps de son plus grand bonheur, et quelque chose en avait subsisté, à travers les années, qui passait maintenant dans son sourire, dans son regard soudain espiègle : quelqu'un d'autre qu'elle, eût-on dit depuis un instant, quelqu'un de bien plus jeune et de très gai m'observait en douce de derrière ses yeux de vieille femme.

CHAPITRE TROISIÈME

1

Toi, Rose, toi, Madeleine, et toi aussi, oncle Victor, vieux gredin qui m'empruntait mes jouets en douce pour me les rapporter le dimanche suivant, persuadé que tu me les offrais et bien décidé en outre à me le faire croire : voilà que je vous découvre enfin, tâchant jour après jour de vous faire revivre dans ce livre !

La vie a passé : elle était plus pressée que nous. C'est après, c'est trop tard qu'on se souvient qu'on s'est aimés les uns les autres et qu'on n'a pas eu le temps de se le dire. Vous préfériez vous disputer, vous, mes deux mères ennemies. Voilà ce qui était urgent à vos yeux ! Il n'aurait pas fait bon laisser sa rivale l'emporter et triompher, n'est-ce pas, la grande ? N'est-ce pas, la petite ? Mais quand Rose est morte, quand elle t'a enfin laissé le dernier mot, Madeleine, quand il t'a fallu les mettre en terre, ton adversaire et ta querelle, quand tu es allée avec moi choisir l'emplacement de la tombe, tu as demandé qu'il y ait une place pour toi aussi, car tu savais bien que vous étiez inséparables. Tu te l'avouais enfin. Et tu ne l'as pas laissée longtemps attendre : moins d'une année. Tu avais toujours aussi peur d'être en retard. Tu enrageais d'être éternellement la seconde. Je t'ai vue t'agiter, inquiète, douloureuse, pendant ces quelques mois. Tu n'en finissais pas de ranger ses affaires, dans son appartement, de classer ses papiers, de trier ses vêtements, ses objets personnels (ceux que l'on pourrait donner, ceux que l'on conserverait en souvenir). On aurait dit que tu la cherchais, que tu espérais la découvrir quelque part, oui, elle, bien vivante, car il y avait un tel désordre chez elle : peut-être l'avait-on seulement égarée ? Et toi, Madeleine, tu la retrouverais au cours de tes rangements, car tu étais une personne ordonnée, tu n'étais pas comme elle, tu ne perdais jamais rien.

Les chers bibelots, les bizarres trouvailles qu'elle avait accumulés dans sa vitrine et qui l'avaient accompagnée pendant un demi-siècle, au temps de son opulence comme au temps de sa pauvreté, tu as voulu que je les garde tous, même les plus insolites, même la bien poussiéreuse « mâchoire d'australopithèque », macabre fleuron de sa collection. T'es-tu rappelée ce jour-là comme tu t'étais moquée d'elle, jadis, et de son goût pour les « rossignols » ?

Tu devais t'en souvenir, autrement tu te serais montrée moins fébrile, moins anxieuse. Déjà tu regrettais tes sarcasmes d'autrefois : tu n'avais pas voulu lui faire de la peine, non ! Mais elle t'énervait tellement, avec ses airs de tout savoir ! Elle manquait tellement de modestie ! Alors tu ripostais par l'ironie, ou par ton terrible silence, des journées entières : c'étaient tes armes, celles de la « petite seconde ». Seulement, cela t'énervait encore plus, de ne savoir te défendre qu'ainsi. Et, pendant ce temps, tu oubliais que tu l'aimais infiniment, ta compagne de toujours. Tu n'avais pas le temps d'y penser car immanquablement vous commenciez par vous quereller.

C'est quand tu es tombée malade à ton tour que tu t'es enfin calmée : tu allais la rejoindre. (Car tu croyais à l'au-delà : tu t'étais bien enfuie jadis des Cœur-très-Pur avec la grande qui ne croyait ni en Dieu ni au diable, tu l'avais suivie comme toujours, mais dans ton bagage tu avais emporté ta part de paradis, et une autre aussi pour elle ; tu faisais tes coups en douce. Tes bonnes actions, surtout, tu t'arrangeais pour nous les cacher. Je n'ai jamais su si c'était de la timidité ou infiniment d'orgueil, au contraire.) Tu t'es éteinte paisiblement, en quelques semaines. Tu ne parlais pas de la mort, tu ne semblais pas y penser. Et tu ne parlas plus de Rose, dans les derniers jours. Tu attendais, calme et patiente. Tu allais bientôt la retrouver. Tu l'avais toujours su. Tu ne lui en avais rien dit, car elle se serait moquée de toi. Mais il lui faudrait bien reconnaître, cette fois, que tu ne t'étais pas trompée, et que la vraie vie commence après la mort. Du jour où elle était partie, voilà quelques mois, tu l'avais déjà mieux comprise, tu avais commencé à lui pardonner son fichu caractère. Une parcelle de cette vérité que tu allais bientôt connaître se dévoilait déjà. Ton existence passée t'apparaissait désormais comme un drôle de rêve, un cauchemar parfois, où tu avais cru bien souvent être seule, tenue à distance de la grande par votre éternel malentendu. Mais tu allais enfin te réveiller. Vos querelles te semblaient maintenant si vaines, et vous aviez l'éternité pour rattraper le temps perdu !

Votre long chemin dans le siècle est derrière nous, et nul n'y peut retourner pour jouir à nouveau de ce qui fut, ou pour effacer ce qui n'aurait pas dû être. Je voudrais du moins ne pas vous laisser disparaître tout à fait, même si vos querelles, dans mon pauvre paradis de papier, doivent demeurer à jamais insurmontables, et même si ce livre, comme tous les livres, ne sait raconter que nos solitudes.

2

Mme Étienne partit à la retraite le 30 juin 1925 : elle apporta ce matin-là une cantine de fer qu'elle rangea sous son bureau (discrètement, comme si elle avait craint de commettre une faute en introduisant chez Druillet cet encombrant objet personnel). Elle disposa comme d'habitude ses affaires, plumes, gomme, etc., en éventail autour du cahier de factures, puis elle se mit au travail. Elle déjeuna en compagnie de Rose de deux œufs durs, d'une tomate et d'une tranche de jambon. Étalé sur le plateau de son bureau, le grand mouchoir à carreaux servit une dernière fois. Dans l'après-midi, la vieille dame n'eut à rédiger que deux devis et une courte facture, de sorte qu'à quatre heures il ne lui restait plus rien à faire. Elle demeura immobile sur sa chaise, son sac sur les genoux, le visage impavide, le regard perdu parmi les poutrelles de la grande nef de l'atelier, devant elle : on aurait dit qu'elle attendait son train.

Quand la sirène se fit entendre, deux heures plus tard, elle retira la cantine de fer de sa cachette, la posa sur le bureau et l'ouvrit. Rose lui offrit de l'aider, mais Mme Étienne préféra se débrouiller toute seule : elle entendait ranger ses affaires à son idée.

Le sous-main de maroquin jaune, propriété personnelle de la

facturière, fut posé au fond de la cantine. Le joli plumier d'ébène, les deux encriers et les autres biens de la vieille dame furent enveloppés dans du papier journal, puis soigneusement coincés les uns contre les autres, entre le sous-main et le boulier dont les billes de bois avaient cliqueté pendant près de cinquante ans. Mme Étienne n'omit pas de reprendre la galette de moleskine garnissant sa chaise, qui faisait aussi partie de son patrimoine, mais elle fit don à sa petite collègue et aux autres dames de la cruche de porcelaine blanche qui servait depuis l'autre siècle à prendre l'eau, chaque midi, au robinet du rez-de-chaussée.

Rose, cependant, observait sa collègue avec curiosité : les traits de la vieille dame étaient toujours aussi dénués d'expression. Aucune émotion non plus ne se donnait à lire dans ses gestes, aussi précis et machinaux qu'à l'ordinaire. Un peu plus impersonnels encore, s'il se pouvait : Mme Étienne fermait boutique, tout bonnement. Elle n'avait plus rien à donner aux établissements Druillet. Elle abaissait le rideau de fer. Il n'y avait sans doute rien là de bien extraordinaire. L'étonnant, tout de même, ce qui était sourdement tragique et inspirait à Rose un discret malaise, c'était le caractère tranquille, banal et comme « quotidien » de cette fermeture : voilà un demi-siècle que la facturière était employée chez les frères Druillet ! Toute une vie de travail sans jamais le moindre retard, la moindre défaillance. D'ailleurs, Mme Étienne ne prenait pas de vacances. Elle s'ennuyait quand elle restait oisive. Se pouvait-il que toutes ces années eussent passé comme un jour, qu'il ne subsistât rien, pas le moindre souvenir de tant de labeur ? Un peu de ménage, quelques objets rassemblés dans une valise de fer, et il ne resterait plus aucune trace de Mme Étienne ! Est-ce que les gens s'en allaient vraiment comme ça ? N'étaient-ils vraiment rien de plus ? Pouvait-on abolir une existence en un quart d'heure ?

Rose se remémora l'accident qui avait coûté le bras, naguère, au petit Léonard. Tout s'était passé très vite aussi, de la même manière, pour ainsi dire : on avait essuyé la flaque de sang sous l'emboutisseuse et, le lendemain, le travail avait repris comme à l'accoutumée. Léonard n'était plus là. La machine restait, victorieuse : la machine était en acier. Elle était bien plus solide, évidemment, et surtout elle valait plus cher que la peau d'un ouvrier.

Rose vit la vieille dame refermer posément sa cantine, l'enlever du bureau qui n'était plus son bureau, puis s'asseoir, légèrement essoufflée, sur la chaise qui n'était plus sa chaise. La jeune fille sourit faiblement à la facturière. Elle voulut lui parler, lui dire un mot de sympathie, mais l'angoisse lui nouait la gorge : elle avait l'impression de regarder son amie mourir devant elle et de ne savoir rien faire pour la sauver.

Mme Étienne se rendit ensuite dans le bureau de M. René pour y toucher sa dernière quinzaine. Rose l'attendit devant la porte de la « direction ». Elle tenait à rester encore un moment avec elle (on ne pouvait tout de même pas la laisser partir ainsi, rentrer chez elle pour toujours, sans lui offrir un peu d'amitié !). L'atelier était vide et silencieux. Le soleil illuminait les verrières, jetait des luisances sur les machines inertes : tout cela, ces formidables échines d'acier, ces mâchoires, ces rostres, ces griffes, était juste assoupi dans une somnolence hostile. Rose n'avait jamais vu l'atelier ainsi. Elle n'avait jamais observé l'inquiétant sommeil des machines abandonnées à elles-mêmes dans leur antre. Tout cela appartenait au « rongeur » et à ses frères : à sept heures, demain matin, M. René abaisserait une manette et les fauves se réveilleraient tous ensemble, feulant et rugissant. Il ne resterait aux soixante gars de chez Druillet qu'à défendre leur vie un jour de plus.

La lutte était trop inégale : ceux qui n'allaient pas finir estropiés comme le petit Léonard ne sortiraient pourtant de là que détruits, vidés de leur sang, et tout aussi misérables qu'au matin de la première embauche. Les machines, elles, resteraient jusqu'à la fin des temps, bichonnées par le « rongeur » et prêtes à dévorer jour après jour le pauvre monde. L'espace d'une minute, Rose se sentit accablée : la révolution, qui était désormais le seul but de son existence, lui apparut soudain très lointaine, chimérique. Chaque soir jusqu'à leur mort, les hommes quitteraient l'atelier vaincus, abandonnant le terrain à ces brutes d'acier qui ne connaissaient ni la fatigue, ni la faim, ni le désespoir, ni la vieillesse. Fallait-il vraiment se battre contre cela ? On pouvait bien exterminer les trois frères Druillet et tous ceux de leur sorte. Ils laisseraient derrière eux leurs machines intactes, ni plus ni moins féroces qu'autrefois, et qui les vengeraient.

Puis Mme Étienne réapparut, sa cantine sous le bras, son sac à l'épaule. Elle n'avait toujours pas l'air bien émue, ni même embarrassée de son bagage. Elle parut seulement surprise que la petite l'eût attendue. Rose tendit les mains pour lui prendre la cantine : « Ce n'est pas bien lourd », protesta en souriant la facturière. Non, ce n'est pas bien lourd, songea la jeune fille avec infiniment de tristesse : le passé de son amie tenait sans peine dans cette boîte de fer.

Il fallut sortir par la petite porte. Au moment de franchir le seuil, Rose entendit M. René qui bouclait au verrou son bureau. Elle eut envie de retourner sur ses pas et de le frapper. Jamais elle ne l'avait tant haï. Comme si elle avait deviné les sentiments de sa jeune compagne, Mme Étienne murmura dans un petit rire : « Je ne sais pas qui va me remplacer, ni si elle sera grosse ou maigre, mais elle ne lui fera jamais d'aussi belles factures ! »

La rage au cœur, Rose poussa d'un geste brusque le battant de fer de la porte, qui alla cogner contre le mur avec un bruit de gong, puis elle s'effaça pour laisser sortir Mme Étienne. Celle-ci poussa un « oh » de surprise, découvrant Thomas qui l'attendait sur le trottoir, souriant, les bras écartés, prêt à lui donner l'accolade, mais raide et gauche comme un jeune marié devant le photographe. Le vieux Frot se trouvait là aussi, et Delumeau, et le petit Napoléon Duval, et tous les gars du syndicat. Delumeau tendit brusquement à la facturière un gros pot de géranium enveloppé dans une feuille de journal. « Oh ! » fit à nouveau la vieille dame. Elle voulut dire un remerciement, mais sa voix s'étrangla. Les autres se regardèrent en souriant, heureux mais un peu gênés tout de même : on n'était pas bien accoutumés à ce genre de démonstration à la fédération unitaire des Métaux.

On s'attabla chez l'Auvergnat, et l'on commanda du champagne. Mme Étienne, qui en avait déjà bu autrefois, trouva celui-ci particulièrement bon. Mais elle n'avait jamais dû en consommer beaucoup, ni d'aucun autre alcool, car elle devint un peu grise dès la seconde coupe, et elle se mit à raconter toutes sortes de bêtises, tenant des propos passablement lestes, au grand étonnement de tout le monde.

On ne se sépara qu'au bout de deux heures et après trois bouteilles de champagne suivies d'une tournée de rouge offerte par le patron. On quitta le bistrot en titubant quelque peu. On se promit de se revoir souvent. Delumeau, qui se sentait personnellement responsable du géranium pour l'avoir remis à Mme Étienne au nom des camarades, lui offrit de s'occuper de temps en temps de son jardin. On s'embrassa. La vieille dame pleura de nouveau. Elle avait presque oublié que la vie pouvait être si belle.

Rose l'accompagna jusqu'à son tramway, portant toujours la cantine. Elle était bien émue, elle aussi, et heureuse sous le ciel bleu. Elle était reconnaissante à Thomas et à tous les camarades d'avoir pensé à fêter Mme Étienne au moment de son départ, même si la vieille dame ne cotisait pas au syndicat : c'était cela, la solidarité ouvrière ! C'était cela, la fraternité, cette vraie force que rien, aucun patron, aucune machine ne pourraient arracher au prolétariat.

La jeune fille avait à nouveau confiance : la révolution n'était pas un vain mot. Bientôt le peuple ouvrier prendrait les armes et viendrait à bout du « rongeur », et de tous ses pareils, et de leurs machines tueuses. Ce serait un soir comme celui-ci, peut-être. Ce serait le Grand Soir. Le soleil se coucherait dans un feu de joie et l'on tremperait l'étendard de la révolution dans le sang des bourgeois.

Parmi les ombres que le jour déclinant étirait sur le sol, arbres et réverbères démesurément allongés sur les pavés, la jeune militante reconnut la forme des canons et des baïonnettes du peuple insurgé. Puis, comme le soleil finissait de disparaître derrière les toits, elle jugea que la silhouette gigantesque qui venait lentement couvrir la chaussée ne pouvait être, parmi les fusils et les piques du prolétariat en armes, que le fantôme du grand et vénéré Lénine.

3

Mme Étienne n'était pas à plaindre. Elle avait du bien : trente mille francs en bons de la Semeuse et en napoléons. Elle était propriétaire aussi de sa maison de Vitry, un joli pavillon en meulière, composé de quatre pièces avec une cave et un grenier, que son défunt mari avait reçu en héritage l'année de la démission du maréchal Mac-Mahon. Le jardin était entièrement clos par un haut mur de moellons qu'une grande serre, de construction ancienne, longeait sur le côté opposé à la maison. Tout cela, malheureusement, était aujourd'hui à l'abandon : les troènes qui bordaient le mur étaient envahis de liserons, les deux allées qui se coupaient en croix au milieu des parterres de bégonias et des buissons d'azalées avaient depuis longtemps disparu sous les herbes folles, le magnolia planté pour le premier anniversaire du mariage de Mme Étienne étouffait sous le lierre, les rosiers étaient inextricablement mélangés à des ronces et ne donnaient plus de fleurs. Quant à la serre, écrasée sous les sarments d'une énorme glycine, elle avait perdu presque tout son vitrage. Depuis qu'elle était veuve, en fait, Mme Étienne ne s'était plus aventurée dans ce jardin que son mari avait entretenu jadis avec persévérance, mais où les buissons, le lierre et les arbustes s'étaient enchevêtrés après sa mort en une jungle luxuriante et hostile. Un voisin venait une fois l'an ouvrir au sécateur un étroit chemin entre la grille et le perron.

Mme Étienne avait aimé autrefois ce jardin qui était l'œuvre de son mari. Elle avait tâché d'apprendre les noms des plantes et des fleurs, pour lui montrer qu'elle s'intéressait à ce qu'il faisait. Mais, après qu'il eut disparu, elle avait laissé toute cette végétation proliférer sans plus s'en inquiéter : il ne lui fallait plus tant d'espace, maintenant qu'elle vivait seule. Elle n'avait même plus besoin des quatre pièces de la maison et, pendant quarante ans, elle avait vécu entre sa chambre et la cuisine, faisant son deuil du salon et de l'autre chambre où le mobilier moisissait sous des draps que la poussière, avec le temps, avait rendus gris. Elle ne se rappelait même plus ce qu'il y avait sous ces linceuls : sans doute préférait-elle ne plus s'en souvenir.

Elle rouvrit toutefois le salon et la salle à manger, le dimanche d'après son départ à la retraite, pour recevoir à déjeuner M. Thomas, Delumeau et surtout Rose (qui viendrait avec sa jeune sœur et monsieur son oncle). Elle avait passé la journée du vendredi à encaustiquer les meubles et le parquet. Elle avait secoué les tapis. Elle avait essayé de remettre en marche la pendule de bronze doré à sujet mythologique. Elle avait travaillé jusqu'au soir sans reprendre haleine. Puis elle était allée chercher un tabouret dans la cuisine et elle s'était installée dans l'encadrement de la porte du salon pour contempler le canapé, les six chaises assorties, le guéridon d'ébène, tout ce beau mobilier qu'elle possédait sans y avoir jamais songé, cet héritage, pour ainsi dire, qui lui tombait du ciel le jour de sa retraite. Elle se sentait rajeunie de quarante ans, malgré la fatigue et cette douleur, au milieu de la poitrine, qui la gênait pour respirer : elle allait enfin profiter de ses meubles, de sa maison, de son jardin (que M. Delumeau lui remettrait bientôt en état).

On fut à table, le dimanche, jusqu'à quatre heures. Tout le monde avait apporté à boire ou à manger (sauf Delumeau, qui était venu avec un nouveau géranium), de sorte qu'on eut du mal à venir à bout du festin. (Cependant, Mme Étienne insistait avec entrain : « Il faut me finir toutes ces bonnes choses. Je ne pourrai jamais manger cela toute seule. »)

Tard dans l'après-midi, quand le soleil fut moins chaud, on transporta les chaises au jardin, ou plutôt dans l'espèce de clairière que le voisin avait ouverte, juste derrière la maison. Fidèle à sa promesse, Delumeau quitta un moment les autres pour aller explorer les profondeurs de la forêt vierge qui les environnait. On le vit se frayer un chemin, les avant-bras croisés devant le visage pour se protéger des branchages et des ronces, et bientôt disparaître tout à fait. Il revint au bout d'un quart d'heure, la mine déconfite, les poignets couverts de griffures.

— Il faut arracher tout ça et replanter, déclara-t-il en se rasseyant.

Mme Étienne insista pour qu'il nettoyât ses écorchures. Elle alla chercher de l'alcool et du coton. Oncle Victor trouvait dommage de détruire une végétation si luxuriante. Ne pouvait-on essayer de tailler, d'émonder un peu ?

— Si le cœur vous en dit ! fit Delumeau d'un ton d'ironie.

Madeleine était aussi d'avis de tout arracher : il y avait sûrement des vipères dans ce fouillis. Thomas proposa de venir avec Delumeau le samedi d'après : à eux d'eux, ils nettoieraient le jardin en un après-midi et, s'il ne pleuvait pas, on pourrait faire brûler tout cela la semaine suivante. « Il n'y a pas de meilleur engrais que la cendre », remarqua oncle Victor d'un ton de compétence. Mme Étienne eut un peu de tristesse à la perspective de voir disparaître dans les flammes le magnolia, les rosiers et les bégonias plantés jadis par son mari. Elle n'en avait pas profité depuis l'autre siècle, elle aurait même été bien en peine de les retrouver dans cette végétation anarchique, mais elle savait qu'ils se trouvaient là, ou plutôt elle y pensait, maintenant, et elle avait peur de commettre une mauvaise action en les faisant brûler. Thomas assura qu'on veillerait à sauver tout ce qui pourrait l'être, et qu'on placerait les nouveaux rosiers, les azalées, les bégonias au même endroit que ceux d'autrefois. « Oh, il faudra mettre des plantes qui poussent vite, fit la vieille dame dans un demi-sourire : autrement, je n'aurai pas le temps d'en profiter. » Tout le monde se récria, et l'on promit à la facturière qu'elle verrait fleurir hortensias et géraniums pendant de très nombreuses années.

Delumeau rappela qu'il existait au fond du jardin une très belle serre qu'on n'aurait peut-être pas trop de mal à retaper et dans laquelle on pourrait sûrement faire venir des fraises, ou même des fruits exotiques.

— Ah, la serre, murmura en écho la vieille dame. Mon mari y avait acclimaté des cattleyas, des hibiscus et toutes sortes d'autres espèces dont j'ai oublié les noms.

Elle se tut. Ses yeux s'embuèrent. Elle demeura un moment pensive. Puis elle reprit dans un soupir :

— Il aimait tant les fleurs, voyez-vous.

— Vous devriez profiter un peu de cette serre, renchérit oncle Victor, jamais avare de conseils. Vous pourriez en faire un jardin d'hiver.

Madeleine appuya cette suggestion. Elle ne savait pas au juste ce qu'était un jardin d'hiver. Elle n'en avait jamais vu. Mais elle imaginait des roses et des marguerites en train d'éclore dans un paysage de neige, et elle trouvait cela très beau. Delumeau, par contre, tenait toujours pour son projet, plus utile, d'y faire pousser des fraises. Il n'appréciait point trop les fleurs. En fait, il les confondait toutes, sauf les géraniums dont il avait naguère accroché deux pots à la rambarde de sa fenêtre. Pendant quelques minutes, on discuta ainsi du parti qu'on allait tirer de cette serre que personne n'avait vue mais qu'on allait un jour ou l'autre remettre en état.

Mme Étienne n'écoutait plus. Elle songeait à son mari. Elle ne comprenait pas comment un homme qui aimait tant les fleurs avait pu mourir en quelques jours, à peine âgé de trente ans. Après tout ce temps, bien sûr, après cette vie passée sans lui, elle n'y pensait plus si souvent. Elle ne se souvenait même plus très bien de son visage. Elle regardait l'un ou l'autre des portraits qu'elle possédait de lui (ici en militaire, là en habit de cérémonie, le jour de leur mariage, là encore en veste de toile et en canotier, au Mont-Saint-Michel, une semaine seulement avant sa mort). Elle ne reconnaissait plus ce gaillard dont le regard honnête et confiant (la fixant désormais pour l'éternité sur les pages de l'album) contenait la promesse d'un avenir heureux, paisible et fécond. Était-ce bien lui qui l'avait quittée, ce grand type qui paraissait si solide et dont le sourire un rien protecteur semblait avoir écarté par avance toute inquiétude, toute espèce de doute ? Il l'avait laissée seule, et elle, assurément, n'avait jamais pu tout à fait y croire. Elle n'avait pas songé à se remarier : qui d'autre que lui aurait su s'occuper du jardin ? Et elle avait gardé leur maison bien trop grande, posant simplement des draps sur les meubles à cause de la poussière. Elle n'avait pas pu s'empêcher de l'attendre un peu : il n'y a que les esprits mesquins pour ne pas comprendre qu'on puisse attendre quelqu'un sans espoir, qu'on puisse rester toute une vie sans avoir détaché les yeux de la porte qui ne s'ouvrira plus. Des années durant, Mme Étienne avait ainsi continué de coucher sur la moitié droite du matelas, lui laissant l'autre côté. Et puis, un jour, elle s'était avisée qu'elle avait l'âge d'être la mère du jeune homme figurant sur leurs photographies de mariage : alors, par pudeur peut-être, elle s'était résignée à dormir au milieu du lit.

Thomas et Delumeau revinrent comme convenu le samedi suivant et entreprirent de nettoyer le jardin : ils dégagèrent d'abord le magnolia, dont ils savaient depuis l'autre dimanche toute la valeur aux yeux de la vieille dame. Mais, une fois qu'on l'eut débarrassé de l'énorme lierre qui l'étouffait, il ne resta de ce témoin de l'unique année de bonheur de la facturière qu'un arbuste chétif et vilainement tordu. Mme Étienne ne dit rien de sa déception. Elle remercia beaucoup le forgeron et son camarade, voyant la sueur qui faisait de larges auréoles sur leur chemise. Elle feignit même d'apprécier que son magnolia eût cette forme tourmentée, noueuse, en tout cas originale. Delumeau promit qu'il planterait un tuteur, la prochaine fois qu'il viendrait, pour aider l'arbre à se redresser. Mme Étienne approuva et remercia derechef. Mais quand les deux hommes, s'excusant beaucoup, expliquèrent qu'ils n'auraient pas fini leur travail ce soir-là et qu'ils ne pourraient revenir avant trois semaines, la facturière en éprouva un secret soulagement. Elle n'avait plus envie qu'on s'occupât de son jardin. Elle aurait préféré ne pas revoir le magnolia, surtout dans cet état. Elle se demandait pourquoi elle avait accepté qu'on touchât à tout cela : comment n'avait-elle pas pressenti qu'on était en train de déterrer son pauvre mari ?

4

Chaque dimanche, Rose répétait à Victor qu'il était « un monstre d'égoïsme ». (« Tu n'es même pas méchant, expliquait-elle. C'est bien pire ! Tu n'as simplement pas de conscience ! »)

Cet homme en apparence dénué de tous principes avait pourtant une règle qu'il observait avec une certaine exactitude, et qui était de ne s'attaquer qu'à plus pauvre que lui. C'était à la vendeuse qu'il empruntait « un louis », jamais à la patronne. Il veillait toutefois à ne point dépenser jusqu'au bout ses vingt francs, s'obligeant à rendre à sa victime les cent sous qui pouvaient lui rester et qui, dans la tête de cet homme qui ne s'arrêtait point aux détails mesquins, constituaient un remboursement tout à fait honorable. (Il admettait qu'il ne savait pas très bien compter, ou il s'en targuait : « Je suis fâché avec les chiffres », disait-il avec orgueil, un peu comme il se serait défendu de fréquenter des gens par trop communs. Il ne faisait pas non plus de distinction bien nette entre une créance et une dette, et lorsqu'on venait à lui parler ici ou là de son ardoise, il répliquait d'un ton de surprise et de léger reproche : « De l'argent ? Entre nous ? Me prenez-vous pour un juif ? »)

Aujourd'hui encore, je me demande ce qui faisait le charme de cet égoïste, de cet escroc qui écrivait ses innombrables promesses sur du sable. Car il ne faisait pas longtemps illusion.

On savait bien vite à qui l'on avait affaire. Pourtant on l'écoutait. Mieux encore, on y revenait après avoir été refait.

Il montrait une telle assurance, et au fond une telle candeur dans ses carambouilles qu'à la fin l'on n'y voyait guère plus de mal que lui-même. Il fallait bien admettre que cet homme échappait à l'ordre naturel des choses, à la loi commune : Dieu avait certainement oublié de le compter en créant le monde. Il ne l'avait inscrit dans aucun de ses registres. Oncle Victor jouissait ainsi du privilège d'être « de trop ». Du même coup, il se trouvait hors d'atteinte : on n'aurait pas été surpris outre mesure de le voir disparaître par enchantement ou prendre son essor dans les airs. Or, il s'envolait bel et bien, échappant à ses créanciers, esquivant les reproches et déjouant la juste colère de ses victimes (du patron de la boulangerie, par exemple, qui faisait le compte exact de sa production, lui, et qui voyait chaque dimanche disparaître des croissants).

Nul, à la réflexion, n'aurait pu être plus étranger au mal que ce gredin. Il disait vrai (pour une fois) en affirmant qu'il ne voyait pas le mauvais côté des choses : il n'était pas tout à fait de ce monde. Il s'y trouvait comme un visiteur, et se réservait de filer à l'anglaise plutôt que d'y subir la moindre contrariété. On le voyait alors s'escamoter lui-même : on le regardait faire, bouche bée. C'était un grand illusionniste. On ne pouvait s'empêcher de l'admirer un peu. On lui enviait sa liberté. On était content pour lui, même quand on avait été roulé : la nature humaine n'est pas si mauvaise, après tout.

On n'a pas très bien su comment il s'y était pris pour séduire la pauvre Mme Étienne. Il l'avait revue en dehors de ses nièces, bien sûr. Il avait dû lui faire un peu la cour, la flatter, s'extasier sur la jolie pendule du salon, sur le magnolia scoliotique, sur la moustache du défunt mari. Quant à la vieille dame, elle s'était bien gardée de révéler cette intrigue à Rose ou à Madeleine, ce qui tendrait à montrer qu'il n'y a jamais de victime tout à fait innocente.

Quand il annonça fièrement aux petites qu'il s'apprêtait à

« monter une entreprise », ces dernières, en tout cas, ne soupçonnaient en rien le rôle que devait y jouer la malheureuse facturière, et Rose se contenta de demander dans un sourire de scepticisme en quoi consistait l'affaire.

Il s'agissait d'un projet si mirobolant, d'un moyen si assuré de s'enrichir énormément, que Victor lui-même, époustouflé par sa propre spéculation, demeura plusieurs secondes avant de pouvoir s'exprimer clairement, assailli qu'il était par la géniale cohue de ses idées. Enfin il s'expliqua. Rose et même la naïve Madeleine s'attendaient à voir cette montagne accoucher d'une souris. Or elles n'étaient pas si loin de la vérité, puisque ladite montagne donna naissance à une multitude de petits poissons grouillant et frétillant sous leurs yeux ébahis.

Des poissons ! C'était donc cela, l'Eldorado de l'oncle : un élevage de poissons d'appartement ! Des scalaires par milliers, des combattants, des discus, et toutes sortes d'autres espèces aux noms bizarres (que Victor, un peu fier de sa science toute neuve, écorchait par surcroît en les prononçant devant ses nièces médusées). Grands dieux ! Mais qui donc allait acheter cette friture ?

— C'est une mode qui vient, argumenta l'éternel rêveur qui s'était mis cette fois à nager si loin dans l'eau douce de ses lubies qu'il risquait pour le coup de s'y noyer en effet, parmi les bâillements indifférents de ses créatures.

— Une mode ! ne put que s'exclamer en écho la grande, tandis que la petite, qui avait vu des aquariums en démonstration à La Belle Jardinière, admettait que cela pouvait « faire joli » dans un appartement, ces bacs pleins de petites bestioles multicolores.

Remise de sa surprise première, Rose entreprit d'opposer à Victor toutes sortes de difficultés : où allait-il entreposer ces myriades de poissons ? Avec quel argent paierait-il le matériel indispensable à la survie de son élevage ? Saurait-il seulement nourrir et soigner ces délicates créatures en attendant qu'elles voulussent bien pondre leurs œufs d'or ? C'était un « vrai métier », soulignait la jeune fille, et lui, l'ancien légionnaire, y connaissait-il seulement quelque chose ?

Toutes ces objections ne firent naître sur le visage de Victor qu'une discrète moue de condescendance : il avait tout prévu, tout calculé « au centime près », tout résolu. « L'argent n'est jamais un problème », proféra-t-il sans rire, en homme qui sait mener une affaire rondement. Il venait de prendre à bail un entrepôt, à Bercy, pour y loger son petit monde. On fabriquait en ce moment même les deux cents bacs de l'installation — « Oui, deux cents ! » Les pompes et les filtres allaient bientôt arriver d'Allemagne. Dans quelques semaines, pas plus, on verrait toutes ces merveilles. Et quand il annonça qu'il venait de « se constituer en S.A.R.L. » et qu'il s'était inscrit au registre du commerce, Rose, qui n'en croyait décidément plus ses oreilles, se demanda si elle avait bien devant elle son vaurien d'oncle.

Sans doute n'était-il pas seul dans cette affaire, songea-t-elle soudain : à peine savait-il compter jusqu'à vingt francs, et l'avenir au-delà de deux ou trois semaines lui semblait une fiction dépourvue d'intérêt ! Il y avait donc du monde derrière lui, des gens sérieux, capables de déposer les statuts d'une société au tribunal de commerce. (Mais quel besoin ces personnes avaient-elles d'oncle Victor ? Pourquoi leur fallait-il un homme de paille ?)

Dûment questionné sur ses « associés », celui-ci assura qu'il était le seul responsable de l'entreprise, et que ses « financiers » (car il en avait, bien sûr, « et pas pour deux francs cinquante » !) préféraient pour le moment « rester dans l'ombre ».

On dîna ce soir-là dans l'une des rares brasseries de Paris où Victor n'eût pas encore planté de drapeau. On but du champagne. On commanda même du caviar (mais la carte ne proposait que des œufs de lump, d'ailleurs « aussi bons et bien moins chers », selon le maître d'hôtel). Après le café, oncle Victor eut envie d'un cigare et le choisit le plus gros possible, se forçant à le fumer presque jusqu'au bout. Un peu ivre à la fin, toussant et larmoyant, à demi asphyxié par les rudes émanations de son bâton de chaise, il demanda l'addition et, sous le regard incrédule de ses nièces, il sortit de sa poche un billet de cent francs tout neuf pour payer le champagne, les œufs de lump, le cognac et le *tutti quanti.*

On avait changé oncle Victor. Ce n'était plus le même homme. Certes, après l'étrange crise qu'il avait faite au restaurant (les petites n'auraient pas été plus épatées si on leur avait montré la naissance de quelque étoile dans une lunette astronomique), ce gredin ne manqua pas de revenir à ses principes d'antan. Mais il avait acquis un certain air d'assurance, propre à suggérer qu'il pouvait détenir encore plusieurs coupures de cent francs toutes semblables à celle qu'on avait cru le voir sortir l'autre soir de sa poche.

Quelques semaines après le dîner au champagne et au billet, Victor emmena ses nièces visiter l'entrepôt de Bercy que l'on finissait d'aménager. A la surprise des petites, on passa d'abord prendre Mme Étienne dans un café où l'oncle lui avait fixé rendez-vous, car elle aussi voulait voir les deux cents aquariums.

Malgré la fraîcheur de cette journée d'automne, la vieille dame les attendait à la terrasse du bistrot, si grande était sa crainte, peut-être, que M. Victor ne la trouvât point. Rose la reconnut de loin, toute seule parmi les tables et les chaises libres. La voyant ainsi, comme inamovible sur son bout de trottoir, îlot minuscule battu par la houle régulière des automobiles qui passaient devant elle et semblaient par intermittence la submerger, la jeune fille eut soudain la révélation de toute la solitude de son amie : Mme Étienne avait peur qu'on passât devant elle sans l'apercevoir. Son visage, sa posture (toute raide sur le bord de sa chaise, droite comme un sémaphore) exprimaient la crainte puérile qu'on ne la reconnût pas ou qu'on oubliât de l'emmener. Elle avait eu beau se composer un air de dignité avec son manteau gris, ses bottines noires, son chapeau fixé à la manière d'autrefois par une épingle, son regard et sa physionomie démentaient cette allure et faisaient d'elle une image, une allégorie pour ainsi dire, du désir enfantin tout prêt à se changer en imploration. Curieusement, oncle

Victor paraissait animé d'un semblable désir, de la même impatience. L'ayant aperçue, il traversa soudain la chaussée, laissant ses nièces derrière lui et manquant se faire renverser par une voiture. Les petites le virent saluer la facturière d'un ample geste de son panama, et courir presque pour venir s'incliner devant elle. N'allait-il pas s'agenouiller aussi, dans cet élan irrésistible et splendide ? Il se contenta de prendre la main de la vieille princesse qui l'avait attendu cent ans parmi les chaises vides et lui baisa galamment le bout des doigts à travers le gant de dentelle. Rose commença dès cet instant à soupçonner quelque chose.

Ses soupçons augmentèrent quand elle vit le joli monsieur, suave et roucoulant, s'emparer du bras de Mme Étienne, s'emparer de son sac, s'emparer de son parapluie, envelopper le tout, et l'emporter comme il l'aurait fait d'une jeune mariée avec son bouquet de fleurs d'oranger. La facturière se laissa faire, ravie, pâmée, vaincue par ce tourbillon de douceur, par ce maelström de courtoisie. Oncle Victor se calma un peu tandis qu'on marchait vers le quai de Bercy. Il était passablement essoufflé, ce n'était pas un vieillard, certes, mais l'effort qu'il venait de fournir l'avait déjà bien fatigué. Un doux zéphyr de compliments parfumés à l'œillet, pourtant, continuait de s'exhaler de sa bouche, et Mme Étienne en était enivrée. Rose, par contre, frémissait de colère, car ses soupçons s'étaient mués désormais en certitude : si Victor se comportait avec la facturière plus ou moins comme avec une épousée, ce gredin n'allait évidemment passer la nuit de noces qu'avec les louis d'or de sa victime. C'était un escroc, pas un maniaque !

L'élevage de l'oncle occupait les deux niveaux d'un vilain bâtiment de béton où l'on entreposait naguère du vin en foudres. Il avait fallu du solide pour porter le poids des tonneaux, et l'entrepôt s'adaptait de la sorte à son nouvel usage. L'endroit, malheureusement, devait à sa vocation première d'être dépourvu de toute espèce d'ouverture ou d'aération, et comme les aquariums ne possédaient pour le moment d'autre éclairage que les ampoules nues qui pendaient çà et là du plafond, une pénombre vineuse régnait sur les grands bacs de verre où des pompes brassaient l'eau à gros bouillons : on se serait cru dans le laboratoire de quelque alchimiste ou sorcier. D'étranges luisances glissaient parmi les centaines de vitres garnissant le périmètre de l'un et de l'autre étage. Le bourdonnement profond et obstiné des pompes à air évoquait, de même, le possible déchaînement de fureurs telluriques, et Madeleine, à peine eût-elle franchi le seuil de l'étrange laboratoire, ne put réprimer un murmure d'effroi.

— Ce sera bien plus joli quand il y aura des poissons, assura Victor.

Un très laid petit bonhomme, affligé d'un pied-bot, apparut soudain, lutin en blouse grise surgi de l'ombre ou peut-être du néant, et fit pousser à Madeleine une nouvelle et plus forte exclamation de frayeur.

— Monsieur Achille, mon assistant, expliqua l'oncle, avantageux.

Le lutin s'inclina bien poliment, mais darda sur la vieille dame et les deux demoiselles, tour à tour, un regard d'une simple et glaçante objectivité. On aurait juré qu'il les mesurait l'une après l'autre afin de décider dans quel bocal on allait les placer. Et comme pour corroborer cette désagréable impression, Victor fit ce commentaire : « Mon collaborateur est un homme de la plus haute compétence. » Puis, détachant avec emphase les syllabes, tel un huissier de la Chambre du Roi égrenant les titres de noblesse de quelque très haut dignitaire :

— Monsieur Achille était préparateur à l'Institut médico-légal.

— Et que préparait-il ? demanda Rose, étourdiment.

Victor répondit d'un geste évasif tandis que la jeune fille commençait à entrevoir quelle activité pouvait exercer à la morgue un homme plein de compétence.

Mme Étienne, quant à elle, ne parut nullement troublée par cette révélation, observant avec intérêt les gestes du nabot qui venait de prélever de l'eau de l'un des aquariums, à l'aide d'une pipette, pour en répandre quelques gouttes sur un papier réactif.

La visite de l'installation ne demanda que quelques minutes (ç'allait être bien plus intéressant quand il y aurait les poissons, répéta Victor). Madeleine ne fut pas fâchée de se retrouver à l'air libre et à la lumière. L'endroit lui faisait un peu peur, mais moins que le petit bonhomme à tête de gargouille qui s'affairait là-dedans avec ses éprouvettes et ses fioles. Malheureusement, Victor décida que M. Achille viendrait prendre avec les autres le goûter que la facturière souhaitait offrir après cette édifiante promenade.

On retourna dans le café où l'on s'était retrouvés tout à l'heure. M. Achille s'assit entre Mme Étienne et l'oncle : ce ne devait pas être un mauvais bougre, au fond. Il paraissait très intimidé. Il n'avait pas l'habitude des vivants. La vieille dame posa toutes sortes de questions. On aurait vraiment dit que l'élevage des poissons la passionnait, qu'elle n'avait rêvé pendant toute sa vie que de posséder un jour un aquarium, ou peut-être deux cents. Victor était bien incapable de répondre à ses questions. Il avait appris les noms de quelques espèces de poissons, mais sans avoir jamais vu le moindre spécimen. Alors il se tourna vers M. Achille un peu comme un ventriloque s'adressant à sa poupée, et le petit homme au teint de cire commença de débiter ses explications d'une drôle de voix de tête, encouragé par son voisin qui approuvait du chef sans discontinuer. (Victor voulait-il donner à croire, par cet effet de ventriloquie, que c'était lui, l'éternel truqueur, qui parlait si savamment, et non le petit personnage d'étoupe et de Celluloïd qu'il avait posé sur une chaise ?)

Pendant une heure, Mme Étienne, M. Achille et l'oncle discutèrent de la fécondité des guppys, de l'agressivité des combattants, ou des moyens d'améliorer la qualité de l'eau fournie par le réseau urbain. Rose et Madeleine croyaient rêver. Mme Étienne, par contre, était bouche bée devant M. Victor. On aurait dit un oisillon recevant la becquée, et Rose osait à peine songer à ce que ce gredin avait pu lui faire gober.

On retourna voir l'élevage trois semaines plus tard.

Mme Étienne était de la fête, bien sûr, et elle s'extasia au spectacle des milliers de bestioles aux couleurs vives qui peuplaient maintenant les bacs, évoluant parmi les tresses, les arabesques et les festons d'une végétation éclairée par des rampes électriques. Il y en avait de toutes les formes et de toutes les teintes. Il y en avait dont la chair transparente laissait voir les organes comme un cliché radiographique. Il y en avait dont les yeux phosphorescents faisaient de minuscules émeraudes en suspension dans l'eau. Certains de ces animaux restaient si parfaitement inertes, des minutes durant, qu'on en venait à douter qu'ils fussent des créatures vivantes. D'autres nageaient avec lenteur et majesté, étranges écus et doublons d'or ou d'argent échappés du naufrage de quelque galion du roi d'Espagne. D'autres encore se déplaçaient brusquement, pareils à des puces ou à des moucherons, pour retomber ensuite dans une immobilité minérale comme si le temps entier de leur existence n'avait été que d'une fraction de seconde.

Malgré toutes ses préventions, Rose se laissa peu à peu fasciner par le spectacle de cette vie paradoxale qui empruntait ses couleurs et ses formes indifféremment aux trois règnes de la nature. La jeune fille ne pouvait détacher les yeux de ces étranges créatures qui ne demeuraient jamais plus d'une minute ce qu'elles étaient, papillon, fleur ou pierre précieuse, ajoutant soudain le mouvement à l'éclat immuable du saphir ou du rubis, ou pétrifiant au contraire l'essor d'un oiseau multicolore, le figeant au milieu de son vol dans une chute éternellement différée. Chacun de ces êtres pouvait d'un instant à l'autre changer d'aspect, et pour ainsi dire de nature : ce n'étaient au juste que de vivantes métaphores. Ce qu'on voyait ainsi glisser dans le silence hypnotique de l'élément liquide n'était constitué d'aucune manière définie, ne possédait ni poids, ni forme assurée, ni consistance, mais représentait les moments fugitifs d'une apparence, de simples transitions entre des états qui échouaient à se réaliser tout à fait. Ce n'étaient pas des créatures véritables, ni pour autant de pures illusions qui se donnaient à voir ici, mais des couleurs flottantes, des formes sans contours, un insaisissable devenir échouant à se fixer dans l'être. Et chacun des mondes improbables que M. Achille avait enfermés dans du verre (à la manière de ces éternelles floraisons qu'on voit emprisonnées dans le cristal des sulfures) constituait à sa manière un état de l'univers d'avant la Création ; un état paradisiaque de parfaite continuité de l'être, où les formes n'étaient pas encore définies et communiquaient entre elles ; un état de semi-existence des créatures qui, n'étant point tout à fait vivantes, ne connaissaient pas davantage la mort ; un état où rien n'était encore limité par l'unicité de sa propre nature.

Madeleine et Mme Étienne allaient d'un bac à l'autre, impatientes comme des enfants devant des vitrines de Noël. Elles s'appelaient mutuellement pour se montrer les merveilles qu'elles découvraient à chaque seconde. Et la vieille dame, qui d'ordinaire portait le goût de l'ordre jusqu'à l'obsession, manifestait une joie sans réserve à la vue de ces êtres chimériques dont le hasard seul paraissait avoir assemblé les parties :

— Regardez-moi ça ! s'exclamait-elle. Regardez-moi ces drôles de bêtes !

M. Achille semblait bien content de l'impression produite par ses aquariums. Les poissons exotiques étaient selon toute apparence la passion de cet homme qui avait coutume de conserver les choses dans des bocaux. Toujours prompt à l'enthousiasme, Victor avait dû s'exalter en l'écoutant parler de ce violon d'Ingres. Le triste sire ne montrait-il pas une prédilection naturelle pour ce qui nage entre deux eaux ? Victor venait d'organiser un univers dans lequel chaque créature, précisément, n'était qu'une sorte de lubie à l'image de son créateur.

Madeleine et Mme Étienne retournèrent voir les aquariums de Victor les trois dimanches suivants : elle ne se lassaient pas de ce spectacle. Rose aurait bien voulu venir, elle aussi, mais son activité au syndicat lui prenait presque toutes ses fins de semaine. (Elle aussi travaillait à faire naître un monde, et qui ne tiendrait pas entre quatre parois de verre !)

M. Achille était une personne bien aimable à l'usage (il ne

fallait pas s'arrêter à son aspect physique, certes !). L'ancien préparateur à la morgue n'était jamais avare de ses explications, d'ailleurs émaillées de termes barbares qui les rendaient passablement obscures. On aurait pu le faire parler des heures durant sur les mœurs sexuelles de *hablochromis multicolor* ou sur la sensibilité à la couleur blanche de *danio rero*. On aurait dit qu'il connaissait vraiment chacun des quelque trente mille individus qui peuplaient maintenant son élevage. Quant à Victor, grand organisateur de toute l'affaire, heureux démiurge qui savait créer des univers sans sortir les mains de ses poches, il faisait valoir à la facturière les bénéfices qu'on réaliserait grâce à des bestioles capables de pondre chacune plusieurs milliers d'œufs dans l'année : la vieille dame écoutait, ravie. Madeleine, à qui Rose avait fait part de ses soupçons (de sa certitude, plutôt) sur le rôle de Mme Étienne dans le financement de l'entreprise, se disait qu'après tout la naïve facturière allait peut-être gagner de l'argent et que Victor, qui n'était pas un mauvais bougre, au fond, n'aurait pas voulu compromettre les économies d'une honnête retraitée dans une affaire périlleuse.

Ce fut le quatrième dimanche que M. Achille découvrit une petite tache blanche sur la queue d'un platy. Oncle Victor venait d'arriver, avec Madeleine et Mme Étienne : ils ne prêtèrent pas grande attention au manège du bonhomme qui pourchassait depuis une minute le malheureux platy à l'aide d'une épuisette, et qui, l'ayant attrapé, le fit disparaître sans commentaire dans la boîte à ordures. Ils ne s'étonnèrent pas non plus de le voir rassembler toutes les épuisettes, pinces, canules, éprouvettes servant à ses expériences, et les jeter dans une marmite d'eau bouillante. On ne lui posa pas davantage de questions sur ce drôle de liquide bleu qu'il versa ensuite en abondance dans le bac aux platys : on avait l'habitude de le voir s'agiter mystérieusement. Ce qu'il faisait, se disait-on, était sûrement bien fait, et tous ses aquariums étaient bien beaux, surtout celui où les petits poissons nageaient dans une eau désormais toute bleue.

M. Achille s'affaira ainsi pendant un quart d'heure sans avoir seulement salué ses visiteurs, mais personne ne lui en voulut : Madeleine l'observait même avec sympathie tandis qu'il s'évertuait entre la paillasse, le réchaud à pétrole et l'aquarium. Elle éprouvait de la pitié pour cet homme qui boitait tellement plus qu'elle.

Il s'immobilisa enfin, le souffle court, le front miroitant, le regard fixe, murmurant : « Ichthyophthiriase. » Puis il tourna brusquement les talons, ôta sa blouse grise, la jeta sur le dossier de l'unique chaise du lieu, et sortit sans ajouter de commentaire, nu-tête et sans manteau, faisant claquer la porte derrière lui.

— « Ichthyo, ichthyo », reprit oncle Victor au bout de quelques secondes. Mais ce n'est rien, « ichthyo » ! C'est idiot !

Et il partit d'un rire qui manquait terriblement de naturel.

Mme Étienne se força, par délicatesse, à rire aussi. Elle ne put toutefois s'empêcher d'observer avec inquiétude les petits platys qui nageaient dans leur belle eau bleue. M. Achille avait dit « Ichthyo ». Ce devait être une maladie, un mal si terrible que le petit bonhomme avait tout simplement déguerpi. Mais, après tout, on n'en savait rien. M. Achille avait pu s'en aller dans un accès de mauvaise humeur. On n'était jamais sûr, avec lui. C'était un homme qui parlait une langue plus ou moins étrangère. Il fallait presque toujours le deviner. Après tout, ce qu'il venait de dire pouvait bien n'être rien d'important, comme semblait le supposer M. Victor. Mme Étienne parvint tant bien que mal à chasser ses idées noires et prit le parti de ne plus regarder ce jour-là l'aquarium suspect : n'y en avait-il pas deux cents autres, tous plus beaux les uns que les autres ?

Pendant la semaine qui suivit, la vieille dame attendit avec anxiété de revoir ses poissons et d'interroger M. Achille sur son bien inquiétant oracle. Mais Victor en avait décidé autrement, et il emmena la facturière, bon gré mal gré, au nouveau spectacle du Royal-Variétés pour lequel il avait acheté « les meilleures places ». Le dimanche d'après, pareillement, il la conduisit avec Madeleine au musée Grévin où l'on venait d'inaugurer un

Landru vraiment terrifiant et un très beau Lénine. Le drôle avait tout à fait oublié ses aquariums et ne s'intéressait plus désormais qu'au café-concert et aux statues de cire.

Mais le troisième dimanche, Mme Étienne refusa tout net de retourner au music-hall. Elle n'admit pas davantage qu'on la traînât dans un musée ou qu'on la poussât dans un cinéma. Elle voulait voir ses poissons ! Et elle entendait les retrouver bien vivants dans leurs bacs, ces trente mille petites bêtes frétillantes qui avaient mangé jusqu'au dernier sou de ses économies. Elle était prête à les compter une par une.

Victor n'aimait pas les disputes. Il considéra son antagoniste avec un mélange de lassitude et de commisération : la pauvre femme allait voir ses poissons, puisqu'elle y tenait tant. Quant à lui, il s'en lavait les mains. Il avait fait ce qu'il avait pu : il avait emmené la facturière au Royal-Variétés et au musée Grévin. Il en avait été pour vingt francs de sa poche, et ce sacrifice tout à fait inhabituel marquait bien en quelle amitié il tenait la vieille dame. Mais c'était une obstinée, une ingrate, au fond, exigeant par-dessus le marché que toutes ses bestioles fussent en bonne santé : elle demandait l'impossible.

En fait, l'aquarium aux platys avait été vidé même de son eau. Mais Mme Étienne aurait été bien en peine de le retrouver parmi la centaine d'autres bacs également vides. Au demeurant, on ne voyait d'abord rien. On commençait par sentir. Une épouvantable odeur de pourriture vous saisissait, à peine aviez-vous franchi le seuil, et l'ancien préparateur à la morgue errait là-dedans, désœuvré, vaincu. Il aperçut Mme Étienne et Madeleine et il leur adressa un geste d'impuissance et de regret, répétant simplement « Ichthyo, ichthyo ! »

La vieille dame réprima un haut-le-cœur et s'approcha d'un de ces aquariums qui faisaient naguère son émerveillement, mais où ne nageaient plus désormais que de rares poissons purulents qui laissaient dans l'eau colorée au bleu de méthylène de longues traînées blanches et visqueuses. Elle les regarda un long moment, ne sachant que répéter d'un ton douloureux :

— Pauvres bêtes ! Pauvres petites bêtes !

Elle n'en voulait pas à Victor en cet instant précis. Elle ne songeait même pas à ses économies, à toute cette vie de travail et d'épargne qui finissait de s'en aller par le tout-à-l'égout. Elle ne pensait qu'à ses « pauvres petits poissons » : c'était pour eux qu'elle avait mal.

L'affaire mirobolante d'oncle Victor n'avait donc été qu'un feu d'artifice. Mais le gredin s'était fait plaisir pendant quelques semaines avec ses fusées rouges, bleues, vertes, même si le bouquet final (ces malheureux animaux en train de se décomposer tout vifs dans le bleu de méthylène) n'avait pas répondu à ce qu'on aurait pu en espérer malgré tout.

Victor fit très bonne figure face à ce coup du sort, d'autant plus que la foudre, comme chaque fois, n'était pas tombée sur lui, mais juste à côté. C'était un veinard, un de la pire espèce, capable de rouler même le destin.

Mme Étienne aussi fut très digne dans son infortune : elle y avait sans doute plus de mérite. Elle ne fit aucun reproche à son dangereux ami, elle ne montra nulle amertume. Elle devait se rendre compte, au fond, qu'on ne commence pas sa vie à soixante-cinq ans, et elle comprenait que la chance n'est pas l'affaire des vieux. Qu'aurait-elle donc fait de la fortune qu'on lui avait promise et qui l'avait tentée pour la seule raison que c'était une idée de M. Victor, cet homme si bien élevé, si séduisant, qui parlait avec tant de persuasion ? Ainsi les souffrances de Mme Étienne ne furent pas celles d'une pauvre dupe qu'un escroc a dépouillée de ses économies, mais celles, plus nobles en quelque sorte, d'une vieille maîtresse qu'on vient de trahir.

5

Rose oublia bien vite Mme Étienne. Ce fut la petite qui garda le souvenir de la facturière : Madeleine était d'un caractère à conserver toutes les vieilleries qui s'accumulaient dans la maison ou dans sa mémoire. Elle n'aimait pas voir les objets se perdre.

Ce fut ainsi Madeleine qui me parla de la malheureuse affaire des poissons. (Maman, quant à elle, affectait de mal s'en souvenir.) C'était toujours la petite qui me livrait les chapitres « oubliés » de notre histoire (ceux qui ne contribuaient point à la gloire de notre lignée). Maman écrivait l'épopée, Madeleine conservait pieusement les archives. Je n'avais pas seulement deux mères, je possédais à travers elles deux mémoires : Rose avait le sens de la commémoration et frappait les médailles, tandis que Madeleine, inexorablement, se souvenait. (« Tu as une mémoire d'éléphant », lui jetait maman dans le dépit d'avoir été contredite, une fois de plus, dans l'une de ces affabulations dont elle enjolivait d'habitude notre passé.) L'une célébrait les héros et les demi-dieux, l'autre me parlait de simples gens, mais c'étaient les mêmes personnages passant d'une scène à l'autre.

Mme Étienne revit quelquefois Rose, Madeleine et même oncle Victor. Elle les invita de nouveau dans sa maison de Vitry (dont le jardin ne fut jamais complètement nettoyé). Quand l'hiver fut venu, on essaya de faire brûler dans la cheminée du salon les débris des arbustes que M. Thomas avait abattus, mais le bois était encore vert et donna tant de fumée qu'il fallut déguerpir de la pièce où l'on commençait d'étouffer.

Mme Étienne ne reparla jamais de l'affaire des poissons, ni de ses économies qu'elle y avait perdues. Elle ne se plaignit point, n'adressa jamais aucun reproche au destin : elle n'avait pas l'habitude d'embêter les gens. Elle ne voulait pas de leur compassion. Les petites, qui avaient d'abord redouté ses plaintes, peut-être ses récriminations, s'en trouvèrent bien soulagées. D'ailleurs, qu'auraient-elles pu faire pour elle ? Quant à Victor, il avait oublié toute cette histoire.

On se voyait encore, mais quelque chose avait changé, comme si l'on avait senti que Mme Étienne, imperceptiblement, s'était éloignée de ses amis. « Vous ne trouvez pas qu'elle a vieilli ? » remarqua Rose, un soir qu'on rentrait de Vitry. « Elle a pris au moins dix ans », renchérit Victor, l'air désolé. Madeleine ne dit rien. Elle avait pitié de la facturière.

On parla encore d'elle, le soir, et l'on trouva de nouveau qu'elle avait bien baissé ; mais que pouvait-on faire contre cela ? La pauvre Mme Étienne n'avait pour ainsi dire pas ouvert la bouche, cet après-midi-là. Elle avait paru somnoler tandis que les autres bavardaient. Elle s'était laissée distancer. Elle irait toujours moins vite que les autres, désormais. « Elle ne suit plus la conversation », constata Victor en s'adressant à Madeleine qui ne disait décidément rien depuis un moment. Mais la petite ne voulait toujours pas faire connaître son avis. Elle se rendait bien compte que la facturière, surtout aux yeux de son chenapan d'oncle, avait terriblement vieilli depuis qu'elle n'avait plus un sou.

On la revit une fois ou deux encore, car on avait de la sympathie pour elle, puis on cessa tout à fait de lui rendre visite.

6

D'aussi loin que je me souvienne, tout le monde aimait bien Madeleine. On appréciait sa présence affable et discrète au côté de Rose, de la grande, de celle qu'on était venu voir. C'était à Madeleine qu'on demandait un peu plus de sucre, ou un cendrier, ou la recette des gâteaux qui accompagnaient le thé. C'était elle qui disposait dans un vase les fleurs qu'on venait d'offrir à l'autre. On s'était habitué à la voir trotter de la cuisine au salon, apportant une serviette, un verre, remportant un plateau, les mains toujours occupées, le visage toujours serein, attentive et curieusement distraite en même temps, comme si elle n'avait perçu de la conversation que les désirs qui venaient à s'exprimer de temps à autre et qui ne s'adressaient au juste qu'à elle (même si c'était de manière fort courtoise, chacun veillant bien sûr à ne pas la confondre avec la bonne).

Il était donc établi que Madeleine n'avait pas de vie en propre, pas de réalité pour ainsi dire, en dehors de ses allées et venues de l'office au vestibule (pour ouvrir la porte à nos invités), et du salon au vestibule derechef (pour y ranger leurs manteaux). Elle n'avait ni passé (puisqu'elle partageait celui de maman), ni présent (une fois que le petit ménage et les courses étaient faits), et sûrement pas beaucoup d'avenir en ce bas monde. Mais elle paraissait s'en accommoder, et personne, surtout, n'aurait songé à lui demander son avis sur la question. N'avait-elle pas de la chance d'être logée, nourrie par sa sœur ? Au reste, elle montrait une âme toujours égale quand il y avait du monde, n'exhalant « ses humeurs », selon l'expression de la grande, que sur un théâtre plus intime. Or, même lorsqu'elle avait ainsi « ses nerfs » (selon le mot de Rose, toujours), elle n'arrivait jamais tout à fait à sortir de son rôle de parente pauvre. Elle ne savait pas dire ce qu'elle voulait, ou ce qui n'allait pas, et elle en était réduite à « faire la gueule » (comme disait encore maman, qui avait de la sorte le privilège de donner leur nom aux états d'âme de la petite un peu comme le médecin le fait des symptômes et des maladies).

Je ne trouvais pas extraordinaire que Madeleine couchât dans une pièce exiguë, mal éclairée par un étroit vasistas, qui avait servi autrefois de lingerie. Je possédais pour ma part une chambre bien plus vaste avec un balcon ensoleillé que maman, l'été, veillait à toujours garnir de fleurs. Quant à cette dernière, elle disposait des deux plus belles chambres dont elle avait aménagé la moins grande en « bureau ». Or, même si je ne l'ai jamais vue travailler dans ledit bureau, il me semblait légitime que celle qui dirigeait la maison et notre vie fût au large dans ces deux vastes pièces qui pouvaient seules convenir à sa gloire, au sens où l'entendaient nos anciens monarques. (Quel ne fut pas mon désappointement lorsque, visitant le château de Malmaison, je découvris que l'empereur Napoléon dormait dans un lit de dimensions tout à fait modestes, alors que mon imagination avait fabriqué pour ce « grand homme » une couche digne du colosse de Rhodes. Réciproquement, je n'aurais pas été fort étonné d'apprendre que Madeleine, le soir, ne se retirait pas dans sa petite chambre au bout du couloir, mais dans une boîte d'allumettes.)

J'avais pour elle infiniment de tendresse. Mais l'amour qu'éprouve un enfant, lorsqu'il n'est pas mêlé d'un peu de crainte, est un appétit insatiable et cannibale. Madeleine n'existait pour moi qu'à demeurer à mon entière discrétion, et quelque effort que j'aie déployé par la suite, je n'ai sans doute jamais su l'aimer qu'avec désinvolture.

Même la femme de ménage, qui était chargée de la grosse besogne, avait au moins l'avantage sur ma tante de rentrer chez elle une fois son travail terminé, tandis que la petite, à l'heure du berger, ne pouvait regagner que « sa chambre » (ou sa boîte d'allumettes). S'étant ainsi retirée, mais ne se trouvant pas chez elle pour autant, Madeleine, en bonne logique, n'existait nulle part. Elle s'était anéantie jusqu'au lendemain, ce qui me paraissait la chose la plus normale du monde. Et comme les domestiques de jadis qu'on faisait dormir sous l'escalier ou dans la cuisine, elle ne possédait évidemment pas de « vie privée », sauf à faire scandale en révélant soudain une activité qui ne pouvait être que « secrète », et par là même infâme, dans la mesure où nul lieu ne se prêtait à l'abriter. Jusque tard dans mon enfance, ainsi, j'ai cru à la génération spontanée, chaque matin, de ma tante.

De même, je n'imaginais pas qu'elle eût jamais pu faire autre chose en ce monde que jouer les utilités. Le rôle que maman lui avait concédé dans notre vie, comme tous les emplois que je voyais tenir sur le théâtre de mon enfance, me paraissait correspondre à l'immuable dessein de quelque sagesse divine. C'est plus tard qu'on se rend compte qu'il y a une âme, et bien souvent la nostalgie d'une autre vie, derrière les personnages qu'on voit s'agiter autour de soi, et que ces acteurs n'ont généralement reçu que d'un hasard, bon ou mauvais, la partie qu'ils ont dû interpréter leur existence durant. Madeleine était ainsi « restée vieille fille », et Rose ne manquait jamais de rappeler que nous étions « sa seule famille ». Cette situation avait à mes yeux le même caractère de nécessité que le mouvement des planètes, et procédait du même principe : c'était le monde dans lequel je venais de naître. Un monde dont Madeleine, la première, m'enseignait à respecter les lois.

Aussi erronées, aussi fantasmagoriques soient-elles, ces premières notions du vrai et du faux, du nécessaire ou de l'impossible s'impriment en nous de manière pour ainsi dire définitive, et il nous est bien difficile, ensuite, de nous libérer de ce dogmatisme initial : ainsi, ma tante resta toujours une femme qui n'avait pas de vie privée, pas de secret pour « sa seule famille », et qui, même dans les années mystérieuses d'avant ma naissance, ne pouvait avoir connu l'amour. (Dans le temps où se formèrent en moi ces certitudes originelles, le passé de Madeleine — comme de toute personne adulte — était si incommensurable avec ma courte histoire personnelle qu'il en prenait à mes yeux la dimension de l'éternité et possédait du même coup tous les caractères de l'immutabilité. Ce que Madeleine était aujourd'hui, elle ne pouvait que l'avoir été toujours.)

Le dogme de la virginité de la petite, dans cette mesure, n'était pas moins véridique ni respectable que celui de l'Immaculée Conception. Qu'en outre Madeleine fût « un peu ma mère » (comme elle aimait à le dire en cachette de Rose) n'introduisait aucune contradiction, aucune espèce de doute dans ma certitude initiale, car l'enfant que j'étais ne songeait nullement à faire procéder cette qualité de mère d'une grossesse effective et de l'enfantement qui s'en serait suivi. Au contraire, je reliais immédiatement l'origine, la cause de mon existence aux soins et à l'affection que ma tante me prodiguait au jour le jour. (Ce que les petits enfants ont bien de la difficulté à comprendre, justement, c'est que leur conception ne soit pas toujours « immaculée », à l'image de l'amour qu'ils reçoivent et qui est à leur sens la vraie cause de leur naissance.)

Parvenu à l'âge de quarante ans, je n'avais toujours pas remis en question cet article de foi, et ma tante, plus que jamais, demeurait « immaculée » à mes yeux : ne nous avait-elle pas consacré sa vie, à la grande et à moi ? Ne nous avait-elle pas donné tout son temps et tout l'amour dont elle était capable ?

Ce fut en triant les papiers personnels de maman, disparue depuis quelques semaines, que je découvris par une bien involontaire indiscrétion une correspondance amoureuse que Madeleine avait entretenue presque soixante ans plus tôt.

Mon premier sentiment fut d'incrédulité. Le quadragénaire, l'homme mûr que j'étais, se refusait à revenir sur les certitudes de son enfance : Madeleine n'avait pu avoir d'existence en dehors de nous. C'était à ce prix — quelque inéquitable que fût un tel marché — que je lui avais accordé d'être « un peu ma mère ». Or, je découvrais qu'elle avait trahi ma confiance. Et que cette « trahison » fût advenue bien des années avant ma naissance ne changeait rien à l'affaire, car toute l'existence de Madeleine, dès cette époque, aurait dû rester contenue dans le rôle qu'elle allait tenir un jour auprès de moi.

Je ne pus résister à la curiosité de lire jusqu'au bout ces lettres, qui se trouvaient parmi les affaires de maman et dont je décidai qu'elles n'étaient plus dans cette mesure le bien et le secret de Madeleine. (Ainsi je ne voulus point remarquer ce qu'il y avait d'étrange et d'indécent à ce que cette correspondance figurât désormais dans les archives de la grande. Je ne m'étonnais pas que Madeleine se fût laissée dépouiller de cela aussi, et dussé-je vivre jusqu'à cent ans, je ne parviendrai sans doute pas à m'en étonner davantage.)

7

Voilà longtemps que Madeleine n'avait plus de nouvelles d'Henriette : depuis la grande grève de 1923, les deux filles ne travaillaient plus dans le même atelier. Elles s'étaient bien revues quelquefois avant que Madeleine eût fait sa mauvaise chute dans l'escalier, mais ensuite Henriette n'avait plus donné signe de vie. Elle n'était même pas allée voir sa copine à l'hôpital. Sans doute n'avait-elle pas besoin d'une éclopée pour l'accompagner au bal le samedi soir. Madeleine lui avait écrit à plusieurs reprises, mais sans recevoir de réponse. Elle s'était dit que son amie avait dû changer d'adresse. Elle n'imaginait pas une seconde que la gamine eût pu délibérément ne pas répondre à ses lettres pleines d'affection.

Après des années, Madeleine pensait encore souvent à Henriette : elle se demandait si elle travaillait toujours, si elle continuait à rater ses ourlets et ses fronces, si elle continuait à faire rire tout le monde par ses impertinences, ou si elle n'avait pas « mal tourné », ainsi que Rose l'avait prédit.

Le 25 novembre 1929, Madeleine coiffa Sainte-Catherine. Elle venait d'entrer chez Chanel et gagnait cent dix francs par semaine. Elle espérait devenir un jour première main et gagner cent quarante francs.

Elle et ses camarades de l'atelier se sont fait photographier, parées de leurs robes extravagantes et de leurs coiffes baroques, avant d'aller défiler avec les autres ateliers sur le boulevard des Capucines. Madeleine se trouve au milieu du groupe, debout au second rang, costumée en gitane. Sa main droite est posée sur l'épaule d'une camarade. Son bras gauche entoure la taille de son autre voisine. Toutes les filles se tiennent par le bras ou par la taille : le photographe a dû leur demander de se serrer les unes contre les autres pour les avoir ensemble sur le cliché. Madeleine tient la pose avec un déhanchement qui lui donne une allure plutôt provocante. Voulait-elle offrir une image de « femme fatale », comme pourrait le suggérer aussi le choix de cette robe de gitane, ou bien souffrait-elle tout bonnement de sa douleur à la hanche ? Un foulard du même coton bariolé que la robe lui enserre les cheveux, qui ne dépassent que par deux accroche-cœur soigneusement collés aux tempes. Elle ne portait pas encore le chignon, à cette époque. Elle suivait la mode, qui était aux cheveux courts enveloppant le haut du visage à la manière d'un bonnet. Madeleine cherchait certainement à se rendre séduisante, au contraire de Rose. La légère claudication qui affectait sa démarche depuis qu'elle s'était brisée le bassin devait la mettre au supplice. Elle ne sourit pas sur la photo. Elle ne regarde pas l'objectif, comme si une timidité, une honte soudaine la faisaient se dérober : elle aimerait sûrement se montrer et sentir qu'on la trouve jolie, mais elle se doute bien qu'on finira par déceler son boitillement, quelque prodige qu'elle accomplisse pour le dissimuler, et, au dernier moment, une voix aigre et impérieuse, en elle, l'oblige à se cacher.

Rien n'est plus cruel que le regard froid et machinal de l'objectif photographique qui nous saisit au hasard de l'instant et fait surgir, parmi tous les « moi » dont se compose notre personnalité, celui précisément qui vient de nous échapper et ne s'est laissé détacher de nous que pour nous trahir. Une photographie est moins souvent un portrait qu'un démenti. Mais, par là même, on y trouve ce qui se dérobe éternellement au regard, et l'on s'avise que le déclenchement mécanique d'une lamelle de métal mue par un ressort réussit pleinement, quoique de manière toute fortuite, là où d'ordinaire échoue l'habileté du peintre ou de l'écrivain.

Madeleine n'a pas l'air heureuse en catherinette. Sait-elle déjà qu'elle ne trouvera pas de mari ? Le visage est fin, un peu triangulaire. Le maquillage des paupières et des lèvres accentue la pâleur du teint. Comme ses camarades, elle a passé des heures, ces derniers soirs, à se confectionner une robe pour la fête, mais elle n'a plus envie de se montrer sur les grands boulevards avec les autres. Elle n'ira pas davantage danser après le défilé. C'est à cela qu'elle songe tandis que les autres filles adressent des sourires et des œillades à l'amant imaginaire qui se trouve dans la chambre noire et qui sûrement les observe à travers l'objectif, comme par le trou d'une serrure. Elle, Madeleine, a la tête ailleurs. Elle est seule et malheureuse, avec son boitillement, comme une infirme qu'on aurait installée sur la plage pour lui faire regarder ceux qui s'agitent et jouissent du bonheur et de la liberté qu'elle n'a pas.

Elle ira tout de même avec les autres : elle ne peut pas faire autrement, à cause de la robe qui est bien jolie, après tout, et à cause des questions qu'on lui poserait si elle se mettait à bouder la fête.

A quatre heures, les voilà donc répandues sur les trottoirs entre la Madeleine et l'Opéra, la gitane qui boite et les autres, toutes mendiantes au fond, tendant leurs lèvres peintes, leurs bouclettes, leurs yeux bordés de mascara pour qu'on y dépose l'aumône d'un sourire ou d'un compliment. On se sent un peu saoules, dans le froid déjà vif de novembre, même si l'on n'a encore rien bu. Ces coiffures bizarres, ces robes excentriques et bariolées qu'on arbore crânement, c'est un peu comme si l'on s'exposait toutes nues à la curiosité des badauds. C'est comme si l'on s'offrait, et quand on n'est pas la plus jolie, on tâche au moins d'être la plus extravagante.

Madeleine songe-t-elle à Rose en ce moment ? Envie-t-elle sa sœur, qui ne s'intéresse qu'aux choses sérieuses et qui serait bien trop fière, surtout, pour aller s'exhiber ainsi dans les rues ?

La grande aura bientôt vingt-sept ans et dit qu'on peut très bien vivre sans homme, que le mariage n'est qu'une forme d'oppression : elle parle souvent à la petite du monde qui viendra bientôt et dans lequel les femmes n'auront plus à perdre leur dignité. Madeleine veut bien y croire, mais elle a peur, tout de même, de vieillir avant que ce monde n'advienne, et sans davantage avoir connu l'amour. C'est pourquoi elle défile avec le reste de l'atelier.

Vers cinq heures, avec d'autres filles, elle entre au café de la Paix. Le jour finit de tomber et il fait bien froid. On rapproche trois tables et l'on commande des grogs. Tout le monde, dans la salle, regarde ces dix ou douze femmes déguisées qui rient et parlent fort. Se sentant observées, les cousettes font encore plus de bruit, à la façon dont un enfant s'oblige à ricaner lorsqu'il se sent pris en faute.

A quelques tables de là, sur une petite estrade, un pianiste joue des valses. Madeleine ne l'apercevra pas tout de suite, car il est à demi dissimulé par la profusion des palmes et autres plantes vertes qui l'environnent. C'est un homme d'une cinquantaine d'années, qui paraît fluet dans sa redingote à l'ancienne. Son visage, point trop marqué par l'âge, est très fin, presque féminin. Sa lavallière et la mèche de cheveux gris qui lui barre le front lui donnent une allure romantique.

Voilà des années que ses doigts égrènent des mélodies machinales, dans le même ordre, aux mêmes heures. Il ne s'ennuie plus : sa tête s'en est allée ailleurs, ce jour-là comme les autres jours. Peut-être pense-t-il à la partie de billard qu'il s'est offerte l'autre dimanche avec de vieux camarades. Ou bien songe-t-il que le gaz et l'électricité devront être payés avant la fin du mois. Sa mère s'occupait de ces choses, autrefois. Il ne sait pas vivre seul, il s'en rend compte depuis qu'elle est morte. Mais il est trop tard, aujourd'hui, pour qu'il se marie. Quelle femme voudrait d'un homme de cinquante-cinq ans ? Toutes ces pensées le préoccupent alors qu'il joue *Rêve d'amour*. Il termine le morceau par un élégant *glissando* qui ne figure pas sur la partition, mais qui produit toujours son petit effet. Et tandis qu'il se penche de côté pour atteindre les dernières touches du clavier, son visage apparaît à Madeleine et son regard croise inopinément celui de la jeune fille. Il ne la voit pas, elle le trouve beau. Il s'abîme un ongle, comme chaque fois, au même endroit, elle lui trouve l'air grave et profond. Il se redresse en se cambrant, car il a mal aux reins, sans doute trouve-t-elle qu'il a fière allure.

Elle passera deux heures à l'écouter, et par-dessus tout à le regarder, à tâcher de l'apercevoir entre les palmes derrière lesquelles il apparaît ou disparaît selon les accents et les modulations de sa musique.

Les filles sont parties depuis longtemps. Elles iront chercher l'amour au Balajo, peut-être, ou au Bullier. La gitane est restée, puisqu'elle a trouvé, elle. Depuis le premier instant, elle sait que c'est lui, qu'il n'y aura personne d'autre dans sa vie que cet homme apparu comme dans un rêve, parmi les plantes vertes. Elle n'a jamais entendu d'aussi troublantes mélodies, son âme dérive doucement sur un océan de beauté. Elle veut vivre, oui, elle veut vivre toujours avec celui qui sait abolir ainsi le monde banal et mesquin.

Deux ou trois fois encore, leurs regards se sont croisés à travers les feuillages, la fumée de tabac, les accents délicieux de la musique. Elle se demande s'il l'a vue, s'il a remarqué la jeune fille qui le dévore des yeux dans la terrible assurance, déjà, de leur passion à venir. La douce, la rêveuse, la timide Madeleine a décidé d'appartenir au pianiste du café de la Paix, et lui, d'ores et déjà, appartient à la gitane de chez Chanel. Ils ne se sont pas encore parlé, certes, et à peine l'aperçoit-elle par intermittence, derrière son rideau de palmes, mais elle le connaît comme depuis toujours, et elle peut faire tant de choses pour lui, lui donner tellement de bonheur, qu'il le veuille ou non !

A huit heures, elle se trouve toujours là. Deux personnes se sont assises à la table voisine de la sienne, puis s'en sont allées. Elle ne les a pas vues. Un serveur a enlevé son verre vide, demandant si elle désirait une autre consommation. Mais non !

Elle ne veut rien. Elle n'a besoin de rien dans la petite bulle de bonheur où elle s'est retirée pour toujours avec le pianiste aux mèches argentées. Tout se déroule désormais comme dans les romans qu'elle lit chaque soir. Elle savait que cela se passerait ainsi : les gens qui vont et viennent autour d'elle, le brouhaha qui couvre parfois les célestes harmonies du piano, tout cela n'existe plus que dans l'éloignement du souvenir et fait partie d'un monde révolu.

Mais, peu après huit heures, la source de pur bonheur se tarit soudain : le pianiste se lève lentement (à regret, peut-être) et passe devant elle sans la regarder, pour gagner les vestiaires. Pendant une minute, la porte reste close, inerte. Le monde hostile et trivial s'est refermé sur le rêve de la petite. Tous ses espoirs sont maintenant contenus dans les mots « Toilettes, Téléphone », luisant sur la lanterne qui surmonte le battant.

Enfin le pianiste réapparaît. Il ne s'est pas absenté bien longtemps, mais c'était comme s'il avait trahi sa jeune amante, qui pourtant lui pardonne aussitôt. Il porte un manteau très long à col de lapin noir. Elle trouve très élégant ce col de fourrure. Il passe devant elle à nouveau, et cette fois il lui sourit (c'est bien à elle qu'il sourit, puisqu'elle se trouve seule sur la longue banquette. Il n'y a plus qu'elle dans cette partie de la salle, et il la fixe en souriant). Il s'immobilise même, juste devant elle. Va-t-il s'approcher et lui parler, s'asseoir à sa table ? Mais non, il n'ose pas encore. Son regard glisse de côté, s'esquive. C'est au maître d'hôtel en faction parmi des tables vides qu'il s'adresse, pour lui demander une cigarette.

Madeleine le regarde allumer la cigarette ; elle admire ses mains, qui sont des mains d'artiste, même si les doigts lui semblent un peu courts. Et c'est alors qu'elle s'avise qu'il ne porte pas d'alliance : pas une seconde elle n'avait imaginé que cet homme pouvait être marié. Il a l'air si seul et tellement fragile ! Le cœur de la gitane bat soudain très fort, et elle se demande si le pianiste ne va pas entendre les cognements. Celui qu'elle aime de toute son âme depuis deux heures n'est pas marié, mais quels autres obstacles se dresseront un jour en travers de leur bonheur ? Et pourquoi ne vient-il pas s'asseoir près d'elle ? Pourquoi s'en va-t-il maintenant ? Pourquoi s'éloigne-t-il sans plus la regarder ? Elle veut l'appeler, lui dire qu'il ne peut plus la quitter, qu'ils sont l'un à l'autre pour toujours et pour chaque instant de leur vie, mais elle ne sait pas son nom. Impuissante, elle le voit disparaître, avalé par la porte à tambour. Elle se sent trahie, non par lui, mais par le monde sans beauté qui grouille dans la pénombre derrière les grandes vitres. Elle sait depuis toujours qu'elle n'appartient pas à ce monde-là. Elle ne s'y trouvait que pour attendre celui qui va bientôt l'emmener.

Après quelques minutes, elle se lève. Elle reviendra demain soir. Elle reviendra tous les soirs et elle apprendra le nom de l'homme qu'elle aime. Elle n'est pas pressée. Elle titube un peu, gagnant à son tour la porte tournante. Elle est comme saoule. Elle ferme un instant les yeux. Elle sent la terre, sous ses pieds, qui file dans l'espace. Elle se moque bien des regards qui se posent, curieux ou narquois, sur cette fille déguisée en gitane et qui marche les yeux clos. Elle est seule au monde, seule sur cette planète qui n'aura été que le lieu de son rendez-vous avec le pianiste du café de la Paix.

8

Le lendemain en fin d'après-midi, ainsi qu'elle se l'était promis, Madeleine retourna boire un grog devant les plantes vertes. Elle revint le soir d'après, et les suivants aussi, s'asseyant toujours à la même place, le visage tendu vers les palmes et les feuillages entre lesquels voletait ce bonheur encore insaisissable qu'elle finirait bien par apprivoiser. Le maître d'hôtel et les serveurs, ne tardant pas à la reconnaître, la gratifiaient désormais d'œillades complices ou de sourires entendus, mais Madeleine ne voyait rien ni personne, le regard et l'âme à jamais perdus parmi les ficus et les caoutchoucs.

Le pianiste avait remarqué lui aussi le manège de cette jeune fille installée depuis plusieurs soirs à la même table et qui semblait attendre quelqu'un. Mais, au bout de quelques jours, comme personne encore n'était venu la retrouver, il jugea que cette malheureuse s'essayait tout bonnement à racoler. Elle ne devait guère avoir l'expérience de cette triste besogne, toutefois, car elle ne répondait point aux messieurs qui de temps à autre venaient lui faire des propositions. Il eut pitié d'elle, qui avait encore le visage et presque la taille d'une enfant, et tout en jouant *Les Goélands* ou *La Chanson tendre*, il songeait à la misère de ces femmes que le chômage et la vie chère jettent dans la débauche.

Il lui souriait parfois. Il lui montrait qu'il ne la condamnait point et qu'il avait de la compassion. Il aurait aimé lui parler, lui faire savoir sa sympathie et combien il comprenait sa solitude, lui qui était si seul aussi. Mais il avait entendu dire qu'on peut être condamné pour proxénétisme rien qu'à bavarder un peu longuement avec une prostituée.

Cependant, une sorte d'amitié s'était installée entre le pianiste et la jeune fille, une discrète complicité faite seulement de regards intimidés, de signes furtifs, de sourires embarrassés. Madeleine était d'un naturel très réservé et, malgré toute la force de sa passion, elle craignait de passer pour une effrontée. Elle espérait que le musicien viendrait un jour lui parler. Mais elle n'éprouvait nulle impatience. Une tendre amitié s'était créée de part et d'autre des plantes vertes décorant la petite estrade de l'artiste, et le brouhaha, les serveurs qui passaient en criant la commande, l'épaisse fumée des cigares et des cigarettes ne gênaient en rien le silencieux et fervent dialogue entre Madeleine et son amant imaginaire.

La petite rentrait désormais très tard au 13, passage de la Main-d'Or. Rose ne l'attendait plus pour dîner, grommelant que les ouvrières de la couture ne savaient pas se défendre et qu'à ce train-là, elles finiraient par travailler des douze et des quatorze heures par jour, comme au siècle dernier.

Madeleine souscrivait bien volontiers à ces protestations. Elle en rajoutait même, et stigmatisait l'âpreté de ses nouveaux patrons, leur malhonnêteté, sachant bien que ses heures supplémentaires au café de la Paix ne risquaient pas de lui être un jour payées. Elle se serait laissée tuer plutôt que de révéler à sa sœur ce qui la retenait si tard, le soir. Elle se sentait riche, tout d'un coup : elle possédait quelque chose qui n'appartenait qu'à elle. Les regards, les quelques sourires qu'elle avait échangés avec le pianiste, ces muettes et bien timides effusions, et les intrigues merveilleuses qu'elle s'employait désormais à construire sur ces minces échafaudages, tout cela était son secret et la substance de sa vie, qu'elle ne pouvait partager avec personne. Rose, d'ailleurs, n'aurait su reconnaître la valeur infinie de ce fragile trésor. Elle se serait moquée de la petite. Elle se serait appliquée à lui remontrer que toute cette histoire n'était que du vent, que les sourires du pianiste ne lui étaient sans doute pas adressés, qu'en tout cas ils ne signifiaient rien. Madeleine se doutait que son désir d'être aimée, de vivre enfin, lui faisait peut-être prendre du plomb pour de l'or, mais elle soupçonnait aussi que Rose, par une alchimie non moins souveraine, aurait bientôt fait du sable avec cet or-là.

Un jour, le pianiste viendrait à sa table et lui parlerait, leur passion mutuelle commencerait à se mélanger au monde, et elle avait peur que ce jour n'arrivât trop vite. Elle soupçonnait que son sentiment perdrait de sa pureté quand il aurait à dire son nom : elle aurait voulu demeurer plus longtemps au bord, à la veille du bonheur qui s'offrait. Elle savait qu'il y aurait un premier jour, un premier aveu, un premier serment, et que tout cela passerait comme en un instant. Elle n'envisageait pas la suite. Elle imaginait tout au plus une longue et douce nostalgie, jusqu'au temps de sa vieillesse, peut-être : l'amour, à ses yeux, n'était en somme que le merveilleux mais trop bref tourbillon des « premières fois ».

Bien des années plus tard, je la voyais ranger avec les plus grands soins les cartes postales que nous recevions des personnes les plus indifférentes. Lorsqu'on lui faisait quelque présent, de même, elle conservait le papier de l'emballage, à quoi elle semblait tenir presque davantage qu'à son cadeau. Elle gardait les billets usagés de théâtre, de cinéma ou de chemin de fer. Elle faisait sécher les fleurs que maman jugeait défraîchies et voulait jeter. Elle n'avait pas de vitrine, à l'instar de la grande, pour y aligner toutes ces « vieilleries ». D'ailleurs elle n'y touchait jamais. Elle n'avait simplement pu se résoudre à jeter l'emballage du cadeau ou les tickets de cinéma. Ce besoin de conserver un souvenir des moments heureux de son existence — au fond d'un tiroir, dans un carton, un coin de placard — la poussait même à commettre de menus larcins : la petite cuillère volée ce midi-là au restaurant allait rejoindre dans la boîte à biscuits le cendrier dérobé la semaine d'avant et la carte de vins subtilisée une autre fois. Le bonheur passe trop vite. La petite n'était ni une avare ni une voleuse, quoi qu'en prétendît la grande. Elle aurait seulement voulu prolonger ces instants où pour une fois la vie paraît douce.

Est-ce pour faire durer de la sorte les heures et les minutes fugitives de leur félicité que la cousette et le pianiste s'écrivirent presque chaque jour, tout le temps de leur liaison ? Sans doute Madeleine pensait-elle que le bonheur ne peut se prendre tout simplement, qu'il convient aussi de le célébrer de quelque manière. Pourtant ces lettres enflammées et folles (n'allaient-ils pas se revoir le lendemain, dans quelques heures seulement ?), ces aveux répétés avec délice, ce rosaire sans fin de leur enchantement mutuel sont d'une telle pudeur que rien n'y transparaît de leurs possibles étreintes, des extases qu'ils partagèrent sans doute, ou qu'ils n'osèrent peut-être pas se donner.

Mais si nulle part n'apparaît la marque certaine que leur amour ait été consommé, le mystère de cette aventure ajoute encore à son prix. La cousette et le pianiste auront dû jouer le prologue de leur passion sur une scène qui ne se prêtait guère à l'expression de sentiments nobles et rares : une salle de café, le tumulte des conversations, des chaises qu'on déplace, des verres entrechoqués, tout cela formait un théâtre minable. Le bonheur de Madeleine y fut à coup sûr mêlé d'un peu de honte. Des premiers moments de son amour ainsi livré au vacarme trivial du café de la Paix, de cette violence infligée à sa pudeur, la petite gardera un tel besoin de réserve, dans ses lettres, que le désir d'y commémorer au jour le jour son bonheur, que l'aveu de ses émois, que le frémissement, çà et là, du corps surpris par le plaisir, n'y font qu'un chuchotement, un murmure en partie indéchiffrable. Les lettres de Madeleine au pianiste, billets usagés d'un bonheur révolu, recueil émerveillé mais infiniment chaste de toutes les « premières fois » de leur aventure, conservent de la sorte l'essentiel de leur secret.

Elle n'a pas écrit de quelle manière ni par quels mots le pianiste est venu l'aborder. Elle ne se souvient au juste que du vertige qui l'a prise en cet instant. Elle a pensé « s'évanouir devant tout le monde ». Son bonheur touchait au malaise.

Il devait être huit heures. Au lieu de gagner le vestiaire, comme il le faisait d'habitude, l'artiste s'est enfin approché de Madeleine et lui a demandé d'une voix mal assurée la permission de s'asseoir un instant près d'elle. Elle ne l'avait jamais vu d'aussi près. Tout se passait trop vite. L'image qu'elle contemplait soir après soir, ce portrait joliment bordé, à la manière des photographies d'autrefois, par les feuillages en feston des caoutchoucs et des ficus, s'était animé soudain, jaillissant de son cadre historié, et la timide rêveuse en avait eu le souffle coupé. Depuis le jour de la Sainte-Catherine, elle essayait de se figurer cette rencontre et les paroles sacramentelles qui seraient échangées, mais maintenant que le pianiste se trouvait devant elle et lui parlait vraiment, elle n'entendait plus rien ! Elle se tenait sur le bord de sa banquette, le buste un peu raide, tâchant de ne pas trop laisser voir son émotion, de surmonter l'espèce de désarroi où la jetait la surprise, songeant seulement qu'elle devait « avoir l'air stupide ». Elle avait trop attendu ce moment. Elle sentait déjà qu'elle n'en saurait rien conserver : cela se passait pour ainsi dire sans elle, et il ne lui resterait de cet instant que le regret de l'avoir si mal vécu.

9

La première lettre de Madeleine ne porte encore qu'un « Cher Monsieur Albert » naïvement cérémonieux. La cousette et le pianiste ont fait connaissance voici quelques heures à peine. La jeune fille craint de s'être dévoilée trop vite, trop facilement peut-être, même si elle brûle de se livrer encore davantage. Sur quatre pages serrées, elle continue à se confier et se reprendre d'un seul mouvement, par des effusions pudiquement démenties, mais transparentes dans cette mesure même : si elle ne parle encore que de musique et d'amitié, elle ne manque pourtant pas de noter que les douces et chastes pensées qui l'habitent « l'ont tenue éveillée toute la nuit ».

La lettre suivante évoque déjà les douceurs de « la solitude à deux » et les « délicieuses incertitudes de l'âme ». Il faut bien admettre que la petite minaude avec des joliesses ramassées dans les romans qu'elle achète au kiosque de la rue de Charonne. La veille, Albert l'a emmenée dîner au restaurant. Après le dessert, il lui a révélé avec mélancolie qu'à son âge il n'espérait plus rencontrer l'amour, mais la jeune fille s'est récriée qu'un homme de cinquante ans — surtout un artiste — est encore « exposé aux tendres surprises du cœur ». Ensuite ils ont marché, de l'Opéra jusqu'à Châtelet, malgré le froid et les ondées intermittentes. Ils ont pris le dernier métro, elle vers

Nation, lui vers l'Étoile. Pendant quelques minutes ils ont continué à se dévorer des yeux, chacun sur l'extrême bord de son quai. La rame qui allait vers l'Étoile est arrivée la première. Albert est monté dans le wagon après un dernier signe de la main. Madeleine a regardé le train disparaître dans le tunnel. Rentrée dans sa chambre, elle écrit cette nuit-là : « Je sais que ce sont les hommes qui s'en vont les premiers et qu'il ne faut pas chercher à les retenir... »

Ils dînent désormais chaque soir ensemble. Ils essaient d'abord les brasseries des Boulevards, puis, comme l'addition devient à la longue un peu lourde pour Albert (qui ne tolère pas que Madeleine paie sa part, malgré les protestations de la jeune fille), le couple apporte bientôt sa pratique au Bouillon Chartier, où l'on mange pour quarante sous et où le modeste musicien a depuis longtemps ses habitudes.

Madeleine se rend quotidiennement au café de la Paix après l'atelier. Elle tâche de s'installer à la même table que le premier soir (par superstition peut-être). Dorénavant, elle commande une limonade, car c'est la consommation la moins chère, mais parfois elle s'autorise un chocolat chaud. Peu avant huit heures, le pianiste joue *Poème*, une valse qu'il vient de composer pour sa jeune amie. C'est devenu leur signe de ralliement, car après *Poème*, Albert rabat le couvercle du clavier, se lève et prend congé de l'assistance (ou de ce qu'il en reste à l'heure, déjà, du dîner). Il va ensuite chercher son manteau, il disparaît comme le premier soir par la porte des « Toilettes, Téléphone » et, comme le premier soir, Madeleine guette sa réapparition avec une drôle de petite inquiétude, se demandant s'il n'a pas filé par une issue dérobée ou s'il sera vraiment le même à son retour, dans une minute, s'il sera toujours « son grand ami », si elle n'a pas seulement rêvé tout ce qui lui arrive depuis quelques jours.

Il faudra plusieurs semaines avant que la petite abandonne dans ses lettres les laborieuses métaphores et les niais sous-entendus tirés de la presse du cœur, pour hasarder tout crûment le mot « amour » : la veille, ils se sont avoué leur passion mutuelle. Ils ont parlé du bonheur qui les attendait. Leurs mains se sont jointes, leurs doigts se sont enlacés, candide prélude à d'autres étreintes qu'on n'ose encore se figurer bien nettement. Était-ce au Bouillon Chartier ? Était-ce après le bœuf bourguignon ? Ou bien avaient-ils trouvé un décor moins trivial pour cette scène si importante ?

Après *Poème*, Albert dédie plusieurs autres pièces à sa « jeune muse » : ce sont encore des valses, car Madeleine a une prédilection pour ce rythme qui la fait tournoyer dans sa tête jusqu'à l'ivresse. Ces œuvres inédites sont interprétées sur le piano du café de la Paix, et leur auteur a fort à faire, dans le brouhaha de la vaste salle, pour en communiquer toutes les beautés à sa bien-aimée. Mais c'est dans son cœur que Madeleine entend les harmonies subtiles de cette musique inspirée, et si quelques nuances lui échappent, couvertes par la commande tonitruante d'une bière ou d'un café-crème, la jeune fille ne s'en persuade pas moins, jour après jour, du génie de son amoureux. Aussi, lorsque, ouvrant son cœur plus d'une fois meurtri par les vicissitudes et les échecs d'une vie sans éclat, il lui avoue avoir composé jadis un oratorio et plusieurs sonates pour orgue (car il est organiste et ne joue du piano que par nécessité), la petite s'enthousiasme dans l'instant pour toute cette œuvre méconnue. C'est le destin qui l'a placée, elle, la cousette, sur le chemin de ce grand artiste. Elle vivra dans son ombre, elle veillera sur lui, elle vaincra l'indifférence stupide de ses contemporains et l'imposera bientôt à la face du monde, lui, Albert, le musicien.

Car cet homme de cinquante-cinq ans était « un petit enfant », sachant tout juste nouer les lacets de ses chaussures et oubliant de se faire rendre la monnaie de ses vingt sous quand il achetait le journal. C'était un petit enfant, malgré ses cheveux gris et clairsemés, malgré son dos qui commençait à se voûter, et Madeleine avait choisi d'en être la mère. Elle le protégerait, elle lui rendrait confiance en lui-même, elle l'obligerait à composer des chefs-d'œuvre.

Mais Albert, sagement, protestait qu'il n'était qu'un médiocre compositeur, qu'il avait de la clairvoyance à défaut de talent, et qu'il éprouvait moins de tristesse à distraire les gens dans un café qu'à se morfondre en attendant une inspiration qui ne viendrait jamais. Ce fut leur seule mais constante dispute pendant tout le temps de leur aventure : Madeleine voulait accoucher d'un nouveau Beethoven tandis que le pianiste du café de la Paix se jugeait bien trop vieux pour naître, ou seulement renaître, et n'aspirait au fond qu'à la paix, au train-train des mélodies qui s'égrenaient comme d'elles-mêmes sous ses doigts distraits.

C'était un sentimental, un faible, et Madeleine devinait qu'elle aurait à faire son bonheur malgré lui. Elle se mit à la tâche sans délai, sans le moindre scrupule non plus. Le pauvre quinquagénaire montrait-il parfois quelque réticence à s'attacher à cette fille de trente ans sa cadette ? Celle-ci balayait les arguments pusillanimes du vieux monsieur dont elle ne voulait décidément plus écouter les « enfantillages ». Le timide pianiste, en fait, n'avait aucune échappatoire : quand la seconde main de chez Chanel cousait un ourlet ou un bouton, c'était du solide. Albert en passerait par où l'on avait décidé, et on allait faire de lui un grand homme.

Au bout de trois mois, il l'emmena chez lui pour la première fois. Les lettres de Madeleine ne suggèrent nullement que ce samedi soir se soit achevé, comme on l'aurait présagé, par une longue nuit d'amour. Il y avait un piano chez Albert, et il semble bien que la pure jeune fille ne se soit rendue chez le monsieur seul, bravant les usages et la décence, que pour l'entendre jouer ses sonates (qu'il ne pouvait évidemment interpréter dans la cohue du café de la Paix).

L'artiste grisonnant resta au piano jusqu'au petit matin, comme un enfant au piquet, et put révéler à loisir les limites de son talent à celle qui n'y voulait pourtant rien entendre, ayant les oreilles parfaitement bouchées par l'amour.

Madeleine rentra un peu avant l'aube, ce dimanche-là. Elle était revenue de Levallois par le premier métro, ou bien transportée sur son nuage de félicité, elle-même n'aurait su dire au juste.

Rose l'attendait. La petite avait bien pris soin de tourner tout doucement la clé dans la serrure, mais peine perdue. L'autre se tenait en sentinelle face à la porte, assise toute raide sur sa chaise, en manteau et en chapeau. Son visage aux traits tirés révélait avec emphase les affres d'une nuit d'angoisse.

— Encore une minute et j'allais à la police, fit-elle dans un trémolo.

Comme la petite ne réagissait pas, portraiturée dans l'encadrement de la porte par la stupeur et l'embarras, Rose reprit, pour être sûre de se faire bien comprendre : « Tu vois ? J'avais déjà mis mon manteau. »

Madeleine vint s'asseoir sur le lit, le béret sur la tête et le sac en bandoulière. Elle sentait bien qu'elle n'aurait pas le temps de se déshabiller ; les reproches et les questions fusaient déjà : — D'où viens-tu ? Où as-tu traîné ? Avec qui ?

Alors il lui fallut divulguer le tendre secret qu'elle protégeait si jalousement depuis trois mois. Rien de ce qui lui arrivait ne pourrait-il donc jamais rester étranger à la grande ? Oui, elle avait passé la nuit auprès d'un homme. Oui, elle avait connu avec lui l'extase, car il avait joué pour elle des préludes, des chorals, des fugues, et toutes sortes d'autres pages sublimes qui l'avaient transportée de bonheur, mais elle n'allait pas « tomber enceinte » pour autant, la grande pouvait être tranquille : « Albert est un homme d'honneur. »

Rose, cependant, considérait sa sœur avec perplexité : si cet Albert était bien l'artiste, le grand musicien que prétendait Madeleine, comment pouvait-il s'intéresser à la gamine et à son babillage ? Il n'allait pas se contenter bien longtemps de jouer du piano devant elle. Il fallait la mettre en garde, la pauvre naïve ! Cet homme n'attendait que l'occasion d'abuser de son innocence et de sa simplicité. (Rose, comme d'habitude, entendait protéger la « petite seconde » contre elle-même. Elle ne croyait décidément pas qu'un homme pût s'attacher à Madeleine, qui était certes plutôt gracieuse, malgré son imperceptible boitillement, mais, à part cela, tout à fait insignifiante. L'amour que Rose portait à sa sœur se tempérait ainsi, d'énormément de condescendance.) Mais Madeleine rassura quelque peu la grande (quoique de manière bien involontaire) en lui avouant que son amoureux n'avait jamais pu interpréter ses œuvres en public, et qu'à défaut de tenir l'orgue de Notre-Dame, il était provisoirement titulaire du piano droit au café de la Paix.

Ravalé au rang d'artiste de bastringue, Albert parut moins redoutable à Rose. L'intérêt qu'on montrait pour la petite semblait moins suspect, venant d'un homme somme toute médiocre. Certes, un pianiste de bar n'est pas une personne bien recommandable, et Madeleine n'allait certainement pas être heureuse avec lui (mais si jamais Rose s'était posé nettement la question, elle serait arrivée à la conclusion que cette pauvre fille, par une nécessité non moins obscure qu'impérieuse, ne pouvait être heureuse avec aucun homme et que la sagesse, pour elle, eût été de rester toujours auprès de sa sœur). Avec une tendre patience, la grande se mit alors en devoir d'expliquer tous les inconvénients d'un mariage avec un musicien : un « saltimbanque », en quelque sorte. (« A-t-il au moins demandé ta main ? » s'était enquis la militante communiste, celle-là même qui professait voilà six ans que le mariage était une institution bourgeoise et oppressive. Mais Lénine était mort, la révolution n'avait pas encore triomphé partout, et de toute façon Madeleine avait besoin de sécurité.)

Celle-ci jura qu'Albert n'avait que « des intentions honorables ». (« J'ai clairement rassuré ma sœur sur nos projets », écrit-elle le soir même au bien-aimé.) Et elle ajouta non sans humeur qu'il n'avait rien d'un « saltimbanque », que c'était un homme sérieux, pondéré, et que le sort injuste qui l'obligeait à jouer dans les cafés n'allait pas durer toujours. Rose, charitablement, tâcha de ne point trop sourire à cette prédiction, et manifesta la curiosité de rencontrer bientôt « cet Albert ». (Commençait-elle à consentir au dessein matrimonial de Madeleine, ou se réservait-elle pour le jour de la présentation du fiancé ? Elle ignorait le pire, puisqu'elle avait omis de demander et que Madeleine s'était bien gardée de révéler l'âge du prétendant.)

Le rendez-vous fut organisé pour la semaine suivante. On dînerait ensemble chez Boffinger, où l'oncle était sûr de ne pas avoir laissé d'ardoise. Victor, d'ailleurs, serait de la fête, comme doyen de la famille, et verrait le pianiste, car Rose pensait qu'il serait bon d'avoir une opinion masculine sur ce « jeune homme ».

Celui dont on parlait depuis huit jours était arrivé le premier au restaurant, et Madeleine eut quelque difficulté à persuader sa sœur « qu'on n'allait pas déranger ce monsieur » en s'asseyant à la même table que lui.

C'était donc ça, le Roméo de la petite ! C'était cet homme à cheveux blancs ! Rose se laissa choir sur la banquette, abasourdie, encore bien loin de savoir réagir. Il y eut une minute de silence atterré. Madeleine était près de pleurer. Ah, comme elle regrettait d'avoir montré son Albert ! Ce fut Victor qui brisa la glace, feignant de se rappeler qu'il avait jadis entendu Monsieur Albert au café de la Paix, juste avant son départ pour la Légion ; il était sûr de le reconnaître et précisa « qu'il n'avait pas du tout changé depuis cette époque ».

Madeleine sourit à son oncle. Toutefois, l'inquiétude et la tristesse le disputaient dans son regard à la reconnaissance. Elle voyait bien que le vieux gredin cherchait à lui venir en aide, mais elle redoutait aussi sa maladresse, sachant que l'éternelle gentillesse de cet homme n'était que de la désinvolture.

Rose ne disait toujours rien ; son mutisme n'était plus de stupeur, mais de réprobation. Elle fixait avec colère le barbon de Madeleine. Elle n'avait pas encore trouvé de parole assez blessante, d'insulte assez grave pour rompre son silence. Albert, quant à lui, tâchait seulement de ne pas rencontrer le regard de la jeune furie. Il avait honte, en vérité. Il savait bien que Madeleine n'était pas faite pour lui. Il était prêt à ne jamais la revoir, malgré tout l'amour qu'il avait pour elle. Il n'avait jamais cru tout à fait à ce bonheur qui s'offrait si facilement.

C'était un homme honnête et sans courage. Il n'avait aucun égoïsme, mais c'était par défaut d'énergie. Il soupçonnait qu'il ne vivrait jamais avec Madeleine. Il n'avait simplement pas eu le cœur de renoncer à elle. Il était si seul depuis qu'il avait perdu sa mère. Elle l'aurait conseillé, elle. Elle lui aurait dit que cette petite n'était pas pour lui, et il l'aurait tout de suite compris.

Oncle Victor continuait d'animer la conversation. Il avait plutôt de la sympathie pour Albert. Il était sans jalousie et voulait bien partager avec ce monsieur l'affection des gamines. Elles auraient deux oncles, en quelque sorte : on allait faire ensemble une grande famille.

Après une demi-heure, Rose persistait à se taire. Elle se sentait dépassée par sa propre colère. Victor évoquait ses souvenirs de la Légion : il commençait toujours par là avec les gens qui ne le connaissaient pas. Albert, lui, avait fait son service dans la Fanfare. L'évocation de ces lointains souvenirs le détendait un brin. Tout ce que demandait le pauvre homme, c'était d'échapper d'une manière ou d'une autre à cette fille, assise face à lui, qui ne le lâchait pas des yeux depuis tout à l'heure. Évoquant ses souvenirs militaires avec son nouvel ami, Victor s'avisa joyeusement qu'ils étaient tous deux de la classe 74. Ce fut une parole de trop. Rose bondit sur l'occasion et grommela :

— Mais vous vous étiez déjà rencontrés à la bataille d'Austerlitz, non ?

Il aurait fallu que Madeleine rentrât avec Albert, ce soir-là. Il aurait fallu que le pianiste l'emmenât sans autre forme de procès, mais il n'avait pas assez confiance en lui-même. Il avait renoncé à Madeleine pour ainsi dire depuis le premier jour. (Il savait bien qu'il ne composerait jamais les chefs-d'œuvre qu'elle attendait de lui : tôt ou tard, elle verrait que les rides du pauvre vieux n'étaient pas les stigmates d'une longue et géniale inquiétude. Son bonheur, ses rêves, ses illusions fiévreuses s'en iraient alors pour de bon à la retraite. Elle découvrirait toute sa solitude face au brave homme en pantoufles à qui elle aurait consacré sa jeunesse.)

La conversation se poursuivit entre les deux messieurs. Rose estimait avoir dit tout ce qu'il y avait à dire et attendait de pouvoir rentrer se coucher. Madeleine se sentait sourdement trahie par son bien-aimé qui semblait si content d'avoir trouvé dans le trousseau de sa promise un homme de sa génération. Elle se taisait aussi. Elle songeait à tout ce que Rose allait lui objecter tout à l'heure, et elle ne savait pas comment défendre celui qui confrontait avec Victor des souvenirs de l'autre siècle. Elle l'aimait toujours, certes, elle l'aimait bien autant que la veille, et pour très longtemps encore, mais d'une autre manière déjà. Elle l'observait avec infiniment de tristesse. Elle l'écoutait parler avec Victor de la Grande Exposition (dont la couturière, jadis, décrivait aux deux petites les attractions fabuleuses). Et plus elle l'écoutait, plus elle s'avisait de l'adoration, de la tendresse, de l'indulgence qu'elle avait pour lui : elle mesurait ainsi toute la force de son amour, mais déjà c'était comme en se souvenant.

Celle qui n'aurait jamais d'enfant et celui qui pas davantage ne saurait accomplir son œuvre persistèrent à se voir et à s'écrire presque chaque jour. Leur amour portait déjà sa condamnation, ils ne pouvaient l'ignorer, mais pendant plusieurs mois encore ils restèrent liés par leur commune infécondité, par le regard de tendresse que chacun portait sur l'échec de l'autre. Peut-être auraient-ils pu trouver une espèce de bonheur ensemble, unissant de la sorte leurs regrets, mais Rose veillait, et la petite, au fond, ne savait vivre sans le consentement de sa sœur, qui était sa véritable procréatrice.

Madeleine avait de la pudeur. Elle ne dit rien à son bien-aimé des déceptions et des doutes qui la tourmentaient. (Mais pouvait-elle lui expliquer que Rose le trouvait ridicule, avec ses cheveux blancs et sa redingote d'un autre temps ?) Dans plusieurs lettres, elle lui envoie « l'amitié de Victor » : le monde des autres est entré dans leur histoire, désormais. Madeleine ne cherche plus, comme naguère, à protéger son amour, car elle se doute qu'il n'y a plus rien à sauver. Albert ne tarde pas à l'admettre à son tour. Pour cette raison, il ne refuse pas l'offre, qu'on vient de lui faire, de tenir l'orgue électrique dans un cinéma de Vichy, et Madeleine comprend qu'elle doit le laisser partir, l'y encourager même, puisqu'il ne trouvera peut-être pas la volonté de le faire.

Toute sa vie, Madeleine aura rêvé de tendres serments, de longs baisers au clair de lune et d'étreintes ineffables. A soixante ans, elle continuait d'adorer les romans pour midinettes. Elle en conservait par cartons entiers à la cave. Elle les relisait souvent. Les couvertures illustrées se détachaient et se déchiraient, mais elle les recollait soigneusement. Maman se moquait d'elle quand elle la surprenait en train de dévorer en cachette l'une de ces brochures. Elle ne croyait pas à l'amour, elle, surtout pas à ces balivernes qu'on trouve dans les romans.

Madeleine, au contraire, n'avait jamais renoncé. L'amour serait toujours pour les autres, un peu comme les robes qu'elle cousait et qui étaient bien trop belles pour elle, mais cela existait tout de même. Les châteaux, les yachts, les belles voitures, cela faisait aussi partie de la vie, et la petite n'était pas envieuse, elle ne demandait pour elle que les miettes du rêve. Chez Chanel, il lui en passait chaque jour entre les mains, de ce bonheur-là. Elle n'avait pas sa pareille pour les fronces ou les bouffants, qu'elle façonnait avec une vraie tendresse. N'était-ce pas pour des personnages de roman qu'elle travaillait ? Un peu d'elle-même figurerait à Deauville, à Longchamp, à Monte-Carlo. La soie ou le taffetas se froisseraient voluptueusement, une nuit, entre les bras d'un héros en smoking blanc, et Madeleine se trouverait en personne dans cette soie, dans ce taffetas : c'est son âme qu'on entendrait frémir sur la terrasse du casino.

Albert est installé depuis quelques jours à Vichy quand la petite lui écrit pour la dernière fois, le priant de lui renvoyer ses lettres. Le temps des effusions et des enthousiasmes est révolu. Madeleine s'inquiète du bien-être de son ami, du confort qu'il y a dans son nouvel appartement. Les longues plaintes mélodieuses et poignantes, c'est pour les personnages de tragédie, tandis que le pauvre monde habille simplement de noir son chagrin et son deuil, tâchant peut-être de les rendre invisibles. Madeleine a rompu avec Albert d'un geste presque machinal, comme de casser entre ses dents, une fois l'ouvrage achevé, le fil dont elle s'était servi.

10

Je me trouve en rêve dans la maison de la côte normande où je passais les étés, dans mon enfance. (C'était une bâtisse plutôt vilaine édifiée tout en hauteur. On aurait dit que le vent du large l'avait un jour basculée sur la tranche. Le rez-de-chaussée en meulière et le perron naïvement enjolivé d'un massif d'hortensias bleus évoquaient une banlieue banale et paisible, tandis que le ciment lisse des deux étages et du grenier s'agrémentaient d'un colombage postiche, dans le style « normand », dont il fallait presque chaque année repeindre les poutres en trompe l'œil, à cause des intempéries. Maman avait choisi cette maison pour sa « vue imprenable » sur la mer. Elle admettait que les proportions n'en étaient pas bien agréables, mais elle avait calculé que l'inconvénient en serait surtout pour le voisinage. Dominant les autres villas d'un bon demi-étage, casquée de son toit en auvent qui lui faisait une sorte de visière, notre maison montait bravement la garde, surveillant les marées depuis le début du siècle.)

Madeleine a fini d'encaustiquer l'armoire du salon et passe le chiffon pour faire briller les deux grandes portes sculptées. Maman est installée dans le fauteuil de rotin qui se trouve derrière le bow-window. Elle aime regarder l'horizon depuis ce fauteuil : c'est son endroit de prédilection.

Toutes les fois que je rêve de Madeleine, elle m'apparaît en tablier, les cheveux noués en chignon, son éternel chiffon à la main, telle qu'il y a trente ans et plus. Il n'est pas vrai que les morts n'existent plus, puisqu'ils viennent nous visiter en rêve. (A moins que ce ne soient eux qui reçoivent au contraire notre visite. Ils sont seuls et ils nous attendent. Leur maladie, leur infirmité, c'est de ne plus exister que dans la mémoire des autres. Ainsi nous les voyons surtout la nuit, dans nos songes, car le bruit de la vie les effraie désormais. Nous les retrouvons figés pour toujours dans telle attitude que nous leur connaissions, ou répétant à l'infini tel de leurs gestes d'autrefois, comme ces automates exécutant leur naïve pantomime sur le couvercle d'une boîte à musique. Cette sorte de semi-existence fantomatique est celle des morts venant hanter malgré nous notre mémoire et nos nuits, mais prisonniers précisément de nos rêves d'où ils ne sauraient s'échapper sans s'anéantir).

— Tu n'aurais pas dû vendre la maison, dit Madeleine en continuant de frotter le montant de l'armoire. Un jour, notre grand aurait aimé y revenir.

Rose ne paraît pas avoir entendu. Elle regarde les voiles toutes blanches sur la mer toute bleue. C'est pour pouvoir contempler ces jolies voiles qu'elle a jadis acheté la villa, et jamais elle ne l'aurait revendue : ne m'a-t-elle pas assez répété qu'elle garderait cette maison pour moi, et plus tard pour mes enfants ? Comme d'habitude, Madeleine discute pour le plaisir dc discutcr.

— Il ne venait plus très souvent ici, reprend la petite, il disait qu'il s'y ennuyait, mais il ne fallait pas l'écouter. Aujcurd'hui, je suis sûre qu'il regrette sa maison.

C'est vers moi que maman se tourne : « Tu l'entends ? me fait-elle. Tu l'entends qui parle encore pour ne rien dire ? »

Madeleine subit la moquerie sans broncher et frotte de plus belle son armoire, les lèvres pincées, le regard plein de colère. Elle n'ouvrira plus la bouche, puisqu'on ne lui demande pas son avis. (Moi-même, ne l'ai-je pas condamnée dans mes rêves à passer le chiffon pour l'éternité sur les meubles qui appartiennent à Rose ?), mais la maison finira par se vendre malgré les dénégations de la grande, et nos souvenirs s'en iront avec.

Les anciens accordaient le plus grand crédit à ce que les morts nous enseignent dans les songes. Mais si leurs paroles y prennent en effet l'allure d'oracles, ce n'est pas qu'elles nous dévoilent de grands mystères, ou seulement une vérité nouvelle : c'est que nous les écoutons pour la première fois, que nous entendons pour la première fois ce que ces êtres chers nous répétaient inlassablement du temps qu'ils n'étaient point des fantômes peuplant nos nuits.

C'est à cause de moi que maman a vendu la villa de Normandie, c'est parce que je ne voulais plus y passer mes vacances. J'avais vingt ans alors. Je ne voulais pas écouter Madeleine quand elle me disait que cette maison qu'on allait vendre, c'était aussi mon enfance. Je lui répliquais stupidement qu'il n'était rien que je tinsse à conserver de mes années passées.

Elles n'ont pas cédé tout de suite : ce n'était pas leur genre de se décourager facilement. Elles sont retournées encore deux ou trois étés dans leur maison, cultiver ensemble les souvenirs dont je ne voulais plus. Elles espéraient malgré tout me reconnaître un beau matin parmi les petits enfants qui jouaient sur la plage. Chaque jour elles m'écrivaient qu'il faisait beau et que le soleil n'avait jamais été aussi chaud. Mais, à la longue, maman s'est lassée de contempler depuis le bow-window du salon la mer qui semblait désormais si vide. Madeleine aussi s'est fatiguée d'épousseter pour rien les assiettes du vaisselier normand. Et la tempête, un hiver, a emporté une partie de la toiture. C'était un signe du ciel. Ce qui restait de notre mémoire en ce lieu s'est échappé cette nuit-là par l'ouverture, et la maison fut vendue l'été suivant.

Madeleine retape le divan du salon. Elle tend le couvre-lit qui fait un vilain pli. Elle arrange les coussins qui s'effondrent entre le matelas et le mur : il ne faut surtout pas que cela ait l'air d'un lit. (La petite possède bien sa chambre au second, à côté du grenier, mais elle préfère coucher ici, car elle se lève à l'aube et craint de nous réveiller, Rose et moi, en descendant l'escalier.)

Maman se tient toujours dans son fauteuil. (Elle paraît curieusement immobile, et sa physionomie ne s'anime un peu que si je la fixe longuement. L'être qui se trouve devant moi appartient à un passé déjà lointain. Voilà des années que maman est morte, mais bien avant que je ne la visse pour la dernière fois, si pâle, comme estompée sur ce lit d'hôpital où elle venait ainsi de « s'éteindre », les traits de son visage avaient commencé de s'effacer. C'est derrière un voile d'oubli, déjà, que l'on regarde ceux qui vont bientôt mourir. Ils sont là, devant nous, ils nous appellent, mais déjà nous ne savons plus nous souvenir de leur physionomie : c'est nous qui les quittons. Nous croyons les regarder avec tendresse et compassion, mais dès cet instant notre tristesse et notre deuil écartent ces mains qui tâchent de nous agripper. Nous nous trouvons dans un temps où ils ne sont déjà plus, nous qui pensons avoir la vie devant nous, et nous nous appuyons sur ces noyés pour nous projeter d'un coup de talon dans l'avenir, et nous sauver.)

Dans les derniers mois de son existence, maman était obsédée par l'idée que Madeleine allait lui survivre et qu'elle m'aurait alors tout à elle. Elle n'en concevait au demeurant nul dépit, elle qu'animait naguère une jalousie féroce. Elle s'abandonnait plutôt à une mélancolie sans fond, née du soupçon que j'avais peut-être moins de tendresse pour elle qu'autrefois, et surtout moins d'amour que pour Madeleine. Elle était désespérée par l'idée que je m'habituais chaque jour un peu mieux à la perspective de la perdre bientôt.

Or ses soupçons n'étaient pas sans motif : il arrive un moment où on laisse mourir ceux qui de toute façon doivent s'en aller. Et ce moment venait d'arriver, elle le sentait : je la laissais partir. J'étais résigné.

Je sais que dans mon souvenir et dans mes rêves, je ne la verrai le plus souvent que malade. Le remords, sans doute, m'a fait choisir cette image parmi toutes celles que j'aurais pu conserver. Et c'est pour toujours. Mais cette image, cette scène ultime — maman, dans son fauteuil de malade, emportée par la lente dérive de la solitude et me suppliant du regard, malgré tout, de tâcher de la retenir — n'est pas sans m'assener une simple et terrible vérité : oui, maman s'en allait, tandis que Madeleine restait ! Et je préférais peut-être que ce fût Madeleine qui restât.

Pour le moment, la grande contemple l'océan avec infiniment d'application. Un sourire éclaire peu à peu son visage : elle est contente que je sois revenu. C'est pour moi qu'elle regarde la mer, tout comme elle apprenait jadis mes leçons afin de les réviser avec moi.

Je n'en pouvais plus d'être tant aimé. Je n'en pouvais plus de cette maison où Madeleine avait choisi de dormir dans le salon de crainte de troubler quelquefois mon sommeil, où maman apprenait par cœur les marées et les vagues pour me les faire réciter ensuite. C'est difficile pour un petit enfant, pour un jeune homme, de regarder toujours derrière lui, d'aider à exister ceux dont il a reçu la vie.

Madeleine a repris son chiffon et astique le guéridon de Jacob qui se trouve à côté du divan. (Je le connais, ce guéridon. Mais il ne faisait nullement partie du mobilier de la villa. Il se trouvait dans ma chambre, à Paris, voilà seulement quelques années. Je l'avais acheté dans une vente publique. Les enchères étaient montées très haut, bien trop haut pour moi, mais je n'avais pas su résister à mon désir de collectionneur — à l'obscure certitude que l'objet convoité n'a été créé que pour m'appartenir un jour. Après quelque temps, j'avais dû revendre le guéridon avec tout le reste de mon mobilier : sans doute avais-je trop souvent cédé à mes impulsions. La sorte d'homme que je suis est destinée à ne posséder jamais que de naïfs rêves de fortune, des trésors imaginaires, parfois quelques regrets. « Tu es un panier percé, me répétait bien souvent Madeleine. L'argent te brûle les doigts, comme à ta mère. » Elle me disait cela sans le moindre accent de reproche. Elle nous plaignait plutôt, la grande et moi, car « il nous en fallait toujours plus, et nous finirions par tout perdre ». Elle, Madeleine, économisait sou par sou. Tôt ou tard nous aurions besoin du peu qu'elle possédait. Elle serait là pour nous tirer d'affaire.)

Son chiffon de laine à la main, elle me regarde avec une tendresse narquoise, l'air de dire qu'elle sait le secret du retour du guéridon, elle qu'on omet trop souvent d'interroger. (A force de manier le plumeau ou le balai, la petite est entrée dans une sorte de connivence avec les objets de la maison. C'est elle qui recoud, qui recolle, qui débouche, et qui finit par remettre à neuf ce que maman s'apprêtait à jeter. Elle règne ainsi sur le temps : grâce à elle, chaque chose demeure à sa place pour l'éternité.)

Au moment où j'allais la questionner, j'entends du côté de la baie vitrée un petit « ah » de douleur, comme lorsqu'on se pique à une aiguille : c'est maman qui vient de se pincer le doigt en essayant de refermer la fenêtre. Elle renonce à enclencher l'espagnolette. Le châssis vient buter contre le bras du fauteuil. Elle reste debout, en équilibre incertain, devant la vitre qui lui barre le passage et l'empêche de se rasseoir. Ses jambes la portent à peine depuis qu'elle est malade. Elle avance en faisant glisser un pied après l'autre avec d'infinies précautions. Il lui faut une vie entière pour traverser sa chambre, de la porte au lit. Ses traits révèlent alors son extrême concentration. Voilà des mois qu'elle ne marche plus, au juste, mais qu'elle trimbale un corps qui n'est plus le sien, qui est devenu bien trop lourd pour elle et menace à tout instant de s'effondrer. Elle ne sait plus qu'aller tout droit. Faire demi-tour lui pose d'insolubles problèmes. Aller d'une pièce à l'autre est une aventure, un voyage hasardeux qu'elle prépare longtemps à l'avance, tâchant de découvrir l'itinéraire le moins périlleux.

La voyant flageoler sur ses jambes, l'air égaré, nous nous élançons, Madeleine et moi, pour l'aider à retrouver son fauteuil, à deux pas d'elle, mais défendu par le battant de la fenêtre, obstacle d'autant plus redoutable qu'il n'oppose justement nulle résistance, qu'il n'offre aucun appui.

Madeleine est arrivée la première. Elle se déplace vite malgré sa patte folle : on dirait qu'elle court encore mieux depuis que la grande ne sait plus marcher. « Te voilà, toi ? » fait Rose, considérant sans aménité la petite qui l'attrape par le bras pour la soutenir.

Nous la déposons tant bien que mal dans son fauteuil. Elle ne se plaint pas, mais sa physionomie donne à lire tout le désarroi de sa défaite. Son regard est aussi navrant que cette robe de chambre qui s'entrouvre sur son corps naufragé.

— Dire que je pouvais marcher des journées entières sans m'arrêter, me fait-elle à mi-voix. C'était elle, la boiteuse, qui n'arrivait pas à suivre. Puis, méchamment, à la petite : Tu as ta revanche, maintenant !

Madeleine me regarde sans rien dire, me prend à témoin de cette vilaine parole. Je lui réponds d'un sourire contraint : je ne voudrais pas que maman surprenne notre aparté. C'est que Rose n'a pas entièrement tort. Madeleine prend peut-être bien sa revanche, elle qui fut si longtemps la seconde et qui traînait derrière, même si sa tristesse est, aujourd'hui, immense. Cependant, la grande reprend :

— J'ai veillé toute une nuit, en novembre 24, quand nous avons porté Jaurès au Panthéon. Toute la nuit je suis restée debout, et je n'étais pas fatiguée.

Elle ferme les yeux un instant, comme on fait quand on tâche de se rappeler un nom, un visage, puis elle continue dans un murmure, pour elle seule :

— Nous pensions vraiment que ce soir-là serait le Grand Soir ! Le père Marcel a fait un discours devant le Panthéon. Je ne me rappelle plus ses paroles, mais je me souviens seulement que c'était beau, si beau ! J'en avais les larmes aux yeux. Pourquoi la vie n'est-elle pas toujours aussi belle ? Pourquoi les gens ne s'aiment-ils pas davantage ? Comme pour illustrer cette dernière réflexion, elle lance à Madeleine, d'un ton brusque :

— Et toi, que faisais-tu cette nuit-là ? Tu traînais dans les bals, comme d'habitude ? Puis, d'une voix éteinte : Tu n'as jamais eu l'idée d'autre chose. Tu n'as jamais possédé l'espoir, toi.

— Laissons-la se reposer, murmure la petite.

Nous l'abandonnons à son rêve. Je l'entends marmonner encore un moment. Puis elle paraît s'endormir. Les traits de son visage se détendent, s'estompent pour ainsi dire : ce n'est pas ma mère qui se trouve là, assoupie dans ce fauteuil, s'éloignant du rivage des vivants comme une barque détachée de son amarre, mais son souvenir, déjà, qui s'efface jour après jour de ma mémoire.

— Elle n'a pas su se ménager, autrefois, estime la petite. Elle s'est beaucoup trop dépensée.

Dépensière, Rose l'était de toutes les manières possibles. Il ne lui suffisait pas de « jeter l'argent par les fenêtres », elle avait besoin de payer aussi de sa personne. L'existence l'ennuyait si elle n'était constamment ponctuée de ses enthousiasmes ou de ses colères. La vie a dû passer très vite pour elle.

— Elle n'a plus rien, maintenant, soupire Madeleine. J'avais beau la mettre en garde, l'inciter à la prudence, elle a tout dilapidé, sa fortune, sa santé même. Il ne lui reste que ses yeux pour pleurer.

Madeleine, elle, mettait de l'argent de côté, semaine après semaine. Elle avait ouvert un compte pour la grande à la Caisse d'épargne, et un autre pour moi. Sa dérisoire fortune, elle nous l'offrait, et elle ne voulait pas savoir si nous la ferions disparaître en un jour : « Il faut bien que l'un de nous soit raisonnable », disait-elle simplement.

Elle rafistolait ce qui était brisé, elle reprisait ce qui était déchiré. Elle gardait toujours une bobine et des aiguilles sur elle. Le fil dont elle se servait, c'était le temps. Elle s'évertuait à recoudre ensemble les moments de notre vie passée.

Madeleine abandonne son chiffon et ôte son tablier, qu'elle pose sur le dossier d'une chaise. Puis, s'étant assurée d'un coup d'œil que la grande s'est endormie, qu'elle ne nous observe pas, elle me prend par le bras et m'entraîne vers l'escalier :

— Je voulais t'en faire la surprise plus tard, me dit-elle, mais puisque tu viens de voir ton guéridon, je vais te montrer le reste.

Nous grimpons tout en haut. Elle a bien quelque difficulté à gravir les derniers degrés, mais la jubilation lui fait oublier sa douleur à la hanche. A la Noël ou aux anniversaires, pareillement, la petite redevient une enfant.

— Regarde, me fait-elle, haletante et joyeuse, en ouvrant la porte de sa chambre.

C'était donc cela, le secret de Madeleine, qui couche au salon et n'a jamais possédé au juste de chambre à elle ! Voilà pourquoi elle souriait quand la grande lui reprochait de dépendre « de la générosité des autres » : depuis combien d'années rêvait-elle du jour où elle me ferait découvrir « la vérité », rien qu'à moi !

C'est un tel entassement, dans la petite pièce mansardée, qu'on n'y peut tout d'abord rien distinguer : chaises, tables, montants de lits, tableaux, bronzes, boiseries sont empilés du sol au plafond comme dans le camion d'un déménageur. Madeleine s'est effacée pour me laisser mieux voir, mais je n'ai nul besoin d'examiner les lieux en détail, je devine que tout est là. Elle n'a sûrement rien oublié. Dans un souffle, je lui demande : « Comment as-tu fait ? » Elle ignore ma question : « Ce sont tes meubles », me dit-elle d'un ton qui se voudrait naturel, mais auquel la joie mal contenue imprime un léger tremblement. Et elle répète, comme si je n'avais pas bien entendu, comme si même je n'avais pas deviné au premier coup d'œil : « Ce sont tes meubles. Ils sont tous là. »

Je reconnais, dépassant d'entre une paire de chaises coincées tête-bêche, l'une des deux statuettes d'après Daumier que ma mère m'avait données jadis et que j'ai sacrifiées à leur tour, voilà quelques années. Cette vente-ci me coûta bien plus que les autres. Ces statuettes étaient ce que maman possédait de plus précieux. Un hasard heureux les lui avait offertes un jour, un sourire de la fortune au temps de sa pauvreté, et moi je n'avais su faire que les brader.

— On ne pouvait tout de même pas les laisser partir, me dit Madeleine comme en s'excusant.

— Mais, grands dieux, comment t'y es-tu prise ?

— J'ai racheté tout cela aux antiquaires au fur et à mesure que tu le vendais.

— Avec quel argent ?

— Je me suis débrouillée. Il ne fallait pas laisser tes meubles s'en aller. C'était notre bien.

Elle « s'était débrouillée », comme d'habitude, elle qui pouvait passer des journées entières à rafistoler objets et vêtements hors d'âge, en déroute vers la poubelle, pour la seule raison que c'était « notre bien », encore et malgré tout.

— Va ! Va voir si tout y est, me dit-elle comme autrefois devant l'arbre de Noël.

(Il y avait les cadeaux de maman, profusion bariolée de paquets accrochés aux branches ou empilés au pied du sapin. Et il y avait l'unique présent de Madeleine, cette petite enveloppe qu'elle avait fait mine de cacher parmi les bougies, les boules de verre, les étoiles de carton poudrées d'or et d'argent. Je trouvais toujours le même billet dans l'enveloppe, la même somme que l'inflation rendait chaque année plus minime, mais, tout enfant, je savais que Madeleine n'était pas « bien riche », et maman n'aurait eu garde de me le laisser oublier, faisant valoir que le si modeste cadeau de la petite avait « coûté beaucoup plus qu'il n'y paraissait ».)

— Tu ne veux pas regarder ? insiste Madeleine.

(Il fallait pareillement que j'ouvrisse la petite enveloppe, et je devais feindre la surprise en découvrant le billet. Le rite, ensuite, voulait que je le rangeasse avec les autres — ceux des années précédentes — dans un vieux porte-monnaie que ma tante consacrait à ce seul usage. Elle gardait ainsi mon pauvre magot parmi ses affaires, et je n'avais le droit de le voir que deux fois l'an, le soir de Noël et le jour de mon anniversaire.)

Madeleine a bien plus souffert que moi-même, à coup sûr, de me voir liquider mon mobilier : « Ah, si j'avais eu les moyens, si seulement j'avais eu les moyens ! » répétait-elle avec tristesse. Quant à moi, j'aurais dû discuter les offres qu'on me faisait. J'aurais dû exiger « davantage »...

Elle se trouvait chez moi quand mes deux fauteuils Régence, le clavecin de Taskin, la commode Louis XVI et le salon Charles X sont partis. Il fallut ouvrir les deux battants de la porte d'entrée pour faire passer la commode et le clavecin.

L'antiquaire et ses acolytes avaient omis de refermer derrière eux, une fois leur pillage accompli, et je m'étais senti trop déprimé pour quitter mon fauteuil et aller couper la vilaine perspective qui nous flanquait à notre tour sur le palier, moi, Madeleine et ce qui restait du salon. « Si seulement j'avais eu les moyens », avait-elle à nouveau soupiré, et elle s'était levée pour aller refermer les trois portes en enfilade.

C'est bien trop tard, ce n'est plus qu'en rêve que nous entendons enfin ceux qui nous aimaient et dont le tendre et maladroit chuchotement est demeuré couvert par le tumulte de la vie. Jusqu'à son dernier jour, Madeleine continua de m'offrir ses petites enveloppes que je m'obligeais à décacheter avec cérémonie, tâchant de n'y montrer ni condescendance ni trop d'amusement.

Je referme à regret la porte de la chambre. Je sais que je rêve et que je vais bientôt me réveiller. Je regarde Madeleine descendre devant moi l'escalier. Dans un moment, dans une minute elle va disparaître, pour toujours peut-être. (On ne rend jamais l'amour qu'on reçoit en songe, car il est l'image renversée, dans la chambre noire du remords, de celui qu'on n'a pas su donner jadis.)

— Il faut que tout ceci reste entre nous, me dit-elle soudain, s'arrêtant sur une marche et se retournant pour me fixer avec gravité. Rose ne doit jamais apprendre que nous avons racheté tes meubles. Cela pourrait la rendre jalouse.

Mais la grande n'a plus de jalousie, désormais. Elle a même perdu le goût de se quereller avec sa cadette. Une infirmière vient chaque jour s'occuper d'elle, bien que sa vraie maladie, ce soit l'indifférence, une indifférence que connaissent les faillis, les saisis, les flambeurs ruinés.

Nous la trouvons endormie dans son fauteuil, la bouche entrouverte, la tête de côté, dans la position où nous l'avons laissée tout à l'heure. Madeleine regrette sûrement qu'elle ne se soit pas réveillée pour nous demander ce que nous « manigancions » là-haut. La petite a peur de perdre pour de bon son adversaire, d'avoir bientôt à la mettre en terre. « Elle ne s'est pas assez ménagée », murmure-t-elle à nouveau avec tristesse.

Rose égarait tout, son portefeuille, ses clés, ses gants. Elle bouleversait pareillement ses projets, l'organisation de sa vie, pour remettre la main sur le bonheur, enfin, qu'elle avait cru tenir la veille et qui devait se trouver « juste devant elle » (comme ses lunettes ou son stylo), mais qu'elle ne savait déjà plus retrouver. Le temps, davantage encore que l'argent, lui a filé entre les doigts. Maman se désintéressait aussi vite qu'elle se passionnait. Madeleine et moi étions les seuls à savoir que, dans l'instant même où elle allait triompher, cette « forte tête » pouvait renoncer avec une sombre délectation à tout ce qui l'avait agitée des mois durant. Elle ne tenait à rien, tout bien pesé. Elle n'avait que des désirs. Il lui manquait le sens et le goût de la possession.

— A présent, tu vas te mettre au travail, me dit Madeleine. Je sais que tu as besoin d'être dans tes meubles pour écrire. Elle me regarde avec tendresse : Je te comprends, va ! Moi aussi, j'aurais acheté de beaux objets si j'en avais eu les moyens.

C'est donc elle, la petite, celle qui n'a jamais possédé « que sa chemise », qui me rend ces meubles. Ces choses-là n'arrivent qu'en rêve, bien sûr. Mais, en rêve, Madeleine est riche, bien plus riche que nous ne le soupçonnions, Rose et moi. J'aurais dû mieux regarder jadis ce que contenait la petite enveloppe qu'elle me remettait le jour de Noël.

Elle aurait bien aimé alors me rendre économe et m'enseigner la prévoyance. Elle aurait surtout voulu m'apprendre à retenir ne fût-ce qu'un peu de la vie qui nous échappe jour après jour : voilà ce qu'elle est venue m'expliquer une nouvelle fois, peut-être la dernière, cette nuit, dans mon rêve.

CHAPITRE QUATRIÈME

1

Les quatre filles sont plantées en rang face au photographe. Elles portent le même maillot qui les moule jusqu'à mi-cuisse et le même bonnet de caoutchouc qui leur fait une tête ronde au crâne luisant. Elles se tiennent par le bras et sourient avec une application que le soleil rend douloureuse. Rose et Madeleine se trouvent au milieu. Je ne sais pas qui sont les deux autres filles : copines d'atelier ou de bureau ? « Comment veux-tu que je me rappelle ? me disait maman. C'était il y a des siècles ! »

Des siècles, oui ! La vie est courte, mais les distances entre soi et soi-même y sont vertigineuses. La photo est datée d'Etretat, juillet 1931 : « L'année où j'ai rencontré ton père », se souvenait maman.

Les copines, bien sûr, on les a oubliées. Madeleine non plus ne les avait pas bien gardées en mémoire : les dimanches d'été, en ce temps-là, les deux sœurs prenaient le train à l'aube et partaient pour la campagne ou pour le bord de la mer. Elles rentraient le soir-même, le plus tard possible. On s'en allait en bande avec d'autres filles. On s'entassait à neuf ou dix dans le compartiment de troisième classe. On partageait les sandwiches et les gâteaux du boulanger... Elles étaient joyeuses et bruyantes, ces gamines de bientôt trente ans, ces naïves petites veuves qui n'avaient même jamais vu leurs maris, morts à la guerre alors qu'elles étaient encore enfants. Non, décidément, ni Rose ni Madeleine ne se rappelaient les deux autres filles de la photo. Peut-être s'étaient-elles rencontrées dans le train. Peut-être ne se sont-elles vues que ce dimanche-là. Le hasard les a fixées toutes ensemble, et après plus de soixante ans leur amitié de quelques heures est demeurée intacte sur le papier glacé du photographe ambulant.

Maman n'aimait pas cette photo, la seule qui lui restait de cette époque, mais aussi la seule où elle se fût montrée en maillot de bain, avec cette gorge et ces hanches qu'elle trouvait provocantes, impudiques. Et puis il y a ces deux filles, ces deux inconnues auxquelles Rose et Madeleine s'étaient liées par Dieu sait quelle conversation stupide, Dieu sait quelle connivence dont on ne veut plus se souvenir ensuite. C'était bon pour Madeleine, ces papotages, ces gloussements, ces regards à la dérobée sur les messieurs qui passent, cette bonne humeur anxieuse de filles qui ne sont déjà plus à marier. Mais elle, Rose, qu'allait-elle donc faire à Etretat ? N'y avait-il donc pas de défilé des travailleurs, ces dimanches-là ? Aucune réunion du syndicat ?

Maman a parcouru son existence comme en diagonale, en lectrice pressée de sa propre histoire. Elle a dû sauter pas mal de pages. Dès les premières lignes elle pensait deviner la fin du chapitre et passait au suivant. C'est ainsi que son père, l'ingénieur, avait vécu, changeant de femme, passant d'un chantier à l'autre et oubliant à la fin ses deux filles. Oui, la vie est un éternel brouillon, et il y a des gens pour croire qu'on peut revenir en arrière ou peut-être en rester toujours au commencement.

Maman avait-elle déjà quitté le parti des travailleurs quand elle a rencontré mon père ? Je n'en sais rien. Elle ne s'arrêtait pas sur ce détail quand elle me parlait de son passé. Il y a eu le jour de sa rencontre avec Marcel Cachin. Il y a eu les années d'enthousiasme et de lutte parmi les camarades. Il y a eu la petite comptable des établissements. Druillet, le garni du passage de la Main-d'Or, les nuits blanches à lire Marx et Engels, les vingt sous qu'on a donnés pour les mineurs en grève, et aussi les repas qu'on sautait pour payer le billet de cinéma, les plaisirs à quatre sous, le premier appareil de photo convoité pendant des mois, et le grand Larousse payé à tempérament, il y a eu, il y a eu... et puis on a sauté au chapitre suivant ! Sans regret, sans nostalgie et presque sans souvenirs, d'un seul coup !

Les ateliers Druillet ont fermé en 1930 : les automobiles commençaient à encombrer les rues, on installait des feux tricolores aux carrefours et l'on ne confectionnait plus les carrosseries à la fantaisie du client. Rose a retrouvé un emploi dans une minoterie, à une trentaine de kilomètres de Paris. Il lui fallait maintenant se lever bien plus tôt et voir le ciel blanchir sur les gazomètres de Saint-Ouen, mais elle était devenue « chef comptable » et, parmi les voyageurs ensommeillés, derrière la vitre embuée qui bringuebalait dans son châssis, la jeune femme tâchait de ne songer qu'à cette promotion.

Le moulin de P. enjambait une petite rivière dans un bouquet d'ormes et de platanes. Ce joli cadre balançait aussi l'inconfort des réveils avant l'aube et des rames de banlieue : c'était la vraie campagne, déjà, un bout de paysage pour les peintres.

L'entreprise appartenait à la même famille depuis plus d'un siècle. Autour de la grande roue à aubes et de la meule de granit, le moulin s'était agrandi de génération en génération, gagnant de nouveaux bâtiments et des étages supplémentaires à la façon dont une descendance prolifère autour de son aïeul.

L'usine fonctionnait maintenant à l'énergie électrique. Immobile pour toujours, la roue finissait de se couvrir de lichens. Les innombrables cousins, neveux et alliés qui se partageaient la propriété du lieu avaient nommé un directeur, un certain M. Morel, homme d'âge mur, tranquille et silencieux, au visage et au ventre ronds, le gilet barré d'une belle chaîne de montre qu'on ne le voyait jamais sortir de son gousset. M. Morel avait donné un nom à chacun des matous qui erraient entre les machines. Il errait lui-même d'une salle, d'un étage à l'autre, s'assurant d'un coup d'œil distrait que tout marchait comme depuis un siècle et saluant les ouvriers d'un haussement d'épaules.

J'ai connu M. Morel vingt ans plus tard, dans ma petite enfance. Il avait pris sa retraite mais continuait de se promener dans le moulin, veillant avec sollicitude sur une nouvelle génération de chats, examinant avec curiosité les tamis qu'on avait fait venir d'Amérique grâce au plan Marshall, et haussant les épaules toutes les fois qu'il rencontrait un de ses semblables, ouvrier, client ou patron : l'ordre et la sécurité du monde seraient assurés tant que ses matous continueraient d'exterminer discrètement les souris et les rats. Le reste n'était que bavardage et vaine agitation.

Les bâtiments de l'entreprise étaient disposés en rectangle autour d'une cour. Le moulin proprement dit fermait un côté du quadrilatère, à droite du portail d'entrée. Les rajouts de constructions autour du corps principal et ses surélévations successives donnaient à cette curieuse bâtisse l'allure d'un château de cartes et l'on imaginait volontiers que le fragile assemblage pouvait s'effondrer soudain dans un grand éternuement de farine. Le silo à grains veillait en sentinelle, juste à côté, face au portail : une passerelle couverte reliait les deux bâtiments par leur faîte en s'inclinant vers le toit du moulin. Cette passerelle figurait justement un énorme nez, et c'est de ce côté-là, sans aucun doute, qu'on pouvait s'attendre à une catastrophe. Vis-à-vis le moulin s'élevaient les deux étages de la maison de maître, belle, cossue, faite pour abriter un notaire ou un rentier plutôt qu'un simple meunier, et maman m'expliquait en effet que le moulin de P. avait été construit sous la Restauration par un avoué de Compiègne. A gauche du portail et formant avec lui le dernier côté du rectangle, une ancienne grange avait été aménagée en garage pour les deux camions assurant chaque jour le transport de la farine en sacs.

Le moulin de P. s'était industrialisé tout doucement, comme à regret : la petite rivière, le bosquet d'ormeaux, la jolie maison, rien de cela n'évoquait l'usine. Les bureaux de la direction se trouvaient au rez-de-chaussée de la maison : c'est là que Rose travaillait. La place ne manquait pas, puisque le personnel de l'administration se réduisait à la comptable, à une secrétaire et à M. Morel lui-même. Le bureau de Rose était un ancien salon ouvrant par trois grandes fenêtres sur un champ de pommiers. La belle cheminée de marbre avait conservé son trumeau dans le goût du XVIIIe siècle : pâtres et bergères y batifolaient sous une épaisse couche de poussière et de suie. De la toile de Jouy tapissait les murs. Le motif en était effacé aux endroits éclairés par le soleil. Le parfum blond et pénétrant de la farine se mêlait à des odeurs irritantes de salpêtre, surtout près des fenêtres qui joignaient mal. Rose travaillait sur une grande table au piétement lourdement ouvragé. Les cahiers de comptes et les factures emplissaient à demi une armoire vitrée. Deux chaises et un fauteuil à crosses complétaient, si l'on peut dire, le mince mobilier de la pièce que décoraient surtout les coins d'ombre et les courants d'air. Le matin, Rose s'installait à sa table, ouvrait son livre de comptes, dépouillait le courrier, commençait à vérifier les factures et s'avisait qu'elle n'aurait bientôt plus rien à faire si elle montrait trop de hâte.

Souffrait-elle du désœuvrement, de la solitude ? M. Morel n'apparaissait dans le bureau qu'une ou deux fois par semaine : il avait bien trop à faire avec ses chats. Il entrebâillait la porte, saluait Mlle Rose, s'assurait que tout allait comme d'habitude et refermait le battant avec un aimable haussement d'épaules.

Vers la fin de l'été, les pommiers donnèrent de jolies reinettes en quantité. Rose prit l'habitude d'en ramasser pour les croquer, puisque personne ne songeait à les cueillir, puis, voyant qu'elle n'en viendrait pas à bout de cette manière, elle songea au moyen de les conserver et en disposa quelques douzaines sur le plancher, dans un coin du bureau. Leur parfum frais et acidulé l'emporta bientôt sur les senteurs fiévreuses du froment. Le soir, Rose rentrait chez elle un peu ivre et traînant un lourd sac de pommes dont Madeleine tâcherait de faire des tartes ou de la compote. Mais les petits arbres du pré continuaient à donner leurs fruits avec entêtement. Rose voyait par la fenêtre les pommes se détacher de la ramée pour tomber presque sous son nez, et ce gâchis l'exaspérait. Elle obtint de M. Morel, qui n'en avait cure, l'autorisation d'entreposer sa récolte dans les pièces inoccupées des étages. Ce sauvetage des reinettes constitua bientôt sa principale activité, qui la conduisit jusqu'au grenier. Il fallut déplacer quelques petits meubles poussiéreux, des malles d'osier, une grosse cantine de marin qui encombraient le sol. La jeune femme ne résista pas à la curiosité d'ouvrir la cantine et les malles. C'est là qu'elle découvrit deux curieuses statuettes de bronze peint représentant des avocats dans le feu de leur plaidoierie, des grotesques d'après les dessins de Daumier. Après le premier instant de stupéfaction joyeuse, Rose se prit à espérer que M. Morel la laisserait emporter ce butin qui n'avait aucun intérêt pour les chats. Elle abandonna ses pommes sur le plancher du grenier et, une statuette dans chaque main, se mit en quête du directeur. Il était en conversation dans la cour avec un monsieur qu'elle n'avait jamais vu. Le monsieur portait un Stetson clair et un élégant costume en prince de galles. Il pouvait avoir quarante ans. Il était mince, très soigné, et ses tempes ne grisonnaient sans doute que pour s'assortir au chapeau coquettement incliné sur une oreille. Une voiture et son chauffeur attendaient près du portail.

Le directeur et l'homme au Stetson interrompirent leur conversation en voyant la jeune femme qui accourait en brandissant des avocats de bronze. Toute à l'enthousiasme de sa trouvaille, Rose ne se demanda pas si elle dérangeait et ne remarqua ni le monsieur en prince de galles ni la voiture ni le chauffeur. Le directeur accorda distraitement ce qu'on lui demandait et Rose repartit aussitôt à ses comptes, à ses pommes et à ses fouilles. Le monsieur, lui, avait remarqué la jolie comptable dont les yeux pétillaient.

Maman aimait raconter comment le monsieur était revenu le lendemain, puis les jours suivants, avait demandé à revoir la comptable aux statuettes, lui avait fait une cour d'abord discrète, puis assidue et pressante, et comment la comptable avait résisté au monsieur.

Elle soutenait que le séducteur n'était arrivé à ses fins, après des mois, qu'en achetant purement et simplement le moulin où travaillait la bien-aimée, et qu'elle-même, alors touchée par le panache du geste et la somptuosité de l'hommage, s'était donnée à un homme qui avait de si nobles manières. Cette version des faits ne manque pas de charme, et il ne me déplaît pas d'être le rejeton d'un héros aux fantaisies si superbes, mais je pense que mon père était un homme bien trop avisé pour acheter une usine pour la seule raison qu'il serait tombé amoureux, disons, de son contenu, et je parierais gros qu'en faisant sa cour à la comptable dans le bureau qui sentait la pomme, en lui glissant à l'oreille des mots tendres et des compliments troublants, le monsieur au Stetson ne perdait pas complètement de vue le livre de comptes ouvert sous ses yeux.

2

D'aussi loin que je me souvienne, et jusqu'à la veille de sa mort, mon père est venu chaque jour à la maison. Mais il ne restait jamais longtemps. On le sentait pressé. Il nous consacrait quelques minutes entre deux rendez-vous. Il s'asseyait toujours sur la même bergère, près de la fenêtre. Maman s'installait assez loin de lui, comme si elle avait voulu l'embrasser du regard. Selon l'heure elle lui servait « un peu » de café, « un doigt » de thé ou « une larme » de Martini. Mon père n'apparaissait chez nous que par bribes, mais réciproquement il ne recevait nos bienfaits qu'au compte-gouttes. Maman approchait de la bergère le guéridon qui se trouvait devant la croisée. Elle déposait là le plateau du café ou de l'apéritif. Elle prenait soin qu'il y eût toujours un cendrier et des allumettes, car mon père fumait beaucoup. Il s'en allait après deux ou trois cigarettes. Les tasses vides et le cendrier souillé retournaient à la cuisine. Le guéridon retrouvait sa place devant le chambranle de la fenêtre. Cet aller et retour du guéridon, à la façon d'une porte qu'on ouvre et qu'on referme au verrou, marquera toujours à mes yeux les visites de mon père. Le dossier haut de la bergère était garni d'un appuie-tête de dentelle que maman changeait régulièrement, comme on le fait dans les wagons de chemin de fer : cela enlevait encore de l'intimité aux instants que nous passions avec mon père et je me demandais, j'ignore encore, quels sentiments ont pu lier l'homme et la femme qui m'ont procréé. Maman évoquait avec complaisance son histoire d'amour avec « le seul homme de sa vie » et feignait alors d'ignorer qu'il était marié ailleurs et accumulait par surcroît les maîtresses : la passion de mon père pour elle ne pouvait avoir moins d'authenticité que les trouvailles archéologiques entreposées dans la vitrine du salon.

Après tout, l'homme soucieux qui s'installait dans la bergère et parlait seulement du prix du grain ou de la grippe qui l'avait fatigué n'a pour ainsi dire jamais manqué à cette visite quotidienne qui semblait tant l'ennuyer. Et si maman faisait laver l'appuie-tête de la bergère et vidait si promptement le cendrier après le départ de mon père, si elle se montrait si froide et cérémonieuse, ce n'était peut-être que par excès d'égards pour cet homme taciturne et pressé, le seul être qui l'eût jamais intimidée.

Du temps qu'elle habitait avec nous, Madeleine n'assistait jamais à ces entretiens. Il convenait qu'elle fût « occupée ailleurs ». Quant à moi, je n'avais pas d'obligation précise à cet égard. Une fois que mon père m'avait embrassé, je pouvais à ma convenance rester ou m'en aller : on ne faisait plus attention à moi. Le couple bizarre accomplissait le morne rite de la conversation quotidienne sans s'inquiéter du petit témoin qui, depuis belle lurette, ne se souciait plus de trouver un sens à tout cela. De temps à autre, toutefois, mon père s'attardait un peu à me parler, il me posait des questions sur mes études, mais il ne se rappelait pas bien dans quelle classe je me trouvais.

Un homme et une femme se rencontrent. Ils se plaisent pour Dieu sait quelles raisons, Dieu sait pour combien de temps. Un beau soir, l'homme se penche tendrement vers la femme pour lui chuchoter quelque chose à l'oreille et un demi-siècle plus tard, un troisième larron, de sexe masculin ou féminin et plus ou moins heureux de vivre, se demande encore ce que l'homme a bien pu dire à la femme pour qu'on en arrive là. On admettra que dans cette histoire, l'importance de l'effet est singulièrement disproportionnée à la futilité de la cause. Ce doit être cela, le péché originel.

Je disais tout à l'heure que la vie n'est que le brouillon d'une existence vraie. Encore laisse-t-on écrire à d'autres les premières pages de sa propre aventure. La faute, la rature originelles datent d'avant moi. Maman ne manquait pas de rappeler combien j'étais chéri d'elle-même, bien sûr, et aussi de ce père qui s'asseyait dans la bergère et parlait de la Bourse ou de politique agricole. J'étais évidemment leur « raison de vivre », mais je n'en demandais pas tant : j'aurais plutôt voulu qu'ils expliquassent, eux, la raison de mon existence et comment ils s'étaient mis à deux pour me faire, ces gens qui n'arrivaient à se dire que si peu de choses, toujours les mêmes et pas bien passionnantes, d'un bout à l'autre de l'année.

Maman se plaisait à me raconter sa rencontre avec mon père, comment cet homme marié lui avait fait la cour et comment elle lui avait cédé pour la raison, précisément, qu'il était engagé ailleurs. Ce paradoxe lui ressemble assez : sa vie durant, Rose aura eu la passion de son indépendance. Elle n'aurait pas supporté bien longtemps la vie conjugale. Mais je ne vois pas d'amour là-dedans, aucun désir partagé. J'en vois encore moins dans mon propre souvenir de leur couple, lié seulement par un ennui poli. Je n'y trouve pas la raison de ma venue au monde.

Mais je me trompe peut-être sur l'identité de mes procréateurs. Le seul point assuré, c'est que Rose a choisi mon père parce qu'il était marié : le couple dont je suis issu est celui que ma mère formait avec elle-même !

Parlant désormais de mon père, je vais parler surtout d'un fantôme : l'homme qui venait s'asseoir quelques minutes dans la bergère du salon a bien été mon père. Il l'a peut-être été davantage que s'il avait vécu avec nous. Il l'a été dans son absence même. Ma mère ne voulait pas « d'un homme dans son lit » : en fait de voluptés et pour combler ses sens, elle lui accordait « une larme » de Martini. Mais ce fantôme, cette âme en peine a trouvé refuge dans la mémoire du petit garçon qui l'observait alors, fasciné par les dimensions colossales de cette irréalité, devant lui.

Il y a eu Rose et Madeleine. Il y a eu les vivants, tous les gens qui ont figuré ici ou là sur la scène de mon enfance. Et puis il y a l'absent : celui dont on parle et qu'on ne voit pas, du moins pas distinctement, car il vous échappe pour l'essentiel, il vous échappera toujours. Oui, mon père avait une autre vie, une femme et un fils légitimes, quelque part dans un monde qu'il m'était interdit de connaître. Sa vérité à lui se trouvait ailleurs, ailleurs ! Il n'y avait dans la bergère du salon qu'une image de lui, une image pieuse : une icône.

Il y a les vivants, et puis il y a l'absent, celui qu'on aime et qu'on n'a jamais rencontré. Celui qui est ainsi à la place de Dieu.

3

Je sais infiniment peu de choses sur les origines de mon père. Comme les autres juifs d'Algérie, son propre père fut un « indigène » jusqu'au décret de 1870 qui accorda aux Israélites la citoyenneté française et les fit accéder à l'existence civile. Je ne sais pas la date de naissance de ce grand-père et n'ai sûrement aucun moyen de la connaître. Un aïeul de cet homme, négociant en grains, aurait été mêlé à l'incident diplomatique opposant le dey d'Alger au roi Charles X et préludant à la conquête de l'Algérie. Il semble que dans cette affaire passablement obscure et dont j'ai entendu plusieurs versions contradictoires, mon trisaïeul n'ait trouvé d'autre titre de gloire qu'à détourner le prix d'une cargaison de blé, mais mon père aimait à raconter l'anecdote, estimant sans doute qu'il vaut mieux avoir un ancêtre escroc que pas d'ancêtre du tout. Pour le reste, et en l'absence d'état civil, ma lignée paternelle se perd dans le magma des populations autochtones de la future colonie.

Mon père ne se consolait pas d'avoir eu des indigènes pour aïeux. Il s'est adressé à plusieurs généalogistes plus ou moins savants, plus ou moins honnêtes, pour retrouver les racines de sa famille en Espagne. On l'a payé en retour de quelques homonymies et de deux ou trois légendes point trop invraisemblables entre lesquelles il pouvait choisir selon son humeur.

Parce que sa famille était assurément prospère depuis des générations, parce qu'on y parlait le ladino le plus pur, parce que depuis toujours on y gardait les yeux tournés vers l'autre rive de la Méditerranée, fût-il pour y faire disparaître des cargaisons de blé au détriment du dey, mon père, juif d'Algérie, méprisait les juifs d'Algérie.

Il était l'aîné de six enfants. Grand-père Aaron et grand-mère Esther l'appelèrent Charles. Puis il y eut une Marcelle, un Georges, un Paul, etc. Cela se passait un peu avant l'affaire Dreyfus. La bourgeoisie juive ne rêvait alors que d'honorabilité, comme la bourgeoisie auvergnate ou provençale, et pour les juifs l'honorabilité passait par l'assimilation. A dix ans, mon père fut expédié à Paris et entra comme interne au lycée Janson-de-Sailly. Il ne retourna jamais vivre en Algérie, obéissant au souhait de grand-père Aaron pour qui l'Algérie était ce que le lycée devait faire oublier au plus vite à son fils aîné, puis à tous ses autres enfants : le Juif errant arrivait enfin au port. Mon père ne se ressouviendra de ses origines qu'avec beaucoup de mauvaise grâce, quarante ans plus tard. Il manqua y laisser la vie. Il croyait bien à la bêtise humaine, mais jamais portée au point qu'on lui vit atteindre alors. C'est après la guerre et l'occupation, précisément, qu'il s'intéressa à sa généalogie : puisqu'il lui fallait être juif, il préférait que ce ne fût pas n'importe comment. Il voulut bien avoir de maudits ancêtres, mais pas n'importe qui.

Il me reste une photo de lui en lycéen. Il porte une vareuse sombre à double rangée de boutons dorés. Il a l'air d'un enfant de troupe. On battait le tambour dans la cour du lycée pour marquer les heures.

A treize ans, il alla pour la première fois au bordel, entraîné par des copains. La plupart des garçons, à l'époque, faisaient leur expérience au bordel. Charles y retourna régulièrement. Il y allait avec des camarades de classe. Les filles les appelaient « les petits télégraphistes », à cause de leur uniforme, ou peut-être de la célérité dont faisaient preuve ces jeunes virilités.

A dix-sept ans, il passa le baccalauréat et s'inscrivit à la faculté de Droit. Il n'y termina pas ses études de licence, car grand-père Aaron mourut subitement et Charles, devenu malgré lui chef de famille, dut rentrer d'urgence en Algérie pour régler la succession paternelle.

Les affaires se présentaient mal : toujours en peine d'honorabilité, mon grand-père négociant s'était mis en tête de devenir propriétaire foncier. Il venait d'acheter de la terre à blé par centaines d'hectares, et deux moulins. Lourdement endetté, il avait négligé de s'assurer pour le montant de ses emprunts. C'était la faillite : l'héritier de dix-neuf ans tenta en vain de négocier avec les banques et s'adressa encore plus inutilement aux anciens amis de son père, trop contents de voir ruinée une famille dont ils enviaient la fortune. Il ne restait au jeune homme qu'une ressource : se marier au plus vite, trouver une dot et une belle-famille qui puissent garantir les emprunts du père. Le petit Charles fit affaire en trois semaines, car on ne lui laissait pas un jour de plus : il trouva la dot qu'on lui demandait et n'eut pas le loisir de s'inquiéter du reste.

Songeant à ses frères qui pourraient rester au lycée, à sa mère qui pourrait continuer de régner avec indolence sur une vingtaine de fatmas, Charles eut d'abord le sentiment d'avoir fait son devoir. Après quelques mois et jusqu'à la fin de sa vie, il eut la certitude d'avoir plutôt commis une mauvaise action. C'est que la faute, dans notre esprit, procède surtout du châtiment que le sort nous inflige.

Au premier coup d'œil, Charles avait bien vu que sa promise était laide : aussi grande que lui, gracieuse dans sa robe de dentelle comme un édredon dans sa couette, les sourcils très noirs et broussailleux, un teint de couscous rance, elle ressemblait à ce qu'elle était : une dette impayée. Mais Charles l'avait acceptée ainsi et le malheur n'était pas encore là : puisque le jeune homme n'avait jusqu'alors connu l'ivresse des sens qu'auprès des filles du bordel, il continuerait comme naguère à fréquenter les bons établissements. Après quelques jours de vie commune, toutefois, il dut convenir en lui-même que son épouse n'était pas seulement laide, mais bête par surcroît, juste assez stupide pour ne pas être tout à fait inconsciente à la fois de sa laideur et de sa bêtise, moyennant quoi elle ajoutait à ces belles qualités une aigreur de caractère que rien, aucune marque de tendresse, aucune flatterie même n'aurait su adoucir. Elle était également très pieuse, observant avec une exactitude mesquine et superstitieuse les rites d'une religion qui sait mettre de l'embarras dans tous les moments de la vie, et le malheureux Charles, devenu selon le vœu de grand-père Aaron un pur produit du lycée laïc et des bordels parisiens, se vit soumis du jour au lendemain à la surveillance pointilleuse, aux invectives et aux anathèmes quotidiens de la harpie kabbaliste.

Mais là n'était pas encore le pire ! Le vrai châtiment ne fut infligé à Charles qu'après quelques mois, quand la jeune femme eut sa première crise violente et lui jeta à la tête un lourd cendrier de verre pour chasser le succube qui, dans un rêve qu'elle avait fait la nuit d'avant, venait de s'insinuer sous le crâne de son mari.

Cette version des faits me vient de ma mère : on se doute qu'elle est malveillante. Bien sûr, la femme de mon père n'avait rien d'une beauté. Il est également avéré qu'elle souffrait de troubles mentaux. Mais il n'y a pas là de quoi rire, et le portrait grotesque que maman brossait de son adversaire ne peut être dans cette mesure que trompeur.

Le hasard m'a fait rencontrer notre ennemie : je devais avoir dix ans. Je me promenais avec maman sur les Champs-Élysées. La foule y était très dense, de sorte que nous nous trouvâmes nez à nez avec mon père et sa femme, d'un seul coup, sans pouvoir nous éviter les uns les autres. J'ai compris qu'elle reconnaissait ma mère et par là-même qu'elle me voyait, moi dont elle soupçonnait seulement l'existence par de vagues ouï-dire. Nous nous sommes immobilisés en vis-à-vis, dans un embarras qui touchait à l'angoisse. Je n'ai lu que de la souffrance dans le regard de cette femme dont le seul désir eût été de continuer à feindre que nous n'existions pas, ma mère et moi. Tout cela n'a duré qu'une seconde mais s'est imprimé dans ma mémoire avec une précision photographique : je reverrai toujours l'instantané de ce visage figé par la surprise, cette faiblesse qui se trahit soudain, cette éternelle panique d'un être qui ne songe qu'à fuir sa propre vie, à nier ce qui est, à s'aveugler, et qui se débat dans un océan de mensonges sans autre désir au fond que de s'y noyer.

Mon père s'est ressaisi très vite. Il a pris le bras de sa femme et l'a vivement entraînée sur le côté. Elle s'est laissée faire, mais sans détacher tout de suite son regard de ce qu'elle venait d'affronter malgré elle, moi, ma mère, sa rivale et son petit, cette horreur qu'elle pensait avoir oubliée depuis des années, mais qui, en dépit de cela, de cet immense effort d'amnésie, continuait d'exister.

Ma mère aussi avait vu tout cela. Elle avait compris et jubilait. Ma mère avait de la force et pouvait du même coup être dure, tandis qu'il n'y avait pas de véritable méchanceté chez son antagoniste. Avec son mauvais caractère, avec ses piaillements, ses cris, sa violence même, celle-ci ne savait s'attaquer qu'à elle-même. La souffrance était son état normal. Elle n'avait rien d'autre à partager. Il ne pouvait sortir d'elle que du malheur. Que lui importait d'être une riche héritière ? Elle n'avait d'ailleurs aucune notion de sa propre fortune : elle se croyait pauvre, rapportait mon père, partagé entre l'irritation et la perplexité mais sachant au fond combien sa femme était pitoyable. Maman clamait carrément son mépris pour cette créature « laide à millions » dont mon père n'aurait pu divorcer sans se ruiner du même coup. Car cette femme qui savait tout juste compter jusqu'à dix tenait toujours dans sa main le sort de son mari et de toutes ses entreprises. Les banquiers et avocats qui avaient jadis manigancé l'affaire pouvaient être fiers de leur travail : le jeune homme qui n'avait eu que sa vie à hypothéquer était tombé dans un piège sans faille.

Ce piège se resserra encore, s'il en était besoin, avec la naissance d'un fils : l'enfant manifesta des troubles nerveux dès les premiers mois de son existence. A quatorze ans, il sombra dans la démence. Ce malheur a déterminé pour toujours mon père dans l'idée de sa culpabilité. Il avait cru se sauver avec les siens, sa mère, ses frères, par ce triste mariage. En se voyant puni de manière si cruelle, il se persuada qu'il avait dû commettre un crime. Il consulta pour son fils les meilleurs médecins. Les plus optimistes lui laissèrent espérer au mieux une stabilisation de son état. Il s'adressa ensuite à des guérisseurs, illuminés ou charlatans dont les moins dangereux ordonnèrent qu'on posât des cataplasmes de moutarde sur les pieds du dément, ou encore qu'il dormît la tête orientée vers le nord magnétique. Mon père dut engager un infirmier à demeure, ou plutôt un garde du corps pour se protéger des accès de violence du malade. Il aimait néanmoins son fils. Il l'aimait plus que lui-même. Cette souffrance, ce malheur-ci, lui faisait oublier tous les autres : c'était à la fois son châtiment et sa rédemption. Mon père ne croyait en aucun dieu, mais, comme tant d'autres athées, il avait l'esprit naturellement religieux. Il aimait son fils fou comme les premiers chrétiens aimèrent leur martyre. Chaque nuit, vers la même heure, le jeune dément, qu'on avait beau faire dormir la tête au nord et les pieds dans la moutarde, se réveillait en convulsions et poussait des clameurs abominables. Mon père allait le calmer et restait près de lui jusqu'au matin. C'est vers cette époque, la plus sombre de sa vie, que le malheureux homme fit la rencontre de ma mère. Il n'y a peut-être pas d'autre secret à la fidélité qu'ils se sont montrée ensuite, à ma venue au monde, à l'espèce de tristesse partagée qui semblait leur tenir lieu d'amour : pendant près de quarante ans, mon père n'a sans doute fait que commémorer ce seul moment de bonheur, d'oubli de soi et de ses fautes, dont je n'ai aperçu que l'image déjà fanée, la nostalgie.

4

Le plus époustouflé, ce fut bien oncle Victor ! Lui-même, comme on sait, était un personnage « à transformations », jouant avec la même bonne grâce les caractères les plus dissemblables et passant de l'un à l'autre avec brio. Mais là, là vraiment, la métamorphose de ses nièces le laissait pantois ! Les petites cendrillons avaient quitté le passage de la Main-d'Or sans crier gare, à croire que tout s'était décidé entre deux dimanches, et Victor, qu'on avait omis de prévenir, monta pour rien les cinq étages du garni et trouva porte close. Le gérant griffonna sur une enveloppe usagée la nouvelle adresse des demoiselles. C'était à Neuilly, près du bois de Boulogne ! Le tonton faillit en oublier dans la loge du tenancier les croissants enlevés à la boulangère. Il fila vers le métro. La curiosité faisait à nouveau pousser des ailes au vieil ange déchu.

Neuilly, tout de même, c'était loin, et malgré toute sa hâte, Victor passa une heure dans le métro et l'autobus. Mais le voyage valait la peine : c'était l'Amérique, ce quartier-là. On ne voyait partout que des maisons de millionnaires. L'air qu'on respirait semblait vraiment plus léger qu'ailleurs. En arrivant dans la rue des petites, Victor vit passer un groupe de cavaliers qui partaient pour la promenade. Il resta un long moment à les regarder, ébloui par ce déploiement d'élégance. Puis il traversa la rue, avisant la nouvelle habitation de ses nièces, un moderne et luxueux immeuble de pierre blanche et de verre. Le hall était beau comme l'entrée d'un cinéma, avec ses miroirs, ses colonnes et ses portes de fer ouvragé. La loge du concierge était fermée, mais le nom des petites figurait déjà en majuscules dorées sur le tableau des locataires. Pour la première fois de sa vie, oncle Victor fut intimidé. Il entra dans l'ascenseur avec une espèce d'hésitation, comme un émigrant à l'instant d'embarquer pour New York.

Rose lui ouvrit la porte et le reçut sans surprise : elle savait qu'on ne serait jamais débarrassé de Victor et, après tout, elle n'était pas mécontente d'épater pour de bon ce vantard qui n'avait dans sa manche que des cartes truquées tandis qu'elle, mine de rien, réussissait d'assez jolis coups. Victor l'illusionniste allait voir cette fois de la vraie magie !

Madeleine sauta au cou de l'oncle et l'embrassa avec une fougue particulière : elle avait besoin d'un témoin, digne de confiance ou non, pour croire à tout ce qui arrivait.

Mais Victor s'était déjà ressaisi : il n'allait pas se laisser esbroufer comme ça, lui, l'enchanteur. Il affecta le plus grand calme face aux merveilles qu'on voulait lui montrer et c'est tout juste s'il consentit à visiter les lieux, en commençant par le salon qui n'était pas mal avec ses grandes baies vitrées, mais auquel manquait peut-être une cheminée.

Victor trouva encore quelques défauts aux deux chambres, à la salle à manger, aux salles de bains. Il s'enquit de la surface de chaque pièce, du mode de chauffage, des charges locatives. Il s'inquiéta de la respectabilité du voisinage. Il s'assura que les petites avaient bien réfléchi avant de choisir ce quartier « un peu isolé ». Il s'inventait sur le tas des compétences de marchand de biens, comme s'il avait envisagé d'acheter l'appartement qui, Dieu merci pour tout le monde, n'était pas à vendre.

Non sans mal, Rose avait obtenu de sa sœur, cette pipelette, que Victor n'apprît rien de la rencontre de l'homme au Stetson. Elle n'avait pas été jusqu'à vraiment espérer que l'oncle inavouable disparaîtrait pour de bon de sa vie. Il faudrait bien un jour qu'elle le montrât à Charles avant que le gredin ne se montrât lui-même.

Le déjeuner était prêt. On mangea sur la table de la cuisine toute neuve, car on était entre soi. Personne n'avait faim. On était trop excité.

Tout de même, Victor avait beau racler dans ses ultimes réserves de culot, il faisait pâle figure dans ce vrai décor pour conte de fées. Toute sa superbe, comme ces petits vins qui voyagent mal, s'était éventée en passant les arrondissements : Victor n'était qu'un séducteur de quartier. En le voyant ainsi, perdu dans le bel appartement comme dans un vêtement trop grand, Rose eut pitié de lui et mesura d'autant mieux l'énormité de sa propre chance. Elle comparait son oncle au monsieur qui venait d'entrer dans sa vie, car Victor, le malheureux, cherchait à se donner aussi des airs d'opulence. Les deux hommes avaient les mêmes cheveux gris, la même sveltesse, et d'ailleurs l'oncle n'était pas dépourvu d'une certaine élégance dans son prince de galles râpé. De loin, on aurait pu confondre leurs silhouettes. Mais la ressemblance s'arrêtait devant cette table de cuisine où Victor, tout d'un coup, ne savait plus comment tenir sa fourchette. Quelque personnage qu'il feignît d'être, le pauvre homme n'en serait jamais que la contrefaçon.

Et Rose se disait qu'elle aimait Charles. Elle l'aimait comme on aime la vérité quand on n'a connu que le mensonge et l'incertitude. Mais, surtout, Charles était un miracle. Et Rose l'avait suivi dans un lit voilà quelques semaines pour cette seule raison qu'il lui semblait irréel comme les miracles, et que l'amour dans les bras de cet homme, les baisers qu'elle recevait, l'étreinte qu'elle subissait restaient inimaginables jusque dans le moment où elle les vivait.

Aux yeux de Charles, pareillement, Rose a dû représenter un tour de passe-passe du destin, une chance improbable. Il avait possédé tant de femmes sans en avoir eu aucune. Le malheur de sa vie familiale l'avait poussé définitivement auprès des filles de bordel ou chez ces midinettes qui vous offrent des nuits sans conséquence en paiement d'un compliment bien tourné ou d'un bijou de pacotille. Avec son fichu caractère, son orgueil, son insatiable curiosité, son énergie qui n'était peut-être que de la violence contenue, Rose fut sans doute la première femme qui l'intéressât vraiment, la première qui lui résistât un moment, la première, en fait, qu'il eût jamais rencontrée. Ils furent l'un pour l'autre l'alter ego qu'ils n'avaient normalement aucune chance de trouver sur leur chemin. Ils le furent pendant quarante ans, et même s'ils ne vécurent jamais ensemble, même s'ils ne connurent ainsi que la moitié du bonheur, je veux qu'on m'accorde qu'ils se sont aimés, car je ne sais pas d'autre mot pour dire ce qui les a unis jusqu'au jour de leur mort.

Mais retournons dans cette cuisine si belle, vaste et rutilante que Victor, vaurien respectueux, ose à peine toucher au contenu de son assiette, car c'est la curiosité qui le tourmente plutôt que la faim. Quel est l'auteur de ce prodige ? se demande-t-il. Qui est l'homme ?

Rose observe avec amusement ce hâbleur que la surprise rend soudain muet. Elle n'a pas la moindre intention de lui parler. Quant à Madeleine, ce n'est certes pas l'envie qui lui manque de raconter à Victor, à la terre entière si c'était possible, l'aventure merveilleuse de sa sœur, mais elle sait bien que Rose ne l'entend pas ainsi : pour la grande, ce qui vient d'arriver doit être considéré comme la chose la plus naturelle du monde et ne mérite pas qu'on en fasse « tout un plat ». Quarante ans plus tard, maman s'en tiendra toujours à cette version des faits. Elle jouait avec cette idée qu'il ne lui était rien arrivé d'extraordinaire, un peu comme un enfant s'amuse à se faire à lui-même des mensonges.

On prit le café dans le salon où la table basse en laque de Chine sentait encore le vernis. Avant de s'asseoir, Rose détacha d'un lampadaire l'étiquette du prix en expliquant qu'elle compléterait bientôt le mobilier par des objets d'antiquité, mais que le temps lui manquait pour courir les brocanteurs. « Oh, tu dois être très occupée », convint l'oncle entre l'admiration et l'ironie : il venait de noter le prix du lampadaire et songeait au monsieur qui, bien sûr, devait prendre tout son temps à la petite.

Victor était content pour elle. Cette installation, c'était du bonheur pour longtemps, s'assurait-il en calculant pour quelle somme le mobilier pourrait se revendre un jour. Il voulait bien croire aux histoires d'amour quand elles vous sortent du pétrin.

On passa l'après-midi à montrer le quartier à Victor. On admira les hôtels particuliers de la rue Saint-James. On se promena sur la berge de la Seine où les péniches amarrées étaient aménagées en maisons flottantes. Les petites redoublaient leur bonheur en l'étalant devant un témoin, en le faisant éclater. L'aventure de Rose n'était pas de celles qui se vivent en secret : elle avait trop l'allure d'une revanche. Dans son for intérieur, Victor songeait déjà au temps où il faudrait quitter ce paradis, et les petites devaient y penser aussi sans se l'avouer, si grande était leur hâte d'en jouir.

Mais le monsieur au Stetson prodigua ses bienfaits jusqu'au jour de sa mort. Rose eut le temps d'accumuler plus d'objets d'antiquité que n'en pouvait contenir l'appartement le plus spacieux : son appétit de culture, à jamais insatisfait, s'était définitivement abâtardi dans le pouvoir d'acheter ce qu'elle n'avait pu s'approprier par le savoir. Rose était une conquérante, pas une contemplative. La vie sourit volontiers à ceux qui ne rêvent pas trop. Madeleine, qu'on n'arracherait jamais à ses romans et à ses songeries, eut droit à une petite chambre sur cour, à son strapontin en quelque sorte. Il me semble parfois qu'elle a eu la meilleure part, mais c'est que je suis un rêveur, moi aussi.

Ici prend fin la légende des petites égarées. Ici commence une histoire qui est déjà la mienne. J'ai rapporté sans trop de scrupules ce qui m'a été raconté, ces ouï-dire passionnés qui forment le passé vivant d'une lignée. J'ai conscience d'avoir simplement recueilli une légende, d'avoir fixé par l'écriture un récit qui se transmettait de génération en génération et prenait progressivement l'allure d'un mythe. Plus qu'aucune autre, ma famille s'est racontée à elle-même pendant un siècle : mon aïeul et ma mère, tour à tour, ont vécu leur existence comme une aventure hors du commun, comme un roman déjà. Un destin se choisit pour une bonne part. Même le pur hasard ne se rencontre que sur la route qu'on a prise.

Ma mère me parlait avec une certaine fierté des hommes qui l'avaient courtisée autrefois, des partis qu'elle avait refusés. Elle évoquait le souvenir de tel ou tel de ces prétendants, de ces honnêtes jeunes gens qui lui avaient offert le mariage, une famille, et qu'elle avait à chaque fois éconduits.

Elle a préféré l'homme au Stetson parce qu'il ne lui offrait que la clandestinité, la forme la plus dangereuse de la liberté. Il était riche, ah oui ! Il lui offrait une opulence dont elle n'avait jamais osé rêver, mais il pouvait reprendre tout cela du jour au lendemain. Aucune loi ne l'obligeait à convenir que ma mère partageait le moins du monde sa vie. Aucune loi, jusqu'à sa mort, ne lui permit de me reconnaître pour son fils. Je sais, je sens profondément qu'il n'y a pas d'autre raison au choix que Rose a fait de cet homme-là pour compagnon : il ne fallait pas que l'aventure de notre lignée prît fin.

Et si j'ai choisi aujourd'hui de la fixer, de donner une forme à ce mythe qui s'élabore depuis plus de cent ans, je ne prétends pas l'arrêter pour autant. Encore moins le souhaiterais-je. Quelle meilleure façon d'être romancier que de découvrir jour après jour qu'on est né soi-même d'un récit, d'une légende, et de continuer alors à naître de ce roman qu'on écrit ?

5

Vers la fin de sa vie, maman changea souvent de logement. Nulle part elle ne se trouvait bien. Il y avait toujours trop d'espace, trop de recoins inutiles, de nids à poussière. Ses appartements étaient à chaque fois plus petits. Maman se recroquevillait dans la vieillesse. A la fin, elle s'établit dans un quartier très éloigné. Madeleine se déplaçait avec difficulté, elle avait du mal à monter dans l'autobus : je suis sûr que la grande y avait pensé en s'installant à l'extrême opposé de chez elle. Toutefois, sa mélancolie se mitigeait de pas mal de malice, car elle n'aurait pas admis que Madeleine laissât passer deux jours sans venir la voir. Seulement, il fallait que la petite y mît un peu du sien !

Je déjeunais avec elle chaque dimanche. Je savais qu'elle ne mangerait pas si je ne venais pas. Le dimanche était pour elle le jour de la famille et j'étais pour deux heures sa seule famille : la petite elle-même n'avait pas le droit de venir.

Maman ne parlait plus beaucoup. Elle me regardait seulement avec curiosité, comme si elle avait eu du mal à me reconnaître d'un dimanche à l'autre. Non, décidément, le quadragénaire grisonnant qui mangeait devant elle ne ressemblait que de très loin au petit garçon dont l'image l'habitait du lundi au samedi et qui avait disparu Dieu sait pourquoi. Avant de vous abandonner pour de bon, la vie devient un perpétuel et inquiétant paradoxe.

Pour cette raison peut-être, les vieillards deviennent volontiers secrets, méfiants, paradoxaux à leur tour. Ils sentent de la traîtrise autour d'eux, comme une sourde conspiration des objets qui se dérobent entre les doigts et des êtres eux-mêmes, des personnes les plus chères, des enfants qu'on a aimés et qui se griment en adultes, qui se font des visages d'étrangers pour vous demander de vous en aller enfin, de mourir.

Maman m'attendait d'habitude dans la grande bergère où jadis s'asseyait mon père. C'était l'un des deux ou trois seuls meubles qu'elle avait gardés de son existence antérieure : elle l'avait placée devant le poste de télévision et elle passait là le plus clair de son temps, face au monde qui remuait sur l'écran et se continuait sans elle.

Il lui arrivait d'oublier la clef dans le verrou, sur le palier. Je la grondais en vain, lui remontrant le danger d'une telle distraction. Mais cette idée lui semblait cocasse : pourquoi se serait-on donné la peine de l'assassiner ? Elle n'aurait besoin de personne pour mourir bientôt.

Ce dimanche-là, ainsi, je n'ai eu qu'à tourner la clef. Maman était assise comme toujours dans la grande bergère. Elle fouillait dans un carton à chaussures plein de lettres et de vieilles cartes postales. Elle ne m'avait pas entendu entrer et je l'ai regardée faire sans qu'elle s'avisât de ma présence : elle prenait une lettre au hasard, la faisait tourner entre ses doigts sans la déplier, comme on examine un échantillon de tissu, puis la chiffonnait d'un geste impatienté et la jetait dans la corbeille. Je tirai une chaise et m'assis face à elle. C'est à peine si elle leva les yeux sur moi, tant elle était absorbée dans sa tâche. Au bout d'une minute, elle s'interrompit toutefois pour m'expliquer d'un ton espiègle : « Ce sont les petits mots d'amour que ton père m'écrivait. » Puis elle prit dans le carton une nouvelle enveloppe, la chiffonna sans même la regarder et la jeta parmi les autres.

Elle ne fit aucune difficulté pour me confier le carton et son contenu, tout en affectant de s'étonner de ma curiosité pour cette « paperasse ». Je sentais qu'elle était contente de me voir sauver ces lettres. Peut-être n'avait-elle commencé à les détruire sous mes yeux que pour m'inciter à m'en emparer comme malgré elle. Les désirs des vieillards ont des formes contournées, leur volonté devient noueuse comme leurs mains. A force de ne discuter qu'avec eux-mêmes, ils deviennent leurs propres contradicteurs et ne peuvent se résoudre à rien sans ruser avec cette part mélancolique d'eux-mêmes qui ne trouve de soulagement à son ennui qu'à contrarier l'autre part, qui cherche à vivre encore.

Sitôt rentré, je commençai à dépouiller ce courrier. Il y avait plus d'un millier de lettres dans le carton à chaussures. Les dates et les événements s'y mélangeaient. Ma hâte me faisait déchiffrer les pattes de mouche de mon père au hasard de ce brassage : je parcourais à la hâte un paragraphe, puis ouvrais une autre lettre où mon père continuait à parler de la grippe qui l'avait fatigué ou de la dernière crise de son fils, mais cinq ou douze ans plus tard.

Il faisait de fréquents séjours en Algérie où sa femme avait gardé d'importants intérêts. Il se rendait également en suisse où son fils subissait régulièrement des traitements insuliniques ou des électrochocs. Les établissements psychiatriques suisses jouissaient d'une réputation qui n'a pas empêché mon demi-frère de manquer mourir dans la clinique d'un certain docteur Müller, après des injections répétées de cardiazol. Le récit de cet accident, du coma prolongé du malade, puis de sa « résurrection » occupe plusieurs lettres où mon père avoue son éternel sentiment de culpabilité face à ce fils « qui n'aurait jamais dû naître, puisqu'il n'aura vu le jour que pour souffrir d'une faute qui n'était pas la sienne ».

Je passai plusieurs semaines à dépouiller le contenu du carton à chaussures. J'y mis une telle passion que je dus décommander mes rendez-vous et cesser même de répondre au téléphone. Un de mes amis m'adressa un mot où il me demandait de le rappeler dès mon retour de l'étranger. Je convins en moi-même qu'en effet j'étais parti en voyage et ne songeais pas à revenir de sitôt. Quelque part dans ce fouillis de lettres griffonnées à la hâte devait se cacher... je saurais trouver quoi !

C'était la première vraie conversation que j'avais avec mon père et je l'interrogeais lettre après lettre, je le harcelais, je décryptais avec impatience cette écriture minuscule et pressée, un peu comme je lui aurais dit : « Parle donc plus fort ! Fais-toi entendre, puisque je suis un adulte aujourd'hui ! J'aurai bientôt l'âge qui était le tien quand tu écrivais ces lettres, et je serai plus indulgent avec toi que tu ne l'as été toi-même. Mais pourquoi, pourquoi venais-tu chaque jour sans jamais rien trouver à nous dire ? Je t'offrais mes succès scolaires, je voulais désespérément te faire plaisir. Peut-être allais-tu me voir enfin ! L'ultime fois que je t'ai parlé, quelques semaines avant ta dernière maladie, ce fut pour t'annoncer que j'étais reçu à l'agrégation de philosophie. Enfin j'ai réussi à t'émouvoir, oui, à te faire quitter ton masque d'indifférence ! Jamais encore je n'avais vu ce regard de reproche, de tristesse et de honte, et j'ai alors compris ! Enfin j'ai compris ce que je te faisais endurer depuis toutes ces années ! Ces bonnes notes que je rapportais, et l'estime de mes professeurs, et les compliments que tu entendais sur moi, tout cela te faisait mal car à tes yeux je l'avais volé à l'autre, oui, oui, à ton autre fils, n'est-ce pas, à ton seul fils en vérité, puisque lui ne faisait que souffrir, puisqu'il portait ta propre souffrance, ton remords et ta honte, et que tu n'en voulais pas démordre ! Comment ne l'avais-je pas deviné ? »

6

Du 2 mars 1935.

Charles se trouve depuis quelques semaines à Oran où il négocie pour le compte de sa femme la vente d'une huilerie. L'usine, finalement, ne trouve pas d'acquéreur et Charles songe à renoncer à l'opération : des maux de tête et des nausées inexplicables l'ont repris comme à chaque fois qu'il s'éloigne longtemps de Paris, mais il est vrai que les médecins oranais sont des ânes. Il s'inquiète de la grossesse de Rose qui arrivera bientôt à son terme, et en tout état de cause il veut être de retour avant la naissance de l'enfant. Il parle avec une candide émotion du petit garçon ou de la petite fille (comment savoir ?) qui sera sa consolation. Il ne cache pas qu'il préférerait une fille, puisqu'il a déjà un fils, mais il assure qu'un « joli gros garçon » lui donnerait presque autant de joie.

Du 15 mars 1935.

Une lettre et un télégramme.

Le télégramme annonce le retour de Charles par le prochain bateau. La lettre fait éclater son désarroi et sa douleur : sa fille, oui, c'était une petite fille, n'aura vécu que quelques heures. N'engendrera-t-il jamais que la souffrance ou la mort ? Ses maux de tête et ses nausées sont devenus intolérables. Il se prend à espérer que le paquebot n'arrivera pas à Marseille : c'en serait alors fini de tout ce gâchis. Un post-scriptum rappelle le numéro d'un coffre dans une banque de Genève où Rose, en cas de malheur, trouvera « ce qu'il faut ».

De Paris, juillet 1935.

C'est Rose, cette fois, qui vient de s'absenter pour plusieurs semaines. Elle séjourne dans les Vosges où le climat l'aidera sûrement à se remettre de sa grossesse malheureuse. Madeleine l'accompagne et Charles adresse à la petite son bien affectueux souvenir, tout en lui recommandant de veiller au complet rétablissement de sa sœur « qui commet si facilement des imprudences ». La même lettre annonce la nomination dans l'ordre de la Légion d'honneur de Georges, le frère cadet, médecin radiologiste, en récompense de ses éminents travaux. Charles se montre aussi heureux de cette distinction que s'il l'avait obtenue pour lui-même. Il parle de son « petit frère » avec toute la tendresse et surtout la fierté qu'il aurait pu éprouver pour son propre fils si le sort l'avait bien voulu.

Du 7 avril 1937.

Comment Rose peut-elle croire à de tels ragots ? La « créature » au bras de laquelle on l'a vu sortir d'un hôtel, à Lausanne, est tout simplement l'assistante du professeur Müdri. C'est une jeune femme d'une grande compétence et d'un parfait dévouement qui vient en effet le prendre à son hôtel chaque matin et l'emmène en voiture à la clinique du professeur. C'est elle qui a supervisé la dernière série d'électrochocs et les résultats sont tout à fait encourageants.

Une photo jointe à la lettre montre Charles et la jeune personne, dans le parc de la clinique, soutenant chacun par un bras le malade encore mal remis des séances d'électrochocs. Les trois visages sont figés dans le même sourire qui, par un étrange mimétisme, est celui du fou, mais on peut supposer que c'est la lumière trop vive qui fait plisser les yeux à la jeune femme tandis que Charles, lui, grimace d'espoir en tâchant de répudier le sentiment de sa faute et du châtiment inéluctable.

De Juillet 1939.

Pour la première fois depuis quatre ans, Charles a pu retourner en Espagne, qui est sa véritable patrie, car s'il parle français, s'il comprend un peu l'arabe et le berbère, s'il peut annoner la Torah en hébreu, c'est en espagnol qu'il rêve.

Il écrit chaque jour à Rose, plusieurs pages serrées quand il a pu s'échapper pour un moment, mais plus souvent une simple carte postale glissée comme un pourboire au portier de l'hôtel, car on ne lui laisse pas une minute de répit, bien sûr : ils sont là tous les trois, sa femme qui ne le quitte pas des yeux, entêtée comme l'aiguille d'une boussole, son fils qui n'est mort ni des électrochocs ni du cardiazol, qui semble même plus calme depuis quelques mois, et le colosse qui marche toutefois derrière lui pour l'empêcher de jeter ses mégots sur la moquette ou d'uriner contre le comptoir de la réception.

Charles se cache pour écrire à Rose : un banc de jardin public, les toilettes d'un restaurant, tous les endroits sont bons pour jeter quelques phrases au dos d'un panorama du port d'Alicante. Mais on sent de la contrainte aussi dans le bavardage circonstancié des lettres plus longues. Rose a fait promettre à Charles de lui écrire tous les jours et, dès le matin, le malheureux guette l'instant propice pour tromper la surveillance de sa femme et remplir à la hâte sa promesse. Il n'échappe à la vigilance de l'une que pour obéir aux exigences de l'autre. Il parle une fois de plus de ses maux de tête. De quoi d'autre oserait-il se plaindre, cet homme qui demande l'indulgence même pour le temps qu'il donne et les bienfaits qu'il prodigue ? Si Rose l'a vraiment aimé, pourquoi ne lui a-t-elle jamais tout à fait pardonné sa fidélité si douloureuse à son fils et au sentiment de sa faute initiale ? Pourquoi a-t-elle fait de cette fidélité une autre faute ?

Plus de mille lettres dans le carton à chaussures, et nulle part Charles n'y aurait su dire ce qu'il avait vraiment sur le cœur ? Mais, entre ses deux femmes et son fils fou, la seule sagesse n'était-elle pas de prendre de l'aspirine ?

Et je lui ai reproché de se taire ? Mais pourquoi m'aurait-il parlé à moi, à moi seul, depuis les profondeurs de son silence ? Qu'aurait-il fallu, quel bonheur improbable ou quelle catastrophe, pour le pousser à s'exprimer enfin, à faire appel du jugement qui le condamnait à ses propres yeux ?

Du 10 novembre 1942.

Voilà quinze mois que Charles est réfugié dans un village des Pyrénées, à quelques kilomètres de la frontière espagnole par les sentiers de montagne. Il a envoyé sa femme et son fils en Algérie dès les premiers jours de la guerre. Quant à lui, il a acheté des faux papiers tout juste bons à l'expédier à Auschwitz dès le premier contrôle. Il a traversé le pays dans un camion de farine, parmi les sacs. Il doit la vie au bon M. Morel qui a délaissé le moulin et ses chats pour conduire lui-même le camion. Maman m'a dit que j'ai été conçu lors de la dernière visite qu'il lui a rendue, quelques jours avant son départ.

Il écrit encore deux ou trois fois par semaine en signant du nom de « Deschamps », qui figure sur la fausse carte d'identité. C'est d'une grande imprudence, sans doute, car la censure pourrait s'intéresser à cette correspondance bien trop régulière dans laquelle la peur au ventre se dissimule mal parmi les banals soucis d'argent ou d'approvisionnement. Mais toute l'angoisse de M. Deschamps est de ne pas pouvoir déceler d'où vient exactement le danger, ni quelle forme prendra la catastrophe. Il ne soupçonne pas que ses lettres mêmes pourraient lui apporter la mort. Il sait maintenant qu'on déporte aussi les juifs français vers l'Est, mais il n'a aucune idée précise de ce qu'on en fait ensuite. Et si c'était pour les fusiller ? s'interroge-t-il parfois. Il est encore loin du compte, et d'ailleurs le marquis de L., qui l'abrite dans son château avec deux autres juifs, s'emploie à le rassurer : la frontière n'est pas bien loin et l'on sait depuis des siècles comment tromper la vigilance des policiers, qu'ils soient français ou allemands. M. Deschamps vivra là près de trois ans.

Ce n'est pas à Rose qu'il écrit, cette fois. La lettre m'est destinée. Il espère de toutes ses forces que je ne la lirai jamais,

ais il se peut aussi que ma mère ait finalement à me la donner, auquel cas elle me la remettra quand j'aurai l'âge d'en comprendre le sens. Il aurait voulu m'écrire pour mon premier anniversaire, mais il craint de ne pouvoir attendre jusque-là, alors il se contente de mes six mois, explique-t-il, comme on se satisfait de chicorée au lieu de café ou de saindoux en guise de beurre. Il se demande avec inquiétude dans quel monde je vivrai, mais l'avenir ne pourra être plus absurde ni plus cruel que le présent et il me souhaite d'y trouver ma place, quelque modeste qu'elle doive être. Il se félicite de n'avoir pu me reconnaître comme son fils, puisque je devrai sans doute la vie à cette lacune de mon état civil. Il me dit adieu et de me souvenir de lui, si je peux, même sans l'avoir jamais vu. Il m'envoie une photo : il se tient légèrement voûté et son costume paraît flotter sur lui, car il a beaucoup maigri. Il ne sourit pas mais fixe l'objectif avec une sorte de douceur résignée. Il porte son éternel Stetson. Une cigarette achève de se consumer en cendres entre ses doigts. Cet homme sans avenir allume ses cigarettes et néglige désormais de les fumer.

Mon père a survécu. Il a tiré à nouveau de bon cœur sur ses « Gauloises Maryland ». Maman n'a pas eu à me montrer l'unique lettre qu'il m'ait jamais écrite et lui, désormais, n'a plus rien trouvé à me dire. Pendant quarante ans, j'ai pensé n'avoir été que l'enfant de Rose et de Madeleine. Je m'en étais accommodé. J'avais admis que mon père ne faisait pas vraiment partie de mon histoire et je cherchais seulement le moyen de le lui pardonner. Comment pouvais-je deviner que cet homme d'allure si réservée, si froide même, ne savait parler qu'au moment où d'autres, plus souvent, se taisent, et que, face à la mort, il avait trouvé ce courage qui, peut-être, lui manquait dans la vie ?

FIN DE LA DEUXIÈME ÉPOQUE

Impression réalisée sur CAMERON par
BRODARD ET TAUPIN
La Flèche

pour le compte des Éditions Fayard
en janvier 1994

Imprimé en France
Dépôt légal : janvier 1994
N° d'édition : 8414 – N° d'impression : 6478 I-5
ISBN : 2-213-59195-4
35-33-9195-01/5